四川省社会科学高水平研究团队建设计

彝族

Yizu
Chuanshi Minge

传世民歌

吉则利布

克惹丹夫

阿牛木支／整理译注

四川大学出版社

责任编辑：何　静
责任校对：周　颖
封面设计：墨创文化
责任印制：王　炜

图书在版编目(CIP)数据

彝族传世民歌 / 吉则利布，克惹丹夫，阿牛木支整
理译注. —成都：四川大学出版社，2018.12
　　ISBN 978－7－5690－1956－8

　　Ⅰ. ①彝…　Ⅱ. ①吉…　②克…　③阿…　Ⅲ. ①彝族－
民歌－作品集－中国　Ⅳ. ①I277.291.7

中国版本图书馆 CIP 数据核字（2018）第 292654 号

书　名	**彝族传世民歌**
整理译注	吉则利布　克惹丹夫　阿牛木支
出　　版	四川大学出版社
地　　址	成都市一环路南一段 24 号 (610065)
发　　行	四川大学出版社
书　　号	ISBN 978－7－5690－1956－8
印　　刷	四川盛图彩色印刷有限公司
成品尺寸	170 mm×240 mm
印　　张	22.75
字　　数	446 千字
版　　次	2018 年 12 月第 1 版
印　　次	2018 年 12 月第 1 次印刷
定　　价	98.00 元

◆读者邮购本书，请与本社发行科联系。
　电话：(028)85408408/(028)85401670/
　(028)85408023　邮政编码：610065
◆本社图书如有印装质量问题，请
　寄回出版社调换。
◆网址：http://press.scu.edu.cn

前　言

　　彝族人是天生的歌手，生活中处处充满了歌声。无论是在劳动、游戏还是在节庆、婚丧等场合，人们都可随意演唱，并通过口头传播，在流传中不断丰富和发展。彝族人民以善良纯真的心地、质朴粗犷的个性、古朴形象的思维，遵循传统的生活方式和道德准则，用充满智慧，散发着甜荞芬芳的语言，创作了大量优美动人的神话、传说和歌谣。这些神话、传说和歌谣像涓涓溪流汇入大海，像子孙流着父辈的鲜血那样，生生不息地流传了下来。

　　凉山彝族长期处于奴隶制社会的封闭状态中，几乎与外界隔绝，因而比较完整地保留着奴隶社会形态，以及古老的传统文化与风俗。这些历史文化、民族风情，成为人类发展阶段的活化石，为我们提供了弥足珍贵的资料。

　　中华人民共和国成立后，民族文化受到各级地方政府的重视，涌现了大量极富民族特色和地方特色的民间文学作品及现代文学艺术，尤其是多姿多彩的民族风情，诸如被称为"东方狂欢节"的彝族火把节，蜚声海内外的彝族"选美""彝族背亲"和绚丽多彩的彝族服饰，优美的民族歌舞等，受到世人的喜欢。

　　为了继承和发展彝族歌谣这一优秀的民族文化，我们经过多年的辛勤采集，整理翻译了《彝族传世民歌》，共计280多首，这是凉山彝族传世民歌中的精品。

　　凉山彝族的传世民歌主要有三种：一是以彝族《勒俄阿布》（公史）、《勒俄阿莫》（母史）、《古侯燎夫》（历史汇编类书）等为代表的祭司刻录的古歌（包括勒俄特依、祭祀歌、诵歌、战歌等）；二是民间自古流传下来的传统民歌；三是凉山州成立以后发展起来的新民歌。新民歌的产生和流传已脱离了传统的生活习俗，打破了原有民歌的界限，是现代生活中群众聚会时自娱的新歌。不过，它依然保持着群众自编自唱、即兴创作、口头流传等民歌的特点。

　　凉山彝族的传世民歌数量很多，内容丰富，语言生动，辞藻华丽，结构严谨，篇幅宏大，具有浓厚的民族特色和极强的艺术感染力。

　　由于凉山彝族居住地区不同，传世民歌有不同的唱法及腔调，其称谓也根据内容有所区别，归纳起来有以下几种："呀""吚""尔""佐""吚格""嚓"。

1

（1）"呀"为高腔假声唱法，也指以此唱法所演唱的传世民歌。它主要流行于凉山"所地"方言区。因其类似汉区的自由体高腔山歌，人们逐渐将类似山歌体裁的彝族民歌称为"呀"。

"呀"是在山野演唱的传世民歌，除极少数专用于犁地的劳动歌"勒莫吹"外，其余均系在劳动之余或行走时演唱的，用以抒发情感、消愁解乏。

（2）"吹"为平腔唱法，也泛指一般的歌唱形式。

（3）"尔"为吟咏，或吟诵。如"孜妮吹"包括"者格"——火把节歌、"枯什牛牛尔"——过年歌两种。

（4）"佐"指带有赛唱性质的对歌。"左吹"——吟咏歌，也可称之为歌吟，主要指咏唱一些人物悲惨遭遇的叙事性民歌。

（5）"吹格"属于娱乐性传世民歌，除平时个人或集体自娱而唱以外，也常见于婚嫁及节庆活动。除此而外，儿歌及与儿童逗乐、逗趣的民歌也属于此类。

"吹格"的格式比较规整，曲头曲尾多带有固定的衬句或衬腔，歌词为多段体，每次反复曲调结构变化不大。"吹格"的演唱形式有独唱及对唱，表演时常伴有舞蹈动作。比如"牛牛吹"是一种专为男子演唱的礼仪歌曲，无论是婚嫁或节日的喜庆场合，还是朋友聚会饮酒的时候，男人们总是以唱"牛牛吹"相应酬，或相互祝贺，相互赞颂，或相互盘问，谈古论今，或以夸词巧语竞相炫耀，展示演唱者的多才多艺，或以"尔比尔吉"即格言式的语言相互勉励、褒贬、诘问等。

彝族的"牛牛吹"通常属单乐句歌体，演唱时由一人主唱，一人应和，重复主唱者所唱词曲。如"谷都街格"类民歌是专门用于婚、丧场合的风俗民歌。婚嫁歌"戏新妮基"包括"妮惹末莫"——"女儿歌"，以演唱"阿莫妮"为主要内容。

（6）"嚓"则系汉语"唱"的轻音，指一般的歌唱。

虽说有这六种不同的称谓，但在实际运用中并无严格区别。

凉山彝族传世民歌的音乐风格，也同语言的方言区划分一样，有三大不同色彩的唱法："依诺"方言区的传世民歌曲调委婉、节奏平稳，曲体结构比较规矩，演唱时讲求声音优美、柔和；"圣扎"方言区的传世民歌则多依字行腔，腔少字多，具有浓厚的吟诵风格，演唱时讲究以声带情，演唱风格粗犷、洒脱；"所地"方言区则以高腔的"呀"而闻名于凉山地区，尤以布拖的"呀"最为脍炙人口。

凉山彝族的民歌种类多，而且很难细分，民间一般按其内容和使用的场合，将其分为古歌（山歌、单身汉歌、牧歌、犁地歌）、酒歌（敬酒歌、祝酒歌）、婚礼歌（迎客歌、媒婆歌、婚嫁歌、挽留歌、喜庆歌、泼水歌、背亲歌）、节庆歌

（火把节诵歌、朵乐荷、年节歌）、情歌（所地的情歌、圣扎的阿惹妞、依诺的冉妞荷等）、葬歌（威支维解、瓦子勒、阿古格、兹车）、儿歌、叙事歌等。其内容丰富多彩，语言优美，简短精练，寓意深刻，爱憎分明，即席助兴，融景生情，随机而变，巧争胜负，互相对唱，其乐融融。

　　传世民歌有《妈妈的女儿》《阿吉姆惹》《甘嫫阿妞》《达芝姐姐》《阿依木芝》《阿嫫尼哈啦》《阿嫫莫果迟尔果》《阿呷姬姬》《兹合阿吉惹》等。其中流传最广、历史较长的当属《妈妈的女儿》。它是凉山彝族最为熟悉的民歌，也是最受欢迎的精品民歌。

　　除了《妈妈的女儿》，还有《阿依阿芝》《阿妞刷日》《阿依妞妞》等传统民歌，声情并茂地描述青年男女的爱情和妇女婚姻不自由的痛苦经历。

　　《勒俄阿布》（公史）、《勒俄阿莫》（母史）、《古侯燎夫》（历史汇编类书）等涉及的歌谣，我们在采集整理翻译的过程中曾收到过圣扎、所地、依诺等方言区的不同版本，由于翻译量大，而且重复的多，此次我们只是少量选录《勒俄特依》《妈妈的女儿》《阿依阿芝》等所涉及的内容，特此说明。

　　传世歌谣，是先祖留给我们的宝贵文化遗产。对民族文化遗产进行发掘整理，可以深化文艺学、历史学、民族学、社会学、哲学、美学、宗教学等学科的研究，进一步推动民族地区社会、经济和文化的发展。

吉则利布　　克惹丹夫　　阿牛木支

2018 年 4 月

目　录

古　歌

婚礼歌

情　歌

节 庆 歌

叙事歌

儿　歌

苦 歌

丧 歌

其　他

古 歌

GU GE

题记：彝族人每遇婚丧嫁娶，都有聚在一起唱古歌的习俗。唱古歌大多是从起源歌开始，除了《勒俄阿布》（公史）、《勒俄阿莫》（母史）的内容外，还须唱"石尔俄特与兹妮施色"的历史；然后再唱婚礼起源歌、嬉戏歌、婚嫁歌、媒婆歌、说亲歌、泼水歌、开亲歌、迎亲歌、喜庆歌、祝福歌等。

　　这些古歌的内容，有赞美出嫁服，嬉戏歌，赞新房，勒波歌，唱生育魂，唱头饰，唱红色毛布，唱银领扣，新婚三炉火，婚礼歌，狄波八子婚俗，姑娘求婚歌，谁是谁的舅舅，等等。

　　这些古歌以优美的语言叙述了远古时代宇宙的形成、万物的起源、人类社会的发展进程等，它们是彝族人民历代传承、老幼皆知的史诗。

　　我们在采录过程中，再次对圣扎、所地、依诺等方言区的《勒俄特依》做了综合比较，并节选了其中的一些章节。

有天没有星

嗨嗨嗨嗨嗨，
远古的时候，
上面没有天，
有天没有星。
下面没有地，
有地草不生。
中间无云过，
四周未形成。
地面不刮风，
似云不是云，
散也散不去，
既非黑洞洞，
又非明亮亮。
上下阴森森，
四方昏沉沉。
天地未分明，
洪水未消退。
天地的一代，
混沌演变水；
天地的二代，
地上雾蒙象；
天地的三代，
水色变金黄；
天地的四代，
四面有星光；
天地的五代，
星星发出声；

天地的六代，
发声后平静；
天地的七代，
平静后又变；
天地的八代，
变化来势猛；
天地的九代，
下界遭毁灭；
天地的十代，
万物被灭尽。

嗨嗨嗨嗨嗨，
此后发生了奇事：
天空突然震两声，
头声震天响，
二声空中行，
途经沃哲火施山，
叶哲大碾山，
古夫博杰山，
吉节纳杰山，
麻补菲克山，
狄曲博碾山，
走遍天涯与地角。
仰头看青天，
怒目看太阳。
伸手扯树梢，
树梢"咔"的断；

伸脚踏山头，　　　　　　　　　张口咬山岩，

山头塌四方；　　　　　　　　　山岩"轰"的崩。

流传地区：凉山州各地

演唱者：勒吉乃嘎，男，彝族，石棉县栗子坪彝族乡人。

沈特兹体，男，彝族，喜德县米市镇人。七岁就失去了父亲，与母亲相依为命，十三岁就在彝族乡村流浪。2001年春搬迁到西昌市马道第39号街区居住。会说唱彝族传统的各种婚俗歌。

搜集整理翻译：吉则利布　阿牛木支　克惹丹夫

唱四仙子辟地

嗨嗨嗨嗨嗨，
天地未分前，
诞生四仙子①：
儒惹古达生于东，
署惹尔达生于西，
斯惹狄尼生于北，
阿俄苏布生于南。

嗨嗨嗨嗨嗨，
住在宇宙的上方。
有恩体谷兹②家，
专门派出了使臣。
派了德布阿尔去，
来到土尔山顶上，
请了儒惹古达来。
儒惹古达啊，
又请署惹尔达来。
署惹尔达啊，
又请斯惹狄尼来。
斯惹狄尼啊，
又请阿俄苏布来。
阿俄苏布啊，
又请阿尔师傅来。

来到宇宙的上方，
为了开天辟地事，
请来诸神共商量。
九天商量到深夜，
吃了九头会餐牛；
九夜商量到天明，
喝了九坛会餐酒。
各方神仙齐聚会，
争相献计谋开天。

嗨嗨嗨嗨嗨，
谋士阿俄献一计，
交给阿衣苏涅仙；
阿衣苏涅献一计，
交给彭勒阿育仙；
彭勒阿育献一计，
交给儒惹古达仙；
儒惹古达献一计，
交给署惹尔达仙；
署惹尔达献一计，
交给阿俄苏布仙，
阿俄苏布献一计，

---

① 仙子：彝语叫"斯惹"，既不是神也不是鬼，而是同人间有血肉联系的具有超人才能的理想化的英雄人物。
② 恩体谷兹：彝语，彝族民间传说中主管天地的君主。

交给斯惹狄尼仙。

斯惹狄尼啊，
开了九个月铁矿，
交给阿尔老师傅。
阿尔师傅啊，
膝盖当砧磴，
口腔作风箱，
举头当铁锤，
手指作火钳，
制成四把铜铁叉。
一把交给儒惹古达仙，
把天地开裂一口子，
风从这里吹进来；
一把交给署惹尔达仙，
把天地开裂一口子，
风从这里吹出去；
一把交给斯惹狄尼仙，
把天地开裂一口子，
水从这里流进来；
一把交给阿俄苏布仙，
把天地开裂一口子，
水从这里流出去。
天地这样来开成。

嗨嗨嗨嗨嗨，
恩体谷兹啊，
启程看下界，
天地还没开裂好，
还有四个铜铁球，
埋在大地上。
恩体谷兹家，
特地派差使。

当派的不派，
派去骏马和仔马，
来到地面上，
去刨铜铁球。
刨不刨得出？
刨也不出来。
又派犏牛和阉牛，
去撬铜铁球。
撬不撬得出？
撬也不出来。
又派黄羊和红羊，
去挖铜铁球。
挖不挖得出？
挖也不出来。
又派黄猪和黑猪，
去拱铜铁球。
拱不拱得出？
拱就出来了。

斯惹狄尼啊，
请来阿尔老师傅，
将那四个铜铁球，
制成九把铜铁帚，
交给九个仙姑娘，
拿去扫天地。
把天扫上去，
天空蓝莹莹；
把地扫下来，
地面红艳艳。

四根擎天柱，
撑在地四方。
东方这一面，

木武哈达山来撑；
西方这一面，
母克哈尼山来撑；
北方这一面，
尼母大萨山来撑；
南方这一面，
火木抵泽山来撑。

四根拉天绳，
扣在地四方。
东西两面交叉拉，
南北两头交叉拉。
四个压地石，
压在地四方。

斯惹狄尼开天地，
斯惹约祖来整地。
斯惹约祖啊，
为了平整地，
请来阿尔老师傅，
铸造九把铜铁斧，
交给九个仙小伙，
随同约祖去整地。

斯惹约祖啊，
为了整地造山河。
上午议事时，
你说我说争相说；
下午做活时，
你做我做争着做。
打山山听话，
捶沟沟顺从。
一处打成山，
做牧羊的地方；
一处打成坝，
做放牛的地方；
一处打成田，
做栽秧的地方；
一处打成坡，
做种荞的地方；
一处打成垭口，
做打仗的地方；
一处打成深沟，
做流水的地方；
一处打成山坳，
居住安家有地方。

流传地区：凉山州各地
演唱者：勒吉乃嘎　吉克吉波
　　吉克吉波，男，彝族，农民，越西县南箐乡人。民间有名的德谷（泛指见多识广，能说会道，公正地为群众排忧解难的人）。
搜集整理翻译：吉则利布　阿牛木支　克惹丹夫

支格阿龙①

呜啊呜啊呃，
远古的时候，
天上生龙子，
居住在地上。
地上生龙子，
居住在江中，
金鱼来作陪，
大鱼来做伴，
小鱼供龙食。
江中生龙子，
居住在岩上，
巨石来作陪，
大蜂来做伴，
小蜂供龙食。
岩上生龙子，
居住在杉林，
鹿子来作陪，
麂子来做伴，
獐子供龙食。
杉林生龙子，
住在鸿雁乡。

雁乡这地方，
雁氏生女叫阿芝；
嫁到雪山去，

雪氏生女叫里扎；
嫁到黄云山，
黄氏生女叫马结；
嫁到相岭去，
相氏生女叫里莫；
嫁到西昌泸山去，
泸氏生女叫紫兹；
紫的女儿嫁耿家，
耿的女儿嫁蒲家。
蒲家生三女，
蒲莫基玛嫁姬家，
蒲莫达果嫁达家，
蒲莫妮依未出嫁。
蒲莫妮依啊，
三年建织场，
三月制织机，
坐在屋檐下织布。
机桩密集像星星，
织刀辗转如鹰翅，
梭子往来似蜜蜂，
纬线弯弯如彩虹。

扎扎杰勒这地方，
天空一对鹰，
来自驱鹰沟；

① 支格阿龙：彝语又译为支格阿鲁，意为龙的儿子。

地上一对鹰，
来自直恩山；
上方一对鹰，
来自蕨草山；
下方一对鹰，
来自尼尔委；
四只神龙鹰，
来自大杉林。
蒲莫妮依啊，
要去看龙鹰，
要去玩龙鹰，
龙鹰洒下三滴血，
滴在蒲莫妮依身。
这血滴得真出奇，
一滴落头上，
发辫穿九层；
一滴落腰间，
毡衣穿九层；
一滴落腿部，
裙褶穿九层。

蒲莫妮依啊，
以为是恶兆，
急忙派差使，
遇谁就找谁，
叫去请毕摩，
差人来到寨。
寨首转三遍，
寨首没毕摩；
寨尾转三遍，
寨尾没毕摩。

寨中找到毕摩家，
毕摩大师已出门，
只有学徒呷呷在。
学徒呷呷啊，
座底垫的黄竹笆，
中间铺的獐麂毛，
面上铺的花毛毯。
左手拉柜门，
右手摸柜底，
取出金皮书①。
先翻一双两篇哟，
纸上没有话，
黑墨不回答。
再翻两双四篇看，
说是凶与恶。
再翻三双六篇看，
说是吉与福。
再翻四双八篇看，
说是大吉兆。
翻到五双十篇时，
说要用只黄母鸡，
拿束"则果"枝，
念了生育经，
就要生个大神人。
毕摩动身行，
来到主人家，
念了生育经，
蒲莫妮依啊，
早晨起白雾，
午后生阿龙。

① 金皮书：一部用镀金书壳装订的彝文经书。言其珍贵、灵验。

支格阿龙啊，　　　　　　　阿龙懂龙话，

生后第一夜，　　　　　　　自称"我也是条龙"。

不肯吃母乳；　　　　　　　饿时吃龙饭，

生后第二夜，　　　　　　　渴时喝龙乳，

不肯同母睡；　　　　　　　冷时穿龙衣。

生后第三夜，　　　　　　　支格阿龙啊，

不肯穿衣服。　　　　　　　生是龙日生，

以为是个恶魔胎，　　　　　年庚也属龙，

被母抛到岩下去。　　　　　阴阳方位也是在龙方^①，

山岩本是龙住处，　　　　　取名也叫阿龙。

流传地区：凉山州各地

演唱者：勒吉乃嘎　吉克吉波

搜集整理翻译：吉则利布　阿牛木支　克惹丹夫

---

① 龙方：指东南方，彝族人认为这是吉祥的方位。

石尔俄特

远古的时候，
雪子施纳一代生子不见父，
施纳子哈两代生子不见父，
子哈迪勒三代生子不见父，
迪勒苏涅四代生子不见父，
苏涅阿署五代生子不见父，
阿署阿俄六代生子不见父，
阿俄石尔七代生子不见父，
石尔俄特八代生子不见父。

石尔俄特啊，
不知人类有父亲，
要去买个父亲来，
要去找个父亲来。
带了九个随从者，
带了九把银匙子，
带了九把金匙子，
驮了九驮银粉末，
驮了九驮金粉末。
狐狸赶银驮，
兔子赶金驮，
去寻父买父亲，
来到约木接列。

兹阿狄都家有女儿，
施色起身迎俄特：
"西方的表哥①，
你要去哪里？
今天将要黑，
天黑要在我家歇，
天不黑也在我家歇。
莫说蜜蜂不知夜，
见岩就要歇；
莫说乌鸦不知夜，
见树就要歇；
莫说牛羊不知夜，
牧人赶来圈里歇；
莫说云雀不知夜，
见了草原就要歇；
莫说水獭不知夜，
见了江河就要歇；
单身汉子无宿处，
见了房屋就要歇。
天已临近黑，
黑了要在我家歇，
不黑也在我家歇。"

石尔俄特说：

---

①　在古彝语里，"天上"和"东方"是一个词，"地上"和"西方'是一个词。诗中以"瓦格"为界，上为东方，下为西方。

"为了找父亲，
为了买父亲，
黑也不歇了，
不黑更不歇。"

兹尼施色说：
"西方的表哥，
下面大地上，
三只不撵山的狗，
未曾开叫脸就红的鸡，
三节不烧的木柴，
三匹不织的花边，
三两不弹的羊毛，
三斤不吃的盐巴，
这些指的是什么？
铠盔头上戴，
前后各两片，
差的一片是什么？
铠袍身上穿，
铠珠六千六百颗，
差的一颗是什么？
铠裤腿上穿，
圆形铠皮有两块，
差的一块是什么？
这些你若能回答，
买父找父该到哪儿去，
我能告诉你。"

俄特无奈回家找妹妹，
妹妹俄洛说：
"亲爱的哥哥，
你不用焦虑，
听我告诉你。

三只不撵山的狗，
是指林中的狐狸。
未曾开叫脸就红的鸡，
是指蕨草下的公野鸡。
三节不烧的木柴，
是指家中的祖灵。
三匹不织的花边，
是指天空的彩虹。
三两不弹的羊毛，
是指山间的云雾。
三斤不吃的盐巴，
是指深谷的冰块。
铠盔头上戴，
前后各两片，
差的一片是野猪颈上一块皮。
铠袍身上穿，
铠珠六千六百颗，
差的一颗是红脸公鹿一块皮。
铠裤腿上穿，
圆形铠皮有两块，
差的一块是水牛膝上一块皮。"

石尔俄特啊，
转去说给施色听，
兹尼施色说：
"西方的表哥，
没人比你更聪明，
全都被你答对了。
祖灵又该送何方？"

石尔俄特说：
"若要送到河中去，
河里有水鬼，

不是祖灵安放处。
若要送到山顶上，
山顶有狂风，
不是祖灵安放处。"

兹尼施色说：
"西方的表哥，
起灵之后插在屋壁上，
念经之后供在神位上，
超度之后送到山岩下。
除了供奉祖先外，
回到住处去，
娶妻配成偶。
只要这样做，
生子即可见父亲。"

石尔俄特啊，
三年求婚急，
却又无娶处。
又到约木接列去，
对着施色说：
"西方没人嫁女儿，
东方的表妹，
只好娶你了。"

兹尼施色说：
"西方的表哥，
姑娘再美貌，
不自讨身价。
你回住处去，
问那特莫阿拉①。"

石尔俄特啊，
返回问阿拉，
就此定身价，
坐下的客给喜礼，
住下的客给酒席，
新娘到时送匹黑骏马，
新娘回时送头黑牯牛，
就此娶回施色来。

石尔俄特啊，
婚后生三子，
石尔俄特是一代，
俄特俄勒是二代，
俄勒却布是三代。
却布生三子，
却布居斯未成家，
却布居尔未娶媳，
只有却布居木安了家。

流传地区：凉山州各地
演唱者：勒吉乃嘎　吉克吉波
搜集整理翻译：吉则利布　阿牛木支　克惹丹夫

————————————

① 特莫阿拉：指白颈鸦。此鸟象征和平喜庆，故以此代替人名。

勒俄牛牛

人间妞妞有三种三个样哦，
人间妞妞有三种三个唱腔。
这儿专唱勒俄①哦。
很久呀很久以前，
一代雪子施纳生子不见父，
二代施纳子哈生子不见父，
三代子哈迪勒生子不见父，
四代迪勒苏涅生子不见父，
五代苏涅阿署生子不见父，
六代阿署阿俄生子不见父，
七代阿俄石尔生子不见父，
八代石尔俄特生子不见父。
石尔俄特哦，
要去寻父亲，
要去找父亲。

流传地区：凉山州各地
演唱者：勒吉乃嘎　吉克吉波
搜集整理翻译：吉则利布　阿牛木支　克惹丹夫

---

① 彝族史诗《勒俄特依》中描写彝族人自来无父，石尔俄特开始带着金银去找父买父。他得到聪明美丽的姑娘兹尼施色的帮助，才知道"娶妻生子"和"供奉祖先"的秘密。这是彝族史诗中的珍品，因为无论是世界史诗中还是民间故事中，都很难找到这样细致深入地描写人类如何从母系社会过渡到父系社会的优美动人的诗篇。从文化人类学来看，它的价值是无法估量的。相传，在远古的时候，人们只知道母亲，不知道有父亲。一代雪子施纳从生下来到长大成人不见父亲，二代施纳子哈从生下来到长大成人不见父亲，三代子哈迪勒从生下来到长大成人不见父亲，四代迪勒苏涅从生下来到长大成人不见父亲，五代苏涅阿署从生下来到长大成人还是不见父亲，六代阿署阿俄从生下来到长大成人依旧不见父亲，七代阿俄石尔从生下来到长大成人仍然不见父亲。到了石尔俄特这一代即第八代，从生下来到长大成人仍然不见父亲。石尔俄特从懂事起到长大成人，都不知道自己的父亲是谁。石尔俄特一直在思考这个问题：人为什么只有母亲而没有父亲？他几次问母亲："我怎么没有父亲？我的父亲是谁？"母亲不是说他没有父亲，就是说他的父亲到很远很远的地方打猎去了。石尔俄特想弄明白这个疑问，他下定决心：一定要把父亲找回来；即使找不回来，也要用金银买回一个父亲。

蒲莫妮依织布

蒲莫妮依坐在自家屋檐下，
用毛线麻线来织布，
织啊织，
织了九天又九夜，
布没织出来；
蒲莫妮依坐在扎扎杰勒山，
用毛线麻线来织布，
织啊织，
织了九天又九夜，
布没织出来；
蒲莫妮依又来到山脉绵长、
山地宽广的土尔山，
坐在宽宽的山坡上，
用毛线麻线来织布，
织啊织，
织了九天又九夜，
终于把布织成了。

蒲莫妮依哦，

为了让天下的人都有衣裳穿，
日夜不停忙织布。
山坡对面定织桩，
织桩如星星；
山坡这面立织架，
织架一层层。
拉起的织线像挂在岩头的飞瀑，
翻飞的索玛织板如扇动的鹰翅，
往返的织梭似忙碌采蜜的蜜蜂。

织啊织，
织出的布料比蛛网还光鲜；
织啊织，
织出的布料比彩云还灿烂；
织啊织，
织出的布料比彩虹还美丽；
织啊织，
织出的布料比阳光还温暖。

流传地区：凉山州各地
演唱者：勒吉乃嘎　吉克吉波
搜集整理翻译：吉则利布　阿牛木支　克惹丹夫

三子分三处

武吾生三子，
三子分三处：
武吾拉易是汉人，
堆石作地界，
住在坝子上；
武吾格治是彝人，

挽草作地界，
住在高山上；
武吾期沙是藏人，
垒石作地界，
住在草原上。

流传地区：越西县
演唱者：阿索阿体，男，彝族，西昌市四合乡人。识彝文，会唱彝族婚俗歌。
搜集整理翻译：吉则利布　吉庆

谁是发明创造的英雄

那机灵的小孩呀，
射落六个太阳七个月亮的英雄是谁？
那个英雄是彝族的支格阿龙①。
逢年过节是谁提出的？
提出过节的是俄布库萨②。
缝制衣服是谁发明的？
那个发明者是姬吉乌芝③。
送祖灵仪式是谁提出的？
提出送祖灵仪式的是海比史祖④。
开天辟地的英雄是谁？
那个英雄是斯惹狄尼⑤。

修房造物的是谁？
修房造物的是补尔惹赤⑥。
寻找住地的是谁？
那是蒲伙惹所⑦。
念经驱鬼是谁兴起的？
念经驱鬼的是毕阿苏拉则⑧。
打卦占卜的是谁？
那是兹兹阿卓⑨。
谁叫太阳月亮运行的？
那是阿牛居日⑩。
伤风感冒是谁传播的？

---

① 支格阿龙：彝语，彝族远古时代一个杰出的部落首领。他是彝族的精神领袖，他的故事是彝族民间千百年来口耳相传，又经历代彝族民间艺人和广大人民群众不断创造、丰富的民间文艺精品，是家喻户晓、妇孺皆知、人们喜闻乐见的彝族文化瑰宝。

② 俄布库萨：彝语，彝族历史上第一个从事日历学研究的人。

③ 姬吉乌芝：彝语，彝族历史上第一个从事纺织业的女人。

④ 海比史祖：彝语，彝族历史上第一个主持送灵归宗仪式的人。

⑤ 斯惹狄尼：彝语，人名，彝族历史传说中的神人。相传，在上古时期天地连在一起，天神恩体谷兹想要开天辟地，找斯惹狄尼、儒惹古达、署惹尔达和阿俄苏布等四个神人来协商。斯惹狄尼找来九块铜铁，叫匠人打造四根钢铁叉，开裂了天和地，造山平坝，放水，透风。

⑥ 补尔惹赤：彝语，彝族历史上第一个建造房屋的人。

⑦ 蒲伙惹所：彝语，彝族历史上最早寻找土地的人。

⑧ 毕阿苏拉则：彝语，彝族历史上公认的杰出的大毕摩，彝族文字的创始人和传播者。

⑨ 兹兹阿卓：彝语，彝族历史上第一个从事占卜学的人。

⑩ 阿牛居日：彝语，传说中的神人，开天辟地以后，没有日月，万物不能生长，他请来六个太阳、七个月亮。

那是阿海色果①。　　　　　　　那是天神恩体谷兹⑥。

各种病魔的繁衍地在哪里？　　　刳木制餐具的是谁？

那是在德布洛莫②。　　　　　　都说是马海所补⑦。

放狗撵山的是谁？　　　　　　　娶媳安家的是谁？

那是吉尼朵兹③。　　　　　　　那是石尔俄特⑧。

驯养马匹的是谁？　　　　　　　火把过节是谁兴起的？

驯养马匹的是勒则比尼④。　　　都说是赫铁拉巴⑨。

饲养羊群的是从哪里开始的？　　醇香美酒是谁酿造的？

是从赫果⑤大山上开始。　　　　那活泼可爱的小孩呀，

用鼠粪替代灵牌的是谁？　　　　那是斯色帕尔⑩先酿造。

流传地区：凉山州各地

演唱者：阿尔毕哲，男，彝族，冕宁县拖乌乡人。会说彝族婚俗克智，善于调解民间纠纷，在拖乌乡一带很有名气。

搜集整理翻译：吉则利布

---

① 阿海色果：彝语，人名，彝族认为人类从前没有伤风感冒这种病，阿海色果最先得了伤风感冒，后来又传染给别人，再普遍地传染开来。

② 德布洛莫：彝语，地名，位于越西县境内，传说这里是魔鬼集中的地方。

③ 吉尼朵兹：彝语，人名，彝族历史上最早从事狩猎的人。

④ 勒则比尼：彝语，人名，彝族历史上最先驯养马匹的人。

⑤ 赫果：彝语，地名，在喜德县境内。

⑥ 恩体谷兹：彝语，传说中的天神。

⑦ 马海所补：彝语，人名，彝族历史上发明木制餐具的人。

⑧ 石尔俄特：彝语，人名。

⑨ 赫铁拉巴：彝语，人名，有的地方又叫阿体拉巴，是彝族火把节的创始人。

⑩ 斯色帕尔：彝语，人名，彝族历史传说中，发明酒曲和酿酒技术的人。

牡诺策惹

牡诺策惹①从哪里来？
是从天上云雾里来，
云雾变成人间马群了。
牡诺策惹从哪里来？
是从天上白云里来，
白云变成人间白马了。
牡诺策惹从哪里来？
是从天上红云里来，

红云变成人间红马了。
牡诺策惹从哪里来？
是从天上黑云里来，
黑云变成人间黑马了。
牡诺策惹从哪里来？
是从天上黄云里来，
黄云变成人间黄马了。

流传地区：甘洛县
演唱者：阿牛机几，男，彝族，喜德县红莫镇人。会唱传统彝族民歌和儿歌。
搜集整理翻译：吉则利布　阿牛木支　克惹丹夫

---

①　牡诺策惹：彝语，彝族历史传说中一匹有名的骏马。

英雄木呷是谁的儿子

蚂蚁再有名是泥土的儿子，
苍蝇再有名是粪堆的儿子，
跳蚤再有名是垃圾的儿子，
老鼠再有名是石堆的儿子，
公鸡再有名是母鸡的儿子，
猎狗再有名是母狗的儿子，

小猪再有名是母猪的儿子，
阉牛再有名是母牛的儿子，
骏马再有名是母马的儿子，
支格阿龙再有名是神鹰的儿子，
英雄木呷再有名是妈妈的儿子。

编者按：这首古歌旨在告诫人们一个深刻的道理：任何人或事物，在一定条件下是会发生变化的；一切事物都是有因果关系的，或者说一个极为平凡的事物，有了一定条件也会发生巨大变化。这首古歌比拟恰当，形象具体鲜明，描写细腻有致，音节铿锵，再加上所蕴含的深刻哲理，不论是艺术表现还是主题思想，都是彝族世代流传的优秀作品。

流传地区：冕宁县

演唱者：阿尔毕哲

搜集整理翻译：吉则利布　阿牛木支　克惹丹夫

哈亦迭古

迭古呀，迭古！
为了荞子地不遭人抢劫，
牧场不被人践踏，
小伙子常弹月琴，
姑娘们吹拨口弦，
幼童在阿嫫怀中安睡，
迭古呀，迭古！
你走向了战场。

迭古呀，迭古！
自从你走了后，

妈妈养的小鸡已经长成大阉鸡，
妈妈养的小羊已经长成大阉羊，
妈妈养的小牛已经长成大阉牛，
妈妈等着你回来吃呀！
妈妈想念你了。
你是妈妈的儿子吗？
是妈妈的儿子，
就应该回来看望妈妈……
迭古呀，迭古！
你到哪里去了？

流传地区：凉山州各地
演唱者：吉克吉波
搜集整理翻译：吉则利布

乌芝和乌妞两姐妹

乌芝乌妞两姐妹，
未满三岁就死了娘，
未满七岁就死了爹。
妈妈留下什么样的遗产？
留下四十八件白色蓝色褶裙。
四十四件白色蓝色褶裙赠给了乌芝，
四件白色蓝色褶裙馈赠给了乌妞。
乌芝出嫁去了远方，
乌妞却嫁在了近处。

妈妈留下什么样的遗产？
留下四十八套领口银牌。

四十四套领口银牌赠给了乌芝，
四套领口银牌馈赠给了乌妞。
乌芝出嫁去了远方，
乌妞却嫁在了近处。

乌芝远隔九重山，
乌芝远隔九条河。
乌芝早早晚晚见不着，
乌芝白天夜晚见不着。
乌芝思念家乡望月亮，
乌芝想念妹妹来唱歌。

流传地区：美姑县
演唱者：吉克吉波
搜集整理翻译：吉则利布　克惹丹夫

小伙属木嘎最大

我是妈妈的木嘎哟，
自称木嘎的我哟，
姑娘群里妞妞大，
小伙圈内木嘎大，
肩膀扛钢枪的是木嘎，
彝区做德古的是木嘎。

放牧的那一天，
羊群布满山岗的是木嘎，
大群的羊属于木嘎，
小群的羊是阿足惹妮的。
播种的那一天，
宽阔的梯田是木嘎的，
狭窄的梯田属于惹依阿博。
陡坡上两块荞麦地，
肥沃的荞麦地是木嘎的，
贫瘠的荞麦地是斯都普惹的。
阿嘎地托哟，
有两头白色黑色的牯牛在叫，
一头是木嘎的，
一头是依诺尔祝的。

我是妈妈的木嘎哟，
勒木竹赫那一方，
层层梯田里，
一丘是木嘎的，
一丘是阿鲁玛家的。

我是妈妈的木嘎哟，
果诺地托那一方，
有两块大的玉米地，
一块是木嘎的，
一块是果诺惹依的。

妈妈的木嘎哟，
跟随德古调解疑难纠纷，
骑上骏马进赛场。
跟随猎狗进过森林，
追随着英雄抵挡过强敌。
妈妈的木嘎哟，
曾用宝剑砍过敌人，
曾用美酒待过客人。

流传地区：凉山州各地
演唱者：吉克吉波
搜集整理翻译：吉则利布　克惹丹夫

歌手阿牛

居啊，居啊来唱歌，
勒啊，勒啊来唱歌。
会唱歌的阿牛父子，
流浪呀流浪在他乡。

瓦吉拉乌这一方，
拉惹尔嘎家正在娶新娘，
美酒堆得像一座座山峰，
斟酒的人像蜜蜂般穿梭，
喝酒的人像蜜蜂般密集，
请了阿牛父子来歌唱，
阿牛父子哟献上祝福的歌。

院里院外哦，
黑色的酒碗像猪牙交错，
花色的酒碗似喜鹊盘旋，
白色的酒碗似花蝶纷飞，
金色的酒碗似彩虹悬空，
银色的酒碗似蜜蜂穿梭。

黑色的酒碗敬给众伙伴，
花色的酒碗敬给同宗族，
白色的酒碗敬给众亲友，
金色的酒碗敬给父母亲。

居啊，居啊来唱歌，
勒啊，勒啊来唱歌。
会唱歌的阿牛父子，
流浪呀流浪在他乡。
眼苦望太阳，
嘴苦就唱歌，
手苦叉腰杆，
脚苦蹬泥土。

天上只有白云路，
地上只有蚂蚁路，
流浪的父子没有自己的路。
居啊，居啊来唱歌，
勒啊，勒啊来唱歌。

流传地区：越西县
演唱者：吉克吉波
搜集整理翻译：吉则利布　克惹丹夫

洒义朮机

呃——呃——
洒义啰木机，
木机家的房屋，
宽敞明亮又耀眼。
呃——呃——
洒义啰木机，
木机家的鸡猪，
成群散放山坡。
呃——呃——
洒义啰木机，
木机家的儿女，
儿子英俊女儿靓丽。

洒义啰木机，
拥有的金银财富，
白银用斗量，
黄金用碗装。
洒义啰木机，
宴请亲朋好友，
八十八个蒸笼来蒸美食，
千层荞粑比晒坝还要大。
洒义啰木机，
宴请同宗族人，

醇香腊肉像那大路般长，
家酿美酒十里香。
木机修筑的高大房屋，
屋檐四角飞扬翘壁。
梁顶上雕有如神的精灵，
梁柱上雕有鲜活的飞禽。

呃——呃——
洒义啰木机，
胜过宫殿的房子属于谁？
布满山坡的羊群属于谁？
房下的层层梯田属于谁？
呃——呃——
洒义啰木机，
沃土千万亩，
斑鸠飞了九天九夜飞不到边。
好友嘉宾来四方，
呼出的气可以把乌鸦熏下来。
呃——呃——
洒义啰木机，
牛羊成群游山垭，
五谷丰登乐开了花。

流传地区：凉山州各地
演唱者：吉克吉波
搜集整理翻译：吉则利布　克惹丹夫

兹合阿吉惹

兹合啰阿吉惹，
出嫁到远方。
盛装从屋起，
妈妈见了泪唰唰。
妈妈呀妈妈，
不要泪长流，
不要啪啪拍手掌。

去了十来天，
阿吉满意要回返，
阿吉不满意也要回返，
但愿背着美酒蜂蜜来，
但愿背着腊肉加盐来。
美酒孝敬父亲，

腊肉献给母亲。
骏马雄赳赳，
钢枪扛肩上。

兹合啰阿吉惹，
不管满意不满意，
手指十兄弟，
细细手指沾了婆家的清洁水；
脚趾十兄弟，
长长的脚趾已越过婆家门槛；
发辫十二根，
黑黑的发辫也让婆家梳理了。
兹合啰阿吉惹。

流传地区：凉山州各地
演唱者：吉克吉波
搜集整理翻译：吉则利布　克惹丹夫

斯惹阿毕

斯惹阿毕呀，
天空降下三条神猎狗，
遣到三方去。
斯惹阿毕呀，
锻出三把利剑来。
说是去砍牦牛肉，
牦牛逃到玛果深山去了。
斯惹阿毕呀，
说是用利剑剁阉羊，
用利剑剥山羊皮，
阉羊逃到约尔勒哈去了，
山羊逃到车科伙普去了。
出逃的已经逃远了，
不想出逃的也逃走了。
斯惹阿毕呀，
心想事难成。
摔跤很难在平地，
追逐难在山林里。
长着獠牙的肥猪在委洛拉达，
肥壮的阉鸡出自阿治依觉。

斯惹阿毕呀，
曾跟随过圣人神仙，
吃过圣人神仙的饭。
斯惹阿毕呀，

曾跟随过君主，
吃过美味佳肴。
斯惹阿毕呀，
曾赶过热闹街市，
吃过香甜的美食。
斯惹阿毕呀，
曾流浪在彝家山寨，
吃过荞粑配羊肉。
衣物十二种，
穿过无数靓衣。
美食无数类，
吃过无数美味佳肴。
曾见识过强硬的人，
与硬汉交过手，
像猛虎啃过硬骨头。
曾见识过软绵的东西，
软属绵苔软，
绵苔粘性强，
野葱比它强。
软属荞面软，
簸箕光生生，
荞面粘簸箕，
荞面比它强。
斯惹阿毕呀，
斯惹阿毕！

27

流传地区：普格县

演唱者：吉克吉波

搜集整理翻译：吉则利布　克惹丹夫

婚礼歌

HUNLI GE

嬉戏歌

结婚嫁女要唱歌，右达蓝色天。
要唱就唱嬉戏歌，酉长嫁女儿，
要唱结婚嫁女歌。设宴九大场，
嬉戏的起源，主客来赛歌，
黄土三大片，九天赛到晚，
黄土长黄树，九夜赛到明，
黄树结黄果，我们这家人，
黄果栖黄鹰。照此来传唱，
这只黄鹰呀，唱给亲朋听。
左抵黄雾处，……

流传地区：凉山州各地
演唱者：吉克吉波
搜集整理翻译：吉则利布　阿牛木支　克惹丹夫

婚嫁歌

天地生成早分明，骏马要卖求买者，
人间世代有规矩。女子要嫁求婚者。

流传地区：凉山州各地
演唱者：阿苏尼哈，男，彝族，越西县瓦岩乡人。民间德古，会唱古歌及山歌。
搜集整理翻译：吉则利布　克惹丹夫

赞新房

四根独木桩，
立在四方位。
四根四处找，
茅草上百种，
茅草白生生，
找草的主人。
是谁做了主？
找到草原主，
毕俄家之子，
启程寻草父，
启程寻草母。
谁在做主呀？

草原之母呀，
派出两女儿，
来当圣母草。
什么放首位？
火塘置首位。
什么放中位？
堂屋置中间。
什么放下位？
耳房下方位。
新房的起源，
我们这样说。

流传地区：凉山州各地
演唱者：吉克吉波
搜集整理翻译：吉则利布　阿牛木支　克惹丹夫

唱出嫁服

说说出嫁服，
云杉世界里，
杉叶落下地，
黄腰狸捡来作聘金。
长杉树的地方，
树叶降下来，
虎豹用它作聘金。
竹林大山上，
竹叶落下了，
锦鸡捡来作聘金。
蕨芨山坡上，
坡上落蕨叶，
雉鸡认它作聘金。
丛林杂草中，
雉鸡落下蛋，

鸡蛋作聘金。
长草的沟坝，
草叶一片片，
牛羊认它作聘金。
安宁河坝地，
天上降下雾，
鹅鸭捧水作聘金。
有鸡的地方，
庄稼落下粒，
粮粒是鸡的聘金。
人类居住地，
姑娘出嫁时，
嫁服扮姑娘，
婚礼服由此来，
我们照此来唱。

流传地区：凉山州各地
演唱者：吉克吉波
搜集整理翻译：吉则利布　阿牛木支　克惹丹夫

唱勒波歌

汉区的棉花，　　　　　女儿出嫁去，
安宁河坝栽。　　　　　来到蕨茇坪。
安宁河坝里，　　　　　蕨茇雉鸡哟，
汉女栽棉花。　　　　　正为嫁女忙，
棉花栽在坝，　　　　　嫁妆送与它，
栽时要施肥，　　　　　雉鸡更美丽。
除草在根部，　　　　　走到竹林里，
摘花在头上。　　　　　竹林锦鸡哟，
妇女摘棉花，　　　　　正为嫁女忙，
男人挑棉担，　　　　　嫁妆转给它，
挑来放四处，　　　　　锦鸡更美丽。
堆成座座山。　　　　　新娘进深山，
东方出红布，　　　　　恰遇虎母子，
西方出黄布，　　　　　嫁妆让给它，
北方出白布，　　　　　虎皮显花纹；
南方出黑布，　　　　　嫁妆转它戴，
东北与西南，　　　　　嫁妆花纹美。
出现了花布。　　　　　我女穿嫁妆，
各式各样布，　　　　　我女更漂亮。
缝制新娘装，　　　　　新娘的勒波①，
我制我女穿，　　　　　我们这样唱。
我女更漂亮。

流传地区：凉山州各地
演唱者：吉克吉波
搜集整理翻译：吉则利布　阿牛木支　克惹丹夫

---

① 勒波：彝语，彝族新娘出嫁时必备的一块用纯羊毛织的红色和黑色相间的布。

唱生育魂

唉咿喔嗨啊，
唱起生育魂。
各种花纹呀，
太阳光耀眼。
红红黄黄的，
冬日草也绿。
白白黑黑的，
黑色木柜大。
黑色木柜哟，
应置在家里，
已置在家里。
明亮屋子里，
逢年过节时，
姊妹饮美酒。
时逢大喜事，
做灵置室内。

内室大黑柜，
置放很稳当，
拽也拽不动。
有位老妈妈，
走进放柜处，
四肢一起爬，
丝绸花花绿，
系在女腰上，
母亲戴的帕，
顶在女头上，
女戴到婆家，
母亲生育魂，
附在女身去。
生育魂之服，
唱到此为止。

流传地区：喜德县
演唱者：吉克吉波
搜集整理翻译：吉则利布　阿牛木支　克惹丹夫

唱头花

喔嗨啊喔嗨，
远古的时候，
天降花头帕，
降到屋上方。
牧童捡到它，
送给牧人看。
牧人看不懂，
拿来哟拿来，
送给叔伯看。
叔伯看不懂，
送给土司看。
土司见识广，
能识千种物，
但都看不懂。
送给工匠看，
工匠能识别。
工匠真厉害，
学徒也看懂，
都说是棉种。

先前的一天，
拿到山上种。
山上是牧场，

牧人胆子小，
拿到屋下种。
屋下放猪处，
担心被猪拱。
到了后来天，
种在安宁坝。
种后三个月，
长出尖尖苗，
苗叶绿油油。
种后多个月，
汉女摘棉花，
汉子挑棉花，
汉女来纺线，
汉子来织布。
织出了白布，
送到染房去，
染出色彩来。
染出红黄布，
染出青绿布，
染出黑白布。
拿上红黄布，
人间头一天，

做了顶头花^①，
送给土司女。
拿上青绿布，
送给中等人，
成了黑彝头上花。
黑布与白布，
下等人所有，
成了白彝头上花。
在那天堂里，
住有三白族。
在那人间地，
土尔山顶上，
住有三黑族。
天地相通婚，
白族黑族婚。

后来的一天，
天上掉金石，
降哟往下降，
降到土尔山。
黑族妻捡拾，
制成银梳子，
制成金篦子，
做好给儿媳，
从此养了女。
女儿养头发，
那些头发嘛，
回养银梳子，
回养金篦子。
结婚头饰呀，
我们这样唱。

流传地区：越西县
演唱者：阿苏尼哈
搜集整理翻译：吉则利布　阿牛木支　克惹丹夫

---

① 头花：彝族新娘出嫁时佩戴的头饰，一般是用五颜六色的锦线编成，有的地方也以彩色斗笠来代替。等新娘启程后不久，伴娘赶紧把戴在新娘头上的彩色头饰取下来递给另一个伴娘，伴娘赶快把它拿到新娘的头上朝着屋内转一转，然后把它挂在门槛下，意为新娘身上的晦气已经卸在路上。有的地方是将此彩色头饰甩在桃李树下或者埋在挂果的树木下，以示新娘多多生儿育女。

新娘的头饰

在那远古时，
就在天堂里，
银锭成石堆，
金子石板厚，
金子银子石，
储藏堆成山。
矿石往下滚，
往下滚哟滚，
滚到了皇山，
皇帝那山上，
金银味冲天。
彝家山腰上，
炼着金银矿，
三天冒青烟，
三夜火光照。
黄红金子哟，
大如石杵子，
炼出的银锭，
大如拳头般，
金银像雪堆。
汉族皇帝下，
纳央三户婚。
皇帝纳央家，

出嫁女儿时，
梳妆又打扮，
商量又商量，
寻找个金匠，
四处去求请，
压住地神斧。
商量三个月，
三月商到黑，
商量了无数，
抽出金银丝，
做成金银花。
纳央家女儿，
从下扮到头，
辫子黄金饰；
从上扮到脚，
鞋子挂金铃，
腰穿铜缎服，
如今也一样。
大富人结婚，
嫁女戴头饰，
精致又漂亮，
女儿更美丽。

流传地区：凉山州各地
演唱者：阿苏尼哈
搜集整理翻译：吉则利布　阿牛木支　克惹丹夫

转　头

唉咿唉咿啊，
蒲媒两相婚，
蒲媒红杉婚，
红杉云杉婚，
云杉高山婚，
高山云雾婚，
云雾与天婚，
天与绿云婚，
绿云黄云婚，
黄云红云婚，
红云白云婚，
白方黑方婚，
黑方与天婚，

天与细雨婚，
细雨与山婚，
山与地通婚，
地与绿草婚，
绿草与羊羔，
羊羔肥羊婚，
肥羊姑娘婚。
姑娘喜头饰，
头饰过门槛，
门槛客位婚，
客位引亲家，
转头的羊舌，
我们照此唱。

编者按：转头，彝族称为"约拉姑"，其仪式一般要视新郎的家境和路程的远近来定。如果新郎家境比较富有，这种仪式就隆重得多；家境一般的，仪式要简单一些。如果路程远，当天办完婚宴以后接着举行；如果路程近，三天以后才举行。之前，由新郎家派人去请毕摩择选吉日。届时，主人家请毕摩举行特殊的祈祷仪式（彝族称之为哦果洛依惹）。这种仪式一般要用一只黑色的绵羊或猪，禁忌用山羊或其他牲畜。首先要给新娘举行解污秽仪式，让新娘带着婚后准备带到婆家去的衣物、饰品或用具从毕摩指定的位置上走过，然后叫新郎和新娘与家人一起坐在堂屋里，让人将绵羊或猪抱来，在新郎和新娘及其家人的头顶朝内转九圈，朝外转三圈后，毕摩才开始念诵经文祈祷。举行此仪式意味着新娘从此成为婆家的人了，主人家禀报祖先新郎已娶回新娘，祈求祖先保佑新郎和新娘婚后身心健康，生活安康，多子多福，四畜兴旺，五谷丰登，万事如意。

流传地区：越西县
演唱者：阿苏尼哈
搜集整理翻译：吉则利布　阿牛木支　克惹丹夫

唱红色毛布

嗨嗨呀嗨嗨，
大地的气流，
与蓝天通婚，
天与白云婚，
白云乌云婚，
乌云与天婚，
天与细雨婚，
细雨人间婚，
人间与地婚，
地与绿草婚，
绿草羊羔婚，
羊羔成白羊，
白羊剪白毛，
放于人间地。
人类居住地，
会纺者来纺，
母大雁来纺；
会弹者来弹，
阿约阿先弹。

弹毛起白雾，
会纺者来纺，
豪芝美女纺。
纺出羊毛线，
毛线细又长，
会制者来制。
蒲嫫妮依制，
制出白毛布。
白布转女头，
不宜来转头。
从那以后起，
用羊来祭神，
羊血流四滴，
沾到毛布上，
毛布变成红，
红布配羊舌，
转了女儿头。
红色毛布①哟，
我们这样说。

流传地区：凉山州各地
演唱者：阿苏尼哈
搜集整理翻译：吉则利布　阿牛木支　克惹丹夫

---

① 红色毛布：用纯羊毛纺织然后染成红色的一块方巾，富裕人家还要在方巾上面镶嵌珍珠、玛瑙等，一般人家只在方巾四角绣上精美的图案。此物新娘出嫁时才使用，一般不外传，是彝族的传家宝。

唱银领扣

啊咝啊咝啰，
金子和银子，
阿杰瓦曲有。
阿杰瓦曲哟，
银子装五屯，
世人还在穷。
人间大地上，
甘嘎居地坡。
地坡甘嘎家，
叫他拿出银，
拿四十八锭，
放在屋子里。
整个屋子里，
找不到工匠。
寻匠到高原，
高原平台上，
找到个工匠，
名火顶罗佳。

罗佳工匠哟，
是个好银匠。
走遍了天下，
地坡甘嘎家，
杀牛敬工匠，
礼数最高级。
罗佳工匠哟，
肩扛打银砧，
打出银领口，
叫女戴上它。
女儿戴着它，
变得更漂亮。
从那以后哟，
世上的姑娘，
照此戴领扣，
戴它更美丽。
姑娘银领扣，
我们讲到此。

流传地区：越西县
演唱者：阿苏尼哈
搜集整理翻译：吉则利布　阿牛木支　克惹丹夫

新婚三炉火

哦喔哦喔呀，
远古的时候，
天上降火星，
降到了人间，
人间才有火。
火球滚到地，
火球在分裂，
分了一团火，
土尔山顶烧。
神仙来烧火，
阿晟来烧火，
淬银来加火，
煅金来煲苗，
九天烧到黑，
九夜燃到亮，
白天冒青烟，
夜晚照大地。
世上的人们，
首次来离别，
说是为婚烧。
婚姻的法则，
人要朝前赶，
要勇敢向前。
金粉银粉哟，
算是中等级，
牛和骏马哟，
算是低等级，

这是土司婚。
后来的一堆，
土尔山腰烧。
神仙博史哟，
他来烧火堆，
劈铜加火烧，
劈铁煲火苗，
七天烧到黑，
七夜烧到明，
白天冒青烟，
夜晚照大地。
中等人分别，
这是黑彝婚，
婚姻制度是，
金银当首位，
绸缎当中等，
羊群下等品，
压在了其尾。
烧的第三堆，
在土尔山脚。
野猪来烧红，
劈柴来加火，
劈杉煲火苗，
五天烧到黑，
五夜烧到明，
白天冒青烟，
夜晚照四方。

这是白彝火，　　　　　作为中等礼，
当成下等火，　　　　　猪鸡作下等。
婚姻制度是，　　　　　婚姻分级火，
马牛数首位，　　　　　新婚三炉火，
各种花衣哟，　　　　　我们如此唱。

编者按：彝族崇火，火的感召力是强大的，火给人以衣、食、住、行之便，亦可做驱邪镇鬼之用。彝族视火把为神灵的化身，人财两旺的源泉，纯洁幸福的象征。彝族认为火是红色的，红色代表的是血液、烈火，红色是生命的象征，是灵魂升华的象征，也是爱情的象征。

彝族传统婚俗，新娘启程前要烧炉火给新娘烤，然后开始给新娘梳妆打扮，表示增加温暖；新娘被娶到婆家后，不能直接背进婆家的老屋里，而是要背到婆家事先用青竹、青松搭成的新房（临时迎亲棚）里。

彝族的迎亲棚一般是用八枝青松枝搭成的，房顶上需用三枝不削头的松枝来搭建，然后用竹篾笆盖好，四周用竹篾笆围拢。迎亲棚搭好后，再用新鲜的松毛来铺垫，在棚内的中央部位烧上一炉火，届时主客双方围在火炉边尽情说唱，祝福新人新婚快乐，白头偕老。

当新娘被迎进新郎家后，再烧旺火塘，即为新婚三炉火。

流传地区：越西县

演唱者：阿苏尼哈

搜集整理翻译：吉则利布　阿牛木支　克惹丹夫

婚礼歌

哎咿哎咿啰，
山峰不相接，
云雾来相连；
平坝不相接，
庄稼来相连；
山在河两边，
大桥来相连；
鲜花两地开，
蜜蜂来传情；
两家两家婚，
天地两家婚。
什么来做媒？
什么作礼金？
什么走前面？
什么走中间？
什么来扫尾？
天地相合婚，
云雾来做媒，
细雨飘飘作礼金，
天寒地冻雪在前，
白云乌云走在中，
风声雨滴来扫尾。

厚度相同相合婚，
山岩与山岩来开亲，
什么来做媒？
什么做身价？

夜风来做媒，
树叶做身价。
同样大的相合婚，
日月相合婚，
什么来做媒？
北斗星做媒。
同样宽的相配，
篾笆来相配。
同样厚的相配，
荞饼来相配。
同样大的相合，
什么同样大？
山羊绵羊来比肩。

富者与富者婚，
什么来交换？
金银相交换。
什么跟随去？
福禄跟随去。
贫富的东西，
什么相交换？
粮粒相交换。
软的相通婚，
什么相通婚？
水与炒面婚，
炒面与口袋婚。
硬的相通婚，

什么物件硬？
骨与虎牙婚。

下有土地婚，
黄土来做媒，
黑土来扫尾，
婆家嫌不够，
男家再追加。
石头相开亲，
黄石来做媒，
黄石全到齐，
女方嫌不够，
男方再追加。
树木相开亲，
黑树来做媒，
黑树全到齐，

女方嫌不够，
男方再追加。

竹子相开亲，
竹笋露出头，
遇冬过寒亲，
冰雪融化亲，
雪地冰冻亲，
雪降满天开，
雪积山也开，
大地白也开。
天地之间婚，
人类相通婚，
所有树木婚，
所有鸟类婚，
婚歌这样唱。

流传地区：凉山州各地
演唱者：阿苏尼哈
搜集整理翻译：吉则利布　阿牛木支　克惹丹夫

狄波八子婚俗

咿——啊——咿，
狄波神人传，
神人普支传，
普支甘智传，
甘智东兹传，
东兹尼坡传，
尼坡且尔传，
且尔狄咪哟，
生了八个儿。
在那东方位，
河有唐凉河，
唐凉狄波婚，
曲涅莫日呷，
娶回做媳妇，
嫁给丹汪惹。
是谁做的媒？
神仙拉叶起，
做了这次媒。
在那西方位，
河有俄木河，
俄穆阿好婚，
俄穆莫施色，
娶哟娶回来，
阿豪土兹妻。

是谁做的媒？
木且冷谷哟，
做了这次媒。
在那北方位，
河有姑井河，
姑井纳威婚，
姑井莫日桑，
嫁哟嫁出来，
给纳威东惹。
谁做这次媒？
阿哲①单格哟，
做了这次媒。
在那南方位，
河有狄坡河，
狄坡乌斯婚，
狄坡莫丹兰，
娶哟娶回来，
给乌斯耶哈。
是谁做的媒？
德布斯惹呀，
做了这次媒。
狄波八子哟，
婚歌这样唱。

---

① 阿哲：彝语，氏族名，指居住在贵州大方一带的阿哲部落。

流传地区：布拖县

演唱者：勒则乌来惹，男，彝族，布拖县拖觉镇人。

搜集整理翻译：吉则利布　阿牛木支　克惹丹夫

姑娘求婚歌

姑娘求婚来，
姑娘征婚来，
求得不返回，
征得脸通红。
比果家双女，
前去把婚征，
求婚没如愿，
征婚无结果。
征婚真辛苦，
征得更激动。
征哟再征婚，
到地史则吾。
什么做婚礼？
银梳子做礼，
金笾子送礼。
屋内土司子，
求婚跪四方，
求婚没结果，
求婚是白搭，
征婚更无聊。
求婚征婚哟，
到了白鹰山。
什么做礼品？
送给金银杯。
一对肥猪去，
寻求征婚事，
求婚无结果。

求婚是烦事，
征婚更羞人。
求婚再求婚，
到沙姿山下。
给了什么礼？
送了银猪槽。
公鸡和母鸡，
四处去求婚，
没有求着婚。
求婚是难事，
求婚跑断腿。
再次去求婚，
来到客座位。
赠给什么礼？
粮食做礼品。
大黑牯牛哟，
也要去求婚，
求婚没希望，
征婚是麻烦，
但它还是求。
征婚又求婚，
到勒格呷涛。
什么做礼品？
给银制犁头，
送金制连枷。
紫色的骏马，
它也去求婚，

求婚苦差事，
求也求不回，
征也征不到，
到瓦洛沟谷。
送的什么礼？
送的银制鞍。
从此以后哟，
猎狗去寻婚，
四处去求婚，
没有寻着婚，

求婚难上难，
求了也枉费，
征了没有用，
来到红杉林。
什么做礼品？
给了林中麂。

姑娘求婚的，
姑娘征婚的，
我们世代这样唱。

编者按：彝族历史传说，远古的时候，有对表哥表妹准备结婚，但那时不是嫁女儿，而是嫁男儿。表哥嫁到表妹家时，表妹家宰杀牛、羊、猪，宴请送亲的客人。表哥是个贪吃的人，送亲的人叫他回去时，他说："等我把牛肉吃了再走。"吃完了牛肉，人们叫他快走，他说："等吃了猪肉再走。"吃完了猪肉，他还是不走，又说："等吃完了羊肉再走。"吃完了羊肉，他还守着羊脚羊头，说吃完这些再走。这样一拖就是好几天，表妹家被弄得苦不堪言。最后表妹实在看不下去了，说："算了，男人贪吃，就别叫他嫁过来了，我嫁过去！"从此，彝族的婚俗就变成女方嫁到男方家，并延续下来的。

流传地区：凉山州各地

演唱者：勒则乌来惹

搜集整理翻译：吉则利布　阿牛木支　克惹丹夫

挽留歌

拉住啊，拉住！
离别就要临近，
我们的心难舍难分。
鸡叫以前是家里人，
天亮以后就要出嫁远行！
拉住啊，拉住！

拉住啊，拉住！
阿妈呀，你应该把我拉住，
我走后谁来把阿妈陪伴？
只有花猫把阿妈陪伴！
只有锅庄石把阿妈陪伴。
只因哥哥嘴馋吃了人家的酒肉，
只因阿爸贪财花了人家的银钱，
哪怕冰雪积的垫子厚，
哪怕大雪把山路都遮盖，
我不去不行吗？
舍不得呀，
你们心里酸不酸？

拉住啊，姐妹们！

拉住啊，姐妹们！
我走后谁和姐妹们嬉戏做伴？
谁和你们一起捻线团？
谁和你们一块做针线？
哪怕寒露蒙住了我的睫毛，
哪怕冰雪冻住了我的裙边，
哪怕高山大河挡住了我的去路，
哪怕绸缎束腰腰勒断，
我不去不行吗？
舍不得呀，
你们心里酸不酸？

拉住啊，拉住！
拉住啊，拉住！
天亮以后接亲的人，
把你背到核桃树下，
咱们马上就要分别了，
我们实在舍不得你呀！
拉住啊，拉住！
拉住……

流传地区：凉山州各地
演唱者：阿苏尼哈
搜集整理翻译：吉则利布　克惹丹夫

相聚歌

啊咝啰啊咝啰，
如果不是云雾，
高低山峰不会相聚；
如果不是狂风，
各种树叶难相聚；

如果不是奔腾河流，
礁石沙滩难相亲；
如果不是媒人，
世上男女不会联姻。

流传地区： 凉山州各地
演唱者： 阿苏尼哈
搜集整理翻译： 吉则利布　克惹丹夫

媒婆歌

咿啊——咿啊，
媒人为了两家亲，
嘴皮脱了九层皮，
穿梭两边费脑筋，
头发掉了九十九，
跑来跑去脚板扁，
比画胳膊酸麻筋，
几餐肚皮饿空空，

好像锦鸡为喜嘴唱红，
云雀为喜高空鸣，
布谷为喜肚叫空，
喜鹊为喜早做窝。
双方成亲似彩虹，
世上无春哪有百花开，
世上无秋哪有年景丰，
世上无媒两家姻难成。

流传地区： 凉山州各地
演唱者： 阿苏尼哈
搜集整理翻译： 吉则利布　克惹丹夫

说亲歌

啊呀啊呀啦，
平坝无水不成田，
高山无树山不美。
啊呀啊呀啦，
蓝天无云不起风，

沟壑无雾不下雨。
啊呀啊呀啦，
世上无人不成家，
人间无人不冒烟，
婚事无媒不成亲。

流传地区：凉山州各地
演唱者：阿苏尼哈
搜集整理翻译：吉则利布　克惹丹夫

礼仪歌

咿呀咿，咿呀咿，
客比主大三百六十岁，
主人只有一百二十岁；
客人的唱词有十二首，

主人只有歌词十一首；
主人是牵牛者，
客人是耕地者。

流传地区：西昌市
演唱者：阿牛五来，男，彝族，西昌市宁远桥人。
搜集整理翻译：吉则利布　克惹丹夫

泼水歌

啊嘞嘞，啊嘞嘞，
妈妈为了养大女儿，
脱了九十九层皮，
不泼客人九十九瓢水，
不抹亲人九十九把锅烟，
哪能让你们把姑娘娶走？

啊嘞嘞，啊嘞嘞，
为了娶上美丽的新娘，
我们翻越九十九座山，
我们越过九十九道河，
不娶走美丽的姑娘哪里行？

啊嘞嘞，啊嘞嘞，
我们姐妹从此相分别，
我们流了九十九滴泪，

不给客人泼上九十九瓢水，
不给客人抹上九十九把锅烟，
哪能让你们把姑娘娶走？

啊嘞嘞，啊嘞嘞，
我们在雨水中前进，
我们在雨水里成长，
我们不怕你们泼水。
我们像马群中有跑得最快的带头马，
我们像羊群里有雄壮的带头羊。
我们是勇敢顽强的小伙，
我们不会被几瓢冷水吓跑。
我们为娶走美丽的姑娘，
被泼上九十九桶水也乐意，
被抹上九十九把锅烟也心甘。

编者按：彝族认为，清水能洗去人身上的污垢和晦气，能驱恶除邪，赶走妖魔，给人带来吉祥和幸福。因此，彝族新婚时一定要泼水。为经受这个考验，在迎亲时，男方选派未婚男子去接亲时，既要身体强壮，又要精明能干，既能承受寒水泼身之苦，又能完成"抢"新娘的艰巨任务，在推荐人选时往往要反复斟酌，择优录用，有的不惜长途跋涉，选拔良才。

彝族的迎亲是通过"抢"的方式完成的。在"抢亲"的前一天晚上，姑娘们向小伙子们发起激烈的水战。姑娘们用泼、淋、灌、射等各种方式凶猛地攻击小伙子们，使来"抢亲"的小伙子们难以招架。于是，聪明的小伙子们便在天黑以前找到存水的地方，悄悄地倒掉一部分水，以减轻"水灾"的袭击。

经过一晚上的水战，当早晨来临时，"抢亲"便开始了。这时，姑娘们拥着

新娘，小伙子们前去"争抢"，姑娘们防守严密，小伙子们必须机灵多变，抓住一瞬间出现的漏洞，"抢"到新娘便跑，直跑出一二里山路才改为行走。可见，把新娘"抢"到婆家是多么的不容易！彝族认为，婚礼中的这一泼一抢能祛除邪祟，保证一对新人日后的生活不受侵扰。

流传地区：喜德县

演唱者：吉克吉波

搜集整理翻译：吉则利布　克惹丹夫

自夸歌

啊呀啊呀啦，
我们这家人，
三百勇士站院坝，
作战杀敌不需外人帮。
啊呀啊呀啦，
三百能人我家有，
调解办案不求人。
啊呀啊呀啦，
三百美女我家有，
绣花织锦不求人。
啊呀啊呀啦，
三百老人我家有，
看屋守家不求人。
啊呀啊呀啦，
三百小孩我家有，
牧羊割草不求人。
啊呀啊呀啦，

三百骏马我家有，
赶路不需求外人。
啊呀啊呀啦，
三百耕牛我家有，
耕地换工不求人。
啊呀啊呀啦，
三百绵羊我家有，
擀毡制衣不求人。
啊呀啊呀啦，
三百鸡公我家有，
不需别家鸡打鸣。
啊呀啊呀啦，
三百猎狗我家有，
撵山打猎不求人。
啊呀啊呀啦，
三百歌手出我家，
对词赛歌技压群。

流传地区： 凉山州各地
演唱者： 勒则乌来惹
搜集整理翻译： 吉则利布　阿牛木支　克惹丹夫

迎亲歌

啊呀啊呀啦，
尊敬的来宾，
当你们来到草原上，
我们指派一对云雀去迎接，
不知它们来了没有？
当你们来到蕨芨草坪上，
我们打发一对雉鸡去迎接，
不知它们来了没有？
当你们来到竹林边，
我们差遣一对锦鸡去迎接，
不知它们来了没有？
当你们来到森林里，
我们使唤一对老熊去迎接，
不知它们来了没有？
当你们来到高山上，
我们驱赶一对麂子去迎接，
不知它们来了没有？
当你们来到悬崖边，
我们放出一对蜜蜂去迎接，
不知它们来了没有？
当你们来到大河边，
我们调派一对水獭去迎接，

不知它们来了没有？
当你们来到村寨边，
我们委派一对白狗去迎接，
不知它们来了没有？
当你们来到房屋前，
我们驱使一对仔猪去迎接，
不知它们来了没有？
当你们来到屋檐下，
我们诱导一对鸡崽去迎接，
不知它们来了没有？
当你们来到屋内时，
我们聘请两个姑娘去迎接，
不知她们到了没有？
当你们来到火塘边，
我们派出两个小伙去迎接，
不知他们到了没有？
远方来的客人哟，
如果是在见面之前错过，
请原谅途中招待不周。
尊敬的客人可不要见外，
请接受我们诚挚的歉意。

流传地区：普格县
演唱者：勒则乌来惹
搜集整理翻译：吉则利布　阿牛木支　克惹丹夫

接亲歌

嗨哟唉，嗨哟唉，
不会唱接亲歌的你莫来，
布布乃托那一方，
吉日伟机的两个英俊小伙，
来帮我们唱接亲歌；
瓦吉勒乌那一方，
别雅阿智的两个英俊小伙，
来帮我们唱接亲歌；
尔曲勒乌那一方，
依伍阿伙的两个英俊小伙，
来帮我们唱接亲歌；
伙莫勒乌那一方，
吉根勒莫的两个英俊小伙，
来帮我们唱接亲歌；

玛果勒乌那一方，
萨阿庚吉的两个英俊小伙，
来帮我们唱接亲歌；
吉易所诺那一方，
索体吉拉的两个英俊小伙，
来帮我们唱接亲歌。

不是斧头砍不了大树，
不是镰刀割不了荞麦，
不是甑子蒸不熟美食。
转呀转起来，
来唱接亲歌，
唱得天笼盖大地。

流传地区：凉山州各地
演唱者：勒则乌来惹
搜集整理翻译：吉则利布　阿牛木支　克惹丹夫

喜庆歌

咿呀咿呀——
年有十二个，
就数今年好；
月有十二个，
就数这月好；
日有十二天，
就数今天好；
夜有十二夜，
就数今晚好。

头上蓝天无云雾，
即使有点云雾，
也不会降下雨，
即使会降下雨，
雨水也不会淋着人，
即使淋雨也不觉寒冷。
世间不刮风，
刮风不袭人，
即使遭风袭也不觉冷。
脚下是宽阔的平原，
千里无积石，
走路无石绊脚，
即使绊脚脚趾也不痛。

家里男女老少都安康，
怀中小孩不哭泣，
膝前儿孙笑哈哈，

乐得老人抿嘴笑。
灶里一切都好，
好柴炭灰就会少，
多了也不漫延。

广阔的蓝天啊，
为什么这么欢乐？
原是为婚礼助兴而高兴。
广袤天边的大地啊，
为什么这样平坦？
原是为姑娘出娘家。
在座的四方嘉宾，
今天为啥这样高兴？
原是彝家儿郎娶媳安家，
原是汉族儿女筑新房，
原是藏族儿女搭青棚。
今天为了给婚礼助兴，
特意赶着来歌唱。
骑着骏马来，
幸福哟，真是幸福！

彝家婚礼场上，
哪怕是只喝上一杯酒，
只吃上一坨肉，
只舀上一勺饭，
咱们嘴上乐心里甜。
今天是欢乐的日子，

蝴蝶喜得展翅飞，　　　　　　　亲家喜得贤惠女，
小虫喜得尽情爬，　　　　　　　姻家养女嫁夫家，
孩子乐得地上翻，　　　　　　　高兴哟，真让人高兴！

流传地区：凉山州各地
演唱者：阿牛五来
搜集整理翻译：吉则利布　阿牛木支

祝福歌

啊呀啊呀啦，
今天是吉日，
吉日办喜事。
新娘温柔又美丽，
新郎年轻又英俊。
啊呀啊呀啦，
好姻缘是天配。

千年的习俗是这样：
凤凰求凤凰为配偶，
孔雀选孔雀作伴侣，
巧女一定嫁巧夫，
聪明一定选智慧。
啊呀啊呀啦，
从来不会错配。

夫妻都要牢记：
婚前互相尊重，
婚后更要和睦，
要做同林鸟，
要做同池鱼，

双栖双宿不分离。
啊呀啊呀啦，
恩爱更比珍珠贵。

路途不分远近，
亲友不分尊卑，
来庆贺的都是喜客。
红酒一百坛，
筵席上一定要吃饱喝足。
啊呀啊呀啦，
这是主人家的心意。

喜歌唱了四段，
还有更重要的一句：
婆家娘家是至亲，
走一条路，
说一样话，
大事小事多商量。
啊呀啊呀啦，
这是两亲家的仪式。

流传地区：凉山州各地
演唱者：阿牛五来
搜集整理翻译：吉则利布　阿牛木支

开亲歌

啊呀啊呀啦，
山上有树那么多，
砍伐之前没主人。
啊呀啊呀啦，
天下有坝子那么多，
开垦之前无主人。

啊呀啊呀啦，
人间姑娘千千万，
喝酒之前无婆家；
杀猪宰羊喝酒后，
从此就有了婆家。

流传地区：普格县
演唱者：勒则乌来惹
搜集整理翻译：吉则利布　阿牛木支　克惹丹夫

颂扬歌

喔嗨喔嗨哟，
今天是嚷闹的日子。
算命先生千千万，
都说今天是喜庆的日子。
一年三百六十五天，
今天是最吉利的日子。
天空晴朗乌鸦会叫，

天空下雪喜鹊也要叫，
下雨斑鸠鸟儿也要叫，
春天到来布谷鸟儿也要叫，
夏天牛羊也要叫，
秋后蝉儿也要叫，
立冬之际野鸡也要叫，
结婚嫁女需要人来嚷闹。

流传地区：凉山州各地
演唱者：阿牛五来
搜集整理翻译：吉则利布　阿牛木支　克惹丹夫

喜庆歌

嗨嗨哟嗨嗨，
天地有万物，
万物都有根；
世间千万事，
万事有因果。
人间结良缘，
彝家习俗要唱歌。
民歌千万首，
每首都有头和尾，
贵客唱响动听的歌。
世上重礼仪，
主人敬客人。
金沙江水涌急浪，
龙头山脉峰陡峭，
布拖坝子宽又坦，
马湖水清澈明净，
邛海水秀丽迷人。

话语还得从头说，
送祖念经之日毕摩名气大，
收割那天镰刀用处大，
打麦那天连枷作用大，
结婚这一天新娘名气大。
你们是远方的贵客，
见多识广超过我们。
我们像井底之蛙不曾出远门，
见识短浅比不上你们，
请你们多多传授和指教。
人们的见识是看来的，
人们的学识是学来的，
我们要在客人处学，
学来见识传后代，
让我们的婚俗永存，
喜庆歌词代代相传。

流传地区：凉山州各地
演唱者：阿牛五来
搜集整理翻译：吉则利布　阿牛木支　克惹丹夫

贤淑的妞妞

啊嘶啰啊嘶啰，
贤淑的妞妞哟，
抬出房内四十八坛醇香美酒，
诚心邀请贤淑的妞妞喝，
妞妞喝了美酒要出嫁，
妞妞没喝美酒也要出嫁。

啊嘶啰啊嘶啰，
贤淑的妞妞哟，
捧出房内四十八套领口银牌，
诚心送给贤淑的妞妞戴，
妞妞戴着领口银牌要出嫁，
妞妞没戴领口银牌也要出嫁。

啊嘶啰啊嘶啰，
贤淑的妞妞哟，
取出房内四十八件黑色披毡，
诚心拿给贤淑的妞妞披上，
妞妞披着黑色披毡要出嫁，
妞妞没披黑色披毡也要出嫁。

啊嘶啰啊嘶啰，
贤淑的妞妞哟，
取出房内四十八顶金色斗笠，
诚心拿给贤淑的妞妞戴，
妞妞戴着金色的斗笠要出嫁，
妞妞没戴金色的斗笠也要出嫁。

啊嘶啰啊嘶啰，
贤淑的妞妞哟，
从堂屋取出金灿灿的经书，
诚心赠给贤淑的妞妞，
妞妞拿着金灿灿的经书要出嫁，
妞妞没拿金灿灿的经书也要出嫁。

啊嘶啰啊嘶啰，
贤淑的妞妞哟，
从马厩牵出黑色的骏马，
诚心赠给贤淑的妞妞，
妞妞牵着黑色的骏马要出嫁，
妞妞没牵黑色的骏马也要出嫁。

啊嘶啰啊嘶啰，
贤淑的妞妞哟，
从屋檐下牵出敏捷的大狗，
诚心赠给贤淑的妞妞，
妞妞牵着敏捷的大狗要出嫁，
妞妞没牵敏捷的大狗也要出嫁。

啊嘶啰啊嘶啰，
贤淑的妞妞哟，
羊群中的领头羊，
已经牵来款待客人了，
嘉宾来了四十群，
亲戚来了四十双。

啊嘶啰啊嘶啰，
院里又院外哟，
黑色酒碗像猪牙交错，
白色酒碗似花蝶翻飞，
红色酒碗似彩虹高悬，

花色酒碗似喜鹊展翅，
银色酒碗似蜜蜂穿梭。
啊嘶啰啊嘶啰，
贺喜的人们哟，
吃了三天又三夜。

流传地区：越西县
演唱者：阿牛五来
搜集整理翻译：吉则利布　克惹丹夫

姑娘就要去婆家

咿——咿——
村后有无数高山，
没有一座是空闲的，
要么在山坡放牧羊群，
要么在山脚播种荞麦。
村后长有茂密的杉树，
没有一棵是空闲的，
要么杉树顶上乌鸦叫，
要么杉树脚下獐鹿跳。

咿——咿——
高山顶上秋意浓，
谁说秋意总喜人，
羊群为了分道忧，
姑娘因为出嫁愁。

咿——咿——
为啥这样的忧愁，
姑娘要与父母别，
母要与子相离别，
兄弟姐妹要离别。

咿——咿——
村前许多平坝哟，
没有一块是空闲的，
一块平坝是稻谷地，
一块平坝是放猪地，

一块平坝是女儿的居住地。

咿——咿——
平坝上哟秋意浓，
谁说秋意总喜人，
成群大雁往南飞，
姑娘就要去婆家。

离了父母相依依，
别了姐妹泪纷纷。
羊群若有好运气，
遇到一个好牧主，
一日放牧九座山。
羊群若没好运气，
遇到一个孬牧主，
九日放牧一座山。

咿——咿——
姑娘有好运气，
从小屋里起身，
到明亮大房里居；
从用斗量着吃，
到囤米吃不完的地方。

咿——咿——
姑娘没好运气，
从大房里起身，

65

到小屋里居；　　　　　　　　　　到用斗量着吃的地方。
从米囤着吃，

流传地区：凉山州各地
演唱者：阿牛五来
搜集整理翻译：吉则利布　克惹丹夫

潇洒的表哥

今天晚上哟，
两个表哥来对歌，
两个表哥来赛歌，
我们专唱潇洒的表哥。

我的表哥呀，
想要寻找肥沃的土地，
找的是斑鸠能飞九天九夜的土地，
这才是潇洒的表哥。

我的表哥呀，
想要寻找强大的家族，
找的是炊烟密集熏落乌鸦的家族，
这才是潇洒的表哥。

我的表哥呀，

想要寻找放牧的草场，
找的是羊群比白云还要多的草场，
这才是潇洒的表哥！

金银用斗量，
是潇洒表哥的心意。
粮食堆成山，
是潇洒表哥的追求。
金丝绸缎给儿孙，
是潇洒表哥的愿望。

潇洒的表哥呀，
想呀想望呀望，
想的是养儿娶妻把家安，
想的是育女遂愿去婆家。

流传地区：越西县
演唱者：阿苏尼哈
搜集整理翻译：吉则利布　克惹丹夫

情 歌

QING GE

口弦声声吸引人

啊嘶啰啊嘶，
大地已回春，
高山平坝绿茵茵，
花儿初绽蕊，
激荡了姑娘的心。

啊嘶啰啊嘶，
山腰羊群白生生，
阿妹恋哥忘羊群，
我吆羊群是假意，
跟随表哥才是真。

啊嘶啰啊嘶，
白天想跟雄鹰展翅飞，
夜晚欲随虎狼去追逐，
但愿小猫陪我会情人，
和风扑面呀来会表哥。

啊嘶啰啊嘶，
阿哥阿妹日夜来相伴，
两人同毡裹温暖，
金竹口弦声悠扬，
声声爱意暖心间。

流传地区：宁南县
演唱者：阿海兹薇，女，彝族，宁南县跑马乡人。会唱阿都情歌。
搜集整理翻译：吉则利布　克惹丹夫

快来呀脚别停

美丽的姑娘啊，
你想我不想？
我想你，
想得心发痒！
你的脖子像羊颈，
你的细腰像蜂腰，
你呼出的气比鲜花还馨香，
你美妙的歌声比布谷鸟动听。
美丽的姑娘啊，
快来呀脚别停。

美丽的姑娘啊，
你想我不想？
我想你，
想得心发慌！
看到相思树我更想念你，
看到爱情树不能不动情。
隔山叫你呀，
惟有山谷来回应。
隔水喊你呀，

小河溪水无回声。
美丽的姑娘啊，
快来呀脚别停。

美丽的姑娘啊，
你想我不想？
我想你，
想得心惆怅！
只要有了你，
我不要珊瑚玛瑙，
我不要珠宝金银。
只要你爱我，
冰水能当清泉饮；
只要你爱我，
树叶做衣也合身。
美丽的姑娘啊，
快来呀脚别停，
快来呀脚别停，
脚别停呀，脚别停！

流传地区：美姑县
演唱者：勒则木乃，男，彝族，美姑县牛牛坝乡人。
搜集整理翻译：吉则利布　克惹丹夫

害得我丢了摘豆的竹篮篮

清早摘豆过山湾，　　　　　　害得我丢了摘豆的竹篮篮。
湾边桃子黄闪闪，
放羊的表哥打下它，　　　　　　羊儿叫咩咩，
扑通扑通落下一大堆。　　　　　阿哥走前边。
阿妹悄悄捡颗放嘴里，　　　　　我在心里盘算，
啊咳！酸不溜溜甜，　　　　　　酸不溜溜甜哟甜不溜溜酸，
酸不溜溜甜哟甜不溜溜酸，　　　阿妹的心儿乱了哟都搅了个乱。

流传地区： 盐源县
演唱者： 依何阿牛惹，男，彝族，盐源县盐塘乡人。会唱山歌。
搜集整理翻译： 吉则利布　克惹丹夫

幺表妹

哎嗨哟哎嗨哟，
山与山相距很远，
九座山远望相连。
为了和表妹相见，
想把九山捏一团，
一步跳过去，
来到你身边。

哎嗨哟哎嗨哟，
河与河相隔很宽，
九条河一眼望穿。
为了和表妹相见，

想把九河倒一碗，
一步跨过去，
来到你身边。

哎嗨哟哎嗨哟，
路与路蜿蜒盘山，
九条路一眼望断。
为了和表妹相见，
想把九路搓成线，
一步迈过去，
来到你面前。

流传地区：凉山州各地
演唱者：曲木热布，男，彝族，冕宁县后山乡人。会唱情歌。
搜集整理翻译：吉则利布　克惹丹夫

美丽要数幺表妹

世上羽毛美，
林中布谷鸟，
但它不愿出山来，
想看见不着。
世上美妙声，
云雀最动听，
但它常在云中唱，
想听听不清。

世上花最美，
要数山间索玛花，
但它一年开一季，
想采摘也难。
世上姑娘美，
要数幺表妹，
她似岩上的蜂蜜难采摘，
她如水中的游鱼难到手。

流传地区：凉山州各地
演唱者：吉克姆萨惹，男，彝族，冕宁县拖乌乡人。会唱山歌。
搜集整理翻译：吉则利布

表哥潇洒手段高

荞花虽开一簇，　　　　　　　众多姑娘相亲。

吸引蜜蜂无数。

树子虽长一株，　　　　　　　小伙向姑娘求爱，

引来上百麋鹿。　　　　　　　得心应手真不赖。

竹子虽生一棵，　　　　　　　长空雄鹰想抓鸡，

招来锦鸡数群。　　　　　　　抖动翅膀真得意。

山岩虽是一座，　　　　　　　高山猛虎要叼羊，

招引猴子百只。　　　　　　　应付自如本领强。

河流虽是一条，　　　　　　　专逮老鼠吃的猫，

无数鱼儿嬉戏。　　　　　　　四爪整齐锋如刀。

小伙虽不英俊，　　　　　　　表哥潇洒手段高。

流传地区：普格县

演唱者：吉妮莫依作，女，彝族，普格县拖木沟人。

搜集整理翻译：吉则利布　王子拉

愿顶着旋风会表哥

大地已回春，
高山平坝绿茵茵，
花儿初绽蕊，
激荡了姑娘的心。

山巅羊群白生生，
阿妹恋哥忘羊群。
我赶羊群是假意，
想见表哥是真情。

白天想跟雄鹰展翅飞，
夜晚欲随虎狼去追逐，
愿夜猫陪我去会情人，
愿顶着旋风去会表哥。

我愿与阿哥日夜长相伴，
披上蓝毡与阿哥享温暖。
我愿阿哥弹弦陪伴我，
口弦声声吸引人。

流传地区：普格县
演唱者：吉妮莫依作
搜集整理翻译：吉则利布　王子拉

情歌情妹好唱歌

【男】啊呀啊呀啦——啦，
那位贤惠的表妹哟，
我这个阿哥想唱歌。
彝家有句俗话说过，
有耳就听四面八方，
有眼就望峡谷高山；
有耳能听彝区汉区话，
有眼能看高山峡谷景。
今天这美好的夜晚，
愿林中锦鸡来报信，
愿河边红嘴雀来传言，
让屋旁花喜鹊报喜讯，
让草原上的云雀把情传。

据天下人传言，
你像天空的老鹰抓过鸡，
见了鸡就把翅膀频扇动；
你似荒野的野狼叼过羊，
见了羊儿龇牙又咧嘴；
你如骏马爱恋赛马场，
见了跑道双耳高耸立；
你似机灵的猎犬撵过兽，
见了猎物大显英雄本色。
聪明善良的表哥，
见友亲切又和蔼，
今日此时天已晚，
就让我俩倾心唱唱歌。

【女】啊呀啊呀啦——啦，
那位贤能的阿哥哟，
坡前坡后来相遇，
孤羊碰上独身狼；
一犬一猎来相遇，
独子巧把独女遇；
独鹰独鸡来相遇，
孤马孤虎来相遇；
独女碰上单身汉，
你独我孤来相逢。
啊呀啊呀啦，水是鱼之源，
啊呀啊呀啦，岩是蜂之巢，
啊呀啊呀啦，山林是鹿的摇篮，
啊呀啊呀啦，大地是人类的怀抱，
啊呀啊呀啦，姑娘是小伙的依靠，
啊呀啊呀啦，这都是美好的巧合。

那位贤能的阿哥哟，
你的话尽管有道理，
也难打消我的顾虑。
目光从未远离鼻子尖，
我无法熟识世上人。
啊呀啊呀啦，若说识父母，
啊呀啊呀啦，仅限在家里，
啊呀啊呀啦，生我养我恩情长；
啊呀啊呀啦，要说识土地，
啊呀啊呀啦，仅限屋四方，

啊呀啊呀啦，晨浇夕灌菜园地；
啊呀啊呀啦，若说识姐妹，
啊呀啊呀啦，朝夕相处姐妹俩；
啊呀啊呀啦，若说识生灵，
啊呀啊呀啦，仅限院内与院外，
啊呀啊呀啦，只识仔鸡和猪崽；
啊呀啊呀啦，食物不熟人不肯吃，
啊呀啊呀啦，衣不保暖人不愿穿，
啊呀啊呀啦，陌生的小伙难交往。

【男】啊呀啊呀啦——啦，
那位贤惠的表妹哟，
这美好的夜晚，
独鹰遇见独鸡是缘分，
孤马遇到孤虎是缘分，
一犬遇到一猎是缘分，
单身男女相遇是缘分，
我你相遇也是缘分。
啊呀啊呀啦，世间河水深又宽，
啊呀啊呀啦，无鱼河水人不钓；
啊呀啊呀啦，世间树木这样繁，
啊呀啊呀啦，无用之树人不砍；
啊呀啊呀啦，世间山谷这么多，
啊呀啊呀啦，没有猎物狗不撵；
啊呀啊呀啦，天下靓女这么多，
啊呀啊呀啦，不值爱的谁去恋。
彝家有谚语：
两人不相识，
通名成亲戚；
双石本不动，
搬移成一堆；
二鸡不相认，
鸣叫成知己。

莫说不相识，
不懂相互学；
莫言未曾见，
请教知根底；
莫讲没听过，
互诉生情意。
人生活于世，
相交就熟悉，
眼见则明了，
打听明底细。

【女】啊呀啊呀啦——啦，
那位贤能的表哥哟，
独身来巧遇，
若是我俩来相配，
倒是天造地设的一对。
啊呀啊呀啦，鱼该水獭吃，
啊呀啊呀啦，鼠该猫儿食，
啊呀啊呀啦，粮该人类餐，
啊呀啊呀啦，草该饲牲畜。
啊呀啊呀啦，我所担心的是：
啊呀啊呀啦，坝上羊儿怕遇上狼，
啊呀啊呀啦，檐下群鸡怕遇上鹰，
啊呀啊呀啦，院里白狗怕遇到虎，
啊呀啊呀啦，怕不是表哥的良配。

【男】啊呀啊呀啦——啦，
那位贤惠的表妹哟，
这美好的夜晚，
啊呀啊呀啦，夜里不会遇虎狼，
啊呀啊呀啦，白天不会逢仇敌，
啊呀啊呀啦，草丛不会碰毒蛇，
啊呀啊呀啦，岩上不会遇黄蜂，

啊呀啊呀啦，林中不会遇豺狼，
啊呀啊呀啦，沟里不被野刺锥，
啊呀啊呀啦，箐里不会撞黑熊，
啊呀啊呀啦，彝汉兵不会相遇。
啊呀啊呀啦，黑熊吃笋适胃口，
啊呀啊呀啦，青蛙吃土合规矩，
啊呀啊呀啦，水獭食鱼理应当，
啊呀啊呀啦，猫吃老鼠天注定。
啊呀啊呀啦，表哥求表妹正相宜。

【女】啊呀啊呀啦——啦，
　　　那位贤能的表哥哟，
　　　远方的亲戚，
　　　不如近邻居；
　　　远处的邻居，
　　　不如菜园地；
　　　林中的猛虎，
　　　不如栏内羊；
　　　天上的老鹰，
　　　不能当成鸡；
　　　草原上的狼，
　　　不能当牛犊；
　　　林里的野猪，
　　　难当家猪喂；
　　　水中的水獭，
　　　不能误为鱼；
　　　陌生的小伙，
　　　难作朋友待；
　　　大河两对岸，
　　　甩石难接应；
　　　山外与山内，
　　　大山来相隔；
　　　矮山与高山，

　　　话语难传递。
　　　白天太阳当情人，
　　　伸手难摸边；
　　　夜晚月亮作恋人，
　　　伸脚不可及；
　　　远方来的小伙，
　　　想见面却难如愿。

【男】啊呀啊呀啦——啦，
　　　那位贤惠的表妹哟，
　　　彝家谚语云：
　　　小数羊羔小，
　　　羊羔长毛最细柔；
　　　小数公鸡崽，
　　　鸡崽叫声脆；
　　　小数菜籽小，
　　　菜籽长成菜；
　　　小孩人虽小，
　　　无心恶语也伤人；
　　　跳蚤体虽小，
　　　叮人痛难忍。
　　　我讲心里话，
　　　没去过邻家惹祸事，
　　　未把家支当敌待，
　　　未把仇人当友人。
　　　牲畜宜牧则放，
　　　羊群不遭蛭虫害；
　　　五谷适时播种，
　　　丰收粮满囤；
　　　恋情成熟就开亲，
　　　不会错结亲。
　　　阿哥坦荡言，
　　　不抵也不抗；

娶媳要试探，
买马要选准。
走路不能没方向，
过河得把裤脚挽；
没有准备莫待客，
缺少勇气莫参战。
高山积雪厚，
积雪能消融，
高山不会融；
云雾降雨天，
云雾能返还，
雨落不再返；
我仗男儿胆，
奉陪整夜晚，
伴妹度良宵。

【女】啊呀啊呀啦——啦，
那位贤能的表哥哟，
欠粮不能把锅端，
欠钱不会把耳割。
粮账可以欠三天，
畜账可以欠三月，
银钱可以欠三年，
今天晚上哟，
能否请表哥再宽限？
金块难有锅庄般大的，
纠纷不会上天去解决，
表哥表妹间的好事，
怎么都好唱，
情思扯不断。

【男】啊呀啊呀啦——啦，
那位贤惠的表妹哟，

粮食再多终归要吃完，
金银再多总是要耗尽，
树叶再绿终将枯黄，
鲜花再艳终归凋零，
年轻小伙终要老，
漂亮姑娘也失艳。
风华人生仅一世，
布谷鸟儿啼三月；
金蝉舍命叫两月，
竹花竞放争七日；
小伙逞能强一时，
姑娘得意美几春；
佳肴不吃会被他人食，
美言美语莫让人抢先。
小伙今日不尽兴，
难料明天事缠身，
或是骑马去出征；
姑娘此时不嬉戏，
难测日后啥时辰，
婆家来人远相迎。

【男】啊呀啊呀啦——啦，
那位贤惠的表妹哟，
在那兹孜坝上，
耕牛听人使唤；
在那阿尕迪托，
骏马识得路途。
二姐性温顺，
大姐善言谈，
无须人夸你，
见识自超群。
苞谷吐穗逢喜雨，
稻谷扬花遇微风，

盛世风调雨也顺，
事事称心事事成。
锦鸡飞入竹林间，
鹦鹉歇翅紫竹枝。
姑娘得遇勇男儿，
小伙得遇美貌女。
鲤鱼遇上桃花水，
蜜蜂碰上鲜花丛。
古老格言这么多，
怎比今晚喜相逢。

【女】啊呀啊呀啦——啦，
那位贤能的表哥哟，
屋后有山多气概，
房前临坝更舒心；
贤人话语句句暖，
尔比格言慰人心；
小伙捕鱼下河滩，
阿妹生情把歌唱；
有心吸干大河水，
不见阿哥不甘心。

【男】啊呀啊呀啦——啦，
那位贤惠的表妹哟，

就从今夜晚，
屋后林中若有兽，
阿哥敢去捉来食；
房前河里若有鱼，
阿哥捕来下饭吃；
心如树木不动摇，
情似磐石不滚动。
就从今夜晚，
要寻骨肉亲，
只寻阿爸阿妈；
要寻终身伴，
世上只求表妹你一人。

【女】啊呀啊呀啦——啦，
那位贤能的表哥哟，
朋友多为好，
仇敌少为妙，
血浓是同胞，
大路宽又广，
正道只一条，
小伙如此多，
心爱只有你，
深情愿长久。

流传地区：布拖县

演唱者：黑惹仔海，男，彝族，布拖县人。居住在西昌市宁远桥，做乌洋芋生意。会唱阿都情歌。

黑比木切，男，彝族，布拖县人。居住在西昌市宁远桥，做乌洋芋生意。会唱阿都情歌。

搜集整理翻译：吉则利布　吉庆

见多识广超过众朋友

【男】走在山脚下的表妹哟，
　　　你在山下走，
　　　我站山顶上。
　　　山顶好玩耍，
　　　山巅好眺望。
　　　站在山顶好歌唱，
　　　高亢歌声山间荡，
　　　歌声悠扬传四方，
　　　悦耳歌声不知表妹可欣赏？

　　　走在山脚下的表妹哟，
　　　山顶好把四方看，
　　　见多识广超过众朋友，
　　　耳聪目明赛过诸伙伴。
　　　若想亲眼见，
　　　挽着裤脚来看，
　　　甩开手儿来相会。

【女】站在山上的表哥哟，
　　　你站山顶上，
　　　可惜白白攀上去。
　　　山顶原本空荡荡，
　　　山巅之上无朋友，
　　　羊儿当宾朋，
　　　难以吐真情。

　　　站在山上的表哥哟，
　　　我在山脚耍，
　　　山下好奔跑，
　　　山脚任游荡；
　　　山下好跳舞，
　　　山脚放声唱。
　　　山顶上的表哥哟，
　　　你若真有思妹情，
　　　何不下山来相会？

流传地区：美姑县
演唱者：克其依坡，男，彝族，美姑县政府退休干部。
搜集整理翻译：吉则利布　吉庆

后悔也不行

什么树出名？
桃树最出名。
花儿今年开，
果儿今年结。
到了明年去，
寒霜来得早，
又要落雪凌。
到了那时候，
花也开不成，
果也结不成，
后悔气死人。

什么水出名？
金沙水出名。
要涨今年涨，
要盈今年盈。
到了明年去，
老天不下雨，

大风刮得勤。
到了那时候，
江水也不涨，
江水也不盈，
后悔也不行。

什么人出名？
月亮女出名。
要恋今年恋，
要爱今年爱。
到了明年去，
媒人来说亲，
进了婆家门。
到了那时候，
恋也不能恋，
爱也不能爱，
后悔干瞪眼。

流传地区：昭觉县
演唱者：申特木依，男，彝族，昭觉县火洛乡人。
搜集整理翻译：吉则利布

情哥情妹好相会

【男】啊呀啊呀啦——啦，
　　　那位贤惠的表妹哟，
　　　我俩约会的晚上，
　　　但愿莫遇阴雨夜，
　　　天边无云不打雷，
　　　但愿十里无雷声，
　　　但愿响雷响干雷，
　　　但愿雨丝不着身，
　　　但愿淋雨不寒冷，
　　　好让表哥表妹哟，
　　　一路顺遂来相会。

【女】啊呀啊呀啦——啦，
　　　那位贤能的表哥哟，
　　　啊呀啊呀啦，相会趁良宵，
　　　啊呀啊呀啦，但愿阿爸出远门，
　　　啊呀啊呀啦，但愿阿妈早入睡，
　　　啊呀啊呀啦，但愿姐姐去婆家，
　　　啊呀啊呀啦，但愿兄弟去赶集，
　　　啊呀啊呀啦，但愿猎狗撵猎去，
　　　啊呀啊呀啦，但愿今晚无客扰，

啊呀啊呀啦，好让表妹无忧敞心
　　　扉。

【男】啊呀啊呀啦——啦，
　　　那位贤惠的表妹哟，
　　　稀客，你真是稀客！
　　　稀客哟稀客，
　　　甘洛①那方向，
　　　甘嫫阿妞②是稀客。
　　　稀客哟稀客，
　　　红莫③那方向，
　　　罗洪嫫姬机④是稀客。
　　　稀客哟稀客，
　　　南部有名望，
　　　布扎嫫薇洛⑤是稀客。
　　　稀客哟稀客，
　　　姑娘情窦开，
　　　丰满娇打扮，
　　　美如菜花黄的稀客，
　　　胜似布阿诗尕薇⑥的稀客。

---

① 甘洛：地名，泛指凉山州北部的甘洛一带。
② 甘嫫阿妞：甘是姓，嫫意为女子、姑娘，阿妞是名字，甘嫫阿妞即甘家的姑娘阿妞。
③ 红莫：地名，指喜德县红莫镇一带。
④ 罗洪嫫姬机：彝语，古代罗洪氏族中有名的美女。
⑤ 布扎嫫薇洛：彝语，古代布扎氏族中有名的美女。
⑥ 布阿诗尕薇：彝语，彝族古代神话传说中的美女。

表妹哟表妹，
你昨日晚间，
投宿在哪里？
今早天刚亮，
身从何处起？
好像有个跳蚤在你腮上爬，
好像有根稻草挂在你裙边，
你的头发缠上喜鹊窝，
你的麻布裤被露水打湿，
你的羊皮袄揉得皱巴巴。
表妹哟表妹，
戎在等待你，
等你已多时。

【女】啊呀啊呀啦——啦，
那位贤能的表哥哟，
稀客，你真是稀客！
稀客哟稀客，
北部那方向，
古洛来的阿哥是稀客。
稀客哟稀客，
中部那方向，
头戴丝帕的稀客。
稀客哟稀客，
南部那方向，
披着蓝色毡的稀客。
俊俏的小伙是稀客，
稀客哟稀客，
金银帕裹头的稀客，
神秘男友真是稀客。

表哥哟表哥，
你昨天夜晚，
投宿在哪里？
今早天明时，
身自何处起？
好像有个公跳蚤在你额头上，
好像有片蕨芨草沾在你身上，
你的裤脚沾满污泥巴，
你的膝盖好像破了皮。
三天没吃上热饭的稀客，
接连赶上两顿晚饭的稀客。
表哥哟表哥，
酒肉未进嘴时难忍耐，
天近黄昏难期待，
妹盼阿哥来临时难挨，
我在这里久等待。

【男】啊呀啊呀啦——啦，
那位贤惠的表妹哟，
日暮月出好相会，
太阳朗照好干活，
草原宽阔云雀好欢唱，
岩壁陡峭蜜蜂任嗡鸣，
江河水深鱼儿好游荡，
森林茂密獐鹿好蹦跳，
家族兴盛儿女多欢乐。

【女】啊呀啊呀啦——啦，
那位贤能的表哥哟，
阉鸡好玩在约尔勤加①地方，

① 约尔勤加：彝语，地名，在冕宁县境内。

86

公羊好耍在赤科坡西①地方，
阉羊好玩在兹孜迪沙②地方，
肥猪好耍在威洛拉达③地方，
黄牛好玩在匹里拉达④地方，
水牛好耍在洛莫德昌⑤地方，
姑娘好玩耍在表哥身旁。

【男】啊呀啊呀啦——啦，
　　那位贤惠的表妹哟，
　　仙后星常在深夜明，
　　专为朋友相会而出，
　　祝福情人相聚喜盈盈。
　　相思鸟三月来临，
　　为朋友相会而来，
　　庆贺情侣喜相逢。
　　树上布谷鸟，
　　召唤情人相会才啼鸣，
　　情调更浓郁。

【女】啊呀啊呀啦——啦，
　　那位贤能的表哥哟，
　　野外杂草吐嫩芽，
　　牛羊欢欣欲奋蹄；
　　泽边侧耳根⑥冒新芽，
　　农人赶忙来播种；
　　小伙出门来寻妹，
　　姑娘春心被拨动。

白云牵光一匹绸，
乌云携雨一条绳，
小伙牵着姑娘心，
姑娘眷恋哥情怀。

【男】啊呀啊呀啦——啦，
　　那位贤惠的表妹哟，
　　人间十人在十方，
　　总有两人想法同；
　　十匹骏马在十处，
　　总有两匹步伐同；
　　十个勇士十股劲，
　　总有两个最勇猛；
　　十位德谷居十处，
　　总有两位语相仿；
　　十个土司在十地，
　　土司衙门总相同；
　　十个小伙在十方，
　　总有两个重情意；
　　十个美女在十处，
　　总有两个恋情同；
　　十对情人在十地，
　　痴情爱恋总相同。

【女】啊呀啊呀啦——啦，
　　那位贤能的表哥哟，

---

①　赤科坡西：彝语，地名，在昭觉县境内。
②　兹孜迪沙：彝语，地名，在普格县境内。
③　威洛拉达：彝语，地名，在普格县境内。
④　匹里拉达：彝语，地名，在普格县境内。
⑤　洛莫德昌：彝语，地名，在德昌县境内。
⑥　侧耳根：一种野菜，可食用。

山峰不相接，
云雾来相连；
平坝不相接，
庄稼来相连；
两山在两边，
大桥来牵连；
羊群宿两地，
草丛使相聚；
鸡群两架栖，
院坝中聚集；
猎狗在两处，
森林里相会；
鱼儿各自游，
河水使汇集；
鲜花两地开，
蜜蜂来传情；
汉族人众多，
城市来集中；
表妹和表哥，
爱恋凝成情。

流传地区：布拖县
演唱者：黑惹仔海　黑比木切
搜集整理翻译：吉则利布　吉庆

【男】啊呀啊呀啦——啦，
　　　那位贤惠的表妹哟，
　　　你我同是年轻人，
　　　我像山间黄竹正拔节，
　　　无牵无挂顶天长，
　　　你似坡上索玛花儿初绽蕾，
　　　芬芳引蝶紧随身。
　　　二十年华惹人慕，
　　　相互眷恋正青春。

【女】啊呀啊呀啦——啦，
　　　那位贤能的表哥哟，
　　　杉树不砍会腐心，
　　　庄稼不收白辛劳，
　　　谨慎矜持衰老会逼近，
　　　爱恋不浓不会出情分，
　　　表哥要是真爱我，
　　　快到砍柴舀水处来寻。

情哥情妹恩爱深

【男】啊呀啊呀——啦，
　　那位贤惠的表妹哟，
　　北斗星已偏移到达基沙洛，
　　月亮已翻过冷升山峰，
　　千人百众已入梦，
　　生灵万物梦正浓。
　　贤惠的表妹哟，
　　咱俩也该早歇息。
　　早睡身体好，
　　早起如得宝。

【女】啊呀啊呀——啦，
　　那位贤能的表哥哟，
　　你急个什么呀，
　　自小睡到今，
　　睡得耳朵成卷卷，
　　睡得脸面扁又扁，
　　睡得背脊溜溜平，
　　睡得脚杆纤纤细，
　　贪睡贪吃猪生活，
　　闲暇坐下唱歌又何妨？
　　谈心胜得十头牛，
　　情语顶得一双羊，
　　谈情情更浓，
　　传情情更长。

【男】啊呀啊呀——啦，
　　那位贤惠的表妹哟，
　　时光即将过一天，
　　我俩心事还未了；
　　唯恐今宵梦难圆，
　　一双猫爪惹心烦。
　　我有一念难以禁，
　　还望表妹依我行。
　　既背麂皮炒面袋，
　　该当随和伴水食，
　　抛却情意和缘分，
　　犹如身背空口袋，
　　眼看泉水白白流，
　　宁肯干咽燕麦面，
　　枉与姑娘栖一处，
　　空背黑锅不划算。

【女】啊呀啊呀——啦，
　　那位贤能的表哥哟，
　　一年有四季，
　　时日无计数，
　　刻着木棒数日子。
　　一年三百六十天，
　　早饭晚餐七百二十顿，
　　良辰美景排后面。
　　终归有一天，
　　既背皮口袋，

也会吃炒面。
今夜莫轻贱，
爱人爱品德，
小伙情真又明智，
表妹迟早许心愿。

【男】啊呀啊呀——啦，
那位贤惠的表妹哟，
牛羊见盐流馋涎，
欢喜蹦跳到槽边；
耕牛通心意，
自到犁边站；
骏马有灵性，
蹶蹄跑道前；
许身依表哥，
小伙性轻狂，
汤菜一并喝。

【女】啊呀啊呀——啦，
那位睿智的表哥哟，
苏尼很高明，
不知自身事；
毕摩真能干，
难测自己命；
姑娘再娇美，
不讲自身价；
奴才再笨蛋，
不将自身贬；
任凭人机灵，
临祸也会憨；
耕牛再呆笨，
套颈就知难；
今夜身相随，

任凭哥摆布。
你当干的尽可吃，
你当稀的任意喝，
情怀对哥敞，
心甘意情愿。

【男】啊呀啊呀——啦，
那位贤惠的表妹哟，
树林落叶俏，
蛇虫蜕皮美，
竹笋出壳鲜，
牛羊换毛娇，
姑娘解裙带，
活泼添妖娆。

【女】啊呀啊呀——啦，
那位机灵的表哥哟，
小伙与姑娘，
臂腿相交缠，
野地互嬉闹，
风流毛毛手，
唰地揭皮袄，
青春一蓬火，
迷情酿醪糟，
彩裙作垫子，
披毡当被盖，
绣褂当枕头，
伸脚蹬石头，
泥土散芬芳，
白云来遮盖，
夜空星光亲，
旷野露风流。

【男】 啊呀啊呀——啦，
　　　那位贤惠的表妹哟，
　　　今夜度良辰，
　　　野合自成婚，
　　　头顶天知晓，
　　　脚下地知情。
　　　今夜度良宵，
　　　深夜悄悄去，
　　　万籁静无声，
　　　谁见谁眼瞎，
　　　谁听谁耳聋。
　　　表妹哟表妹，
　　　无须匆匆起，
　　　达基沙洛方，
　　　北斗星未移向，
　　　久拉特科上空，
　　　尚未吐霞光；
　　　云雀没苏醒，
　　　布谷鸟未啼叫，
　　　雄鸡还没打鸣，
　　　晨露刚弥漫，
　　　你我还没到分手时。

【女】 啊呀啊呀——啦，
　　　那位机灵的表哥哟，
　　　昨晚这一夜，
　　　梦见绿色酒瓶，
　　　它已滚下山；
　　　梦见三皮袄，
　　　揉皱全变软；
　　　今日清晨起，
　　　麻布裙三处，
　　　梦见露湿透。

　　　彝家古谚云：
　　　蛇贪睡无毛，
　　　老鼠不贪睡，
　　　全身毛茸茸。
　　　若是迟起身，
　　　家里的父亲，
　　　手头握棍棒；
　　　家中的母亲，
　　　面色阴沉沉；
　　　哥哥弟弟们，
　　　言语声声羞辱人；
　　　邻里众乡亲，
　　　背后议论如芒针。

【男】 啊呀啊呀——啦，
　　　那位贤惠的表妹哟，
　　　出门牵骏马，
　　　倦时任我骑；
　　　出门背炒面，
　　　饥饿不慌张；
　　　家中存腊肉，
　　　馋时可解馋；
　　　坐在泉水边，
　　　随时可解渴。
　　　火把节三天，
　　　尽兴来欢狂，
　　　不会有过错。
　　　楼上堆干柴，
　　　冷时可取暖；
　　　姑娘伴身边，
　　　随时可交心，
　　　情意与日增。

【女】啊呀啊呀——啦，
　　那位贤能的表哥哟，
　　土司饥饿不重餐食，
　　毕摩嘴馋不吃双食，
　　女人再冷不穿重裙，
　　一狼不冲两次羊圈。
　　彝家有谚语：
　　死蛇翻三转，
　　必现蛇爪痕。
　　重谈不受听，
　　补疤不贴身；
　　重煮汤失味，

荞粑不上甑。
猎狗三进山，
难免虎伤身；
雉鸡叫三遍，
必遭老鹰擒。
今天玩痛快，
太阳不下山该多好。
今夜睡舒展，
长夜天不明该多好。
牲畜身痒得搔该多好，
人能得遂心愿该多好。

流传地区：布拖县
演唱者：黑惹仔海　黑比木切
搜集整理翻译：吉则利布　吉庆

经月度日念情人

【男】啊呀啊呀啦——啦，
那位贤惠的表妹哟，
啊呀啊呀啦，看见他村念己庄；
啊呀啊呀啦，走近家门惦妈妈。
啊呀啊呀啦，凡是血性物，
啊呀啊呀啦，谁又不恋妈妈？
啊呀啊呀啦，马驹恋妈妈，
啊呀啊呀啦，犹如道路恋扬尘；
啊呀啊呀啦，牛犊恋妈妈，
啊呀啊呀啦，好似滚石恋山坡；
啊呀啊呀啦，羊羔恋妈妈，
啊呀啊呀啦，欢蹦不离石堆边；
啊呀啊呀啦，小狗恋妈妈，
啊呀啊呀啦，摇着尾巴四处窜；
啊呀啊呀啦，猪崽恋妈妈，
啊呀啊呀啦，拱着路旁泥团团；
啊呀啊呀啦，雏鸟恋妈妈，
啊呀啊呀啦，白日树梢打盘旋，
啊呀啊呀啦，夜间紧紧贴树干；
啊呀啊呀啦，小虫恋妈妈，
啊呀啊呀啦，白天地上横竖爬，
啊呀啊呀啦，夜晚乖乖钻泥洞。

那位贤惠的表妹哟，
见了异乡恋旧地，
见了平坝思内院，
入院又把姐妹念。

见了栏棚想菜园，
进园就把蔬菜掐。
见了宽敞的院子，
就想拥有一群家禽。
见了街上的凉粉摊，
想起妈妈的容颜。
看见烤酒的作坊，
忆起父亲的面容。
看见枪支和子弹，
忆起族兄族弟；
高高碉楼入眼帘，
兄弟笑声入心田。
见了高山想云杉，
见了松树想水源，
见了平坝想稻田，
见了稻田想起了米饭，
见了草原想起了牛羊，
见了五谷想起了富足。
见了长者就想起父亲，
想念父亲只是一瞬间；
见了人母就想起阿妈，
思念之情直往心上涌；
见了女人想起了媳妇，
见了幼儿想起了儿孙，
见了少年就想起了子女，
见了年轻人就想起了兄弟，
见了人家相聚就思念起恋人。

那位贤惠的表妹哟，
逢年遇节思亲人，
经月度日念情人。
思念家支家门时，
忆起那密匝匝的山村；
想念亲朋好友时，
忆起骏马竞驰骋；
思念故友时，
惦记村中嬉乐景；
怀念阿姐和表妹，
忆起昨日同欢情；
思念兄弟伙伴时，
禁不住流露真情与实意。

那位贤惠的表妹哟，
高山燕麦芒刺惹人爱，
磨成炒面揉成情；
泼辣女子惹人爱，
姑娘竞秀多诱人，
缘深意切情亦真；
荨麻虽然扎人痛，
织成麻袋常帮人；
蜜蜂虽然蜇人痛，
蜂糖甜嘴又补身。
表妹哟表妹，
你从岩边过，
带来气息蜜糖香；
你在山坡走，
散发芳香荞花味；
你从沼泽边上过，
水仙花儿羞红了脸；
你往高山行，
索玛花儿从此妩媚。

那位贤惠的表妹哟，
你的鼻梁端且直，
西昌泸山神像难媲美；
你像菜花那样美，
赛过布阿诗尕薇仙女。
你的手指纤纤细，
你的发辫黑油油，
你的眉毛弯弯月，
你的睫毛长又翘，
你的眼睛明又亮，
你的牙齿白如玉，
你的嘴唇薄又红。

那位贤惠的表妹哟，
你我两相依，
两心成一心，
胸腔恐怕难容纳；
两头共一枕，
枕头恐怕难承受；
双舌合成一，
口腔难盛下；
双腿并成双，
裤管恐难容。
与父母分别，
犹如竹笋强脱壳；
与儿孙分离，
犹如心肝被刀绞；
与表妹分离，
心如火燎受煎熬。

【女】啊呀啊呀啦——啦，
那位贤能的表哥哟，
我俩所经过的地方，

年年月月也不会忘。
树子下面树叶铺，
竹子丛下露水晃，
树林竹林仍茂密，
睡过的草坪草已枯，
蹬过的草皮根翘起，
枕过的石头正移动，
这些怎么能忘记！
我俩走过的条条路，
已被裙边拖洁净，
光着脚板翩翩跑，
石子好似荞粒蹼，
这些又怎能忘记！
从前我俩谈过情的草坪，
我用镰刀剁过地，
剁出多少空洞洞；
我用手拔过草根，
拔出草根一大堆。
多少甜言蜜语呀，
多少好话歹话，
多少彝族谚语格言，
还有那汉族传奇，
你向我谈了许许多多，
句句掏心话，
字字情意真，
怎么能忘记！

那位贤能的表哥哟，
在那宁尼山岩上，
是那岩鹰筑巢地，
巢边鸡毛似云絮；
在那斯匹山深处，
是那虎狼栖息处，

窝旁白骨积成堆。
我俩曾经嬉戏地，
绿色酒瓶像柴堆；
花花糖纸果皮屑，
风起蝴蝶在翻飞；
白色蛋壳铺满地，
如同灰窑堆石灰。
这些怎么能忘记！

那位贤能的表哥哟，
啊呀啊呀啦，身虽在两地，
啊呀啊呀啦，心连在一起；
啊呀啊呀啦，树虽两处长，
啊呀啊呀啦，飘叶落一起；
啊呀啊呀啦，石头两地堆，
啊呀啊呀啦，水冲到一起。
啊呀啊呀啦，夜间思念你，
啊呀啊呀啦，泪水湿枕席；
啊呀啊呀啦，白天想念你，
啊呀啊呀啦，走路飘飘移。
啊呀啊呀啦，露水湿裙无知觉，
啊呀啊呀啦，黎明迎晨曦。
啊呀啊呀啦，表妹思念你，
啊呀啊呀啦，心中燃着一团火，
啊呀啊呀啦，清早到中午。
啊呀啊呀啦，表妹思念你，
啊呀啊呀啦，刀绞肉来磨磨心，
啊呀啊呀啦，中午挨下午。
啊呀啊呀啦，表妹思念你，
啊呀啊呀啦，心烦意又乱，
啊呀啊呀啦，眼泪止不住，
啊呀啊呀啦，双眼湿润忍住泪，
啊呀啊呀啦，滴滴向你那方流，

啊呀啊呀啦，脚遭蜂蜇蚂蟥叮，
啊呀啊呀啦，步步朝你那方移，
啊呀啊呀啦，举手眉间搭望棚，
啊呀啊呀啦，思恋之情禁不住，
啊呀啊呀啦，化作情丝捆住你。

那位贤能的表哥哟，
螺髻山上的泉水清亮，
阿俄瓦洛产的稻米最香，
则祖洛克产的海椒最辣，
盐源城产的盐巴咸味足。
老山深林树子标杆直，
杉林中长竹节节高。
甘洛地方小伙性剽悍，
莫波地方姑娘最漂亮。
瓦地那方家鸡叫声响，
林中猎犬吠叫最嘹亮。
世间姑娘与小伙，
不及神仙却情长。

【男】啊呀啊呀啦——啦，
那位贤惠的表妹哟，
啊呀啊呀啦，我想跟随天空雄鹰，
啊呀啊呀啦，见多识广比友高三成；
啊呀啊呀啦，我想跟随林中虎狼，
啊呀啊呀啦，捕捉猎物比友多三倍；
啊呀啊呀啦，我想跟随夜晚月亮，
啊呀啊呀啦，月光融融洒世界；
啊呀啊呀啦，我想跟随白天太阳，
啊呀啊呀啦，观赏秀丽山川美景；
啊呀啊呀啦，我想跟随河中水獭，
啊呀啊呀啦，为你多多捕鲜鱼；
啊呀啊呀啦，我想随波逐江河，

啊呀啊呀啦，山岗峡谷觅足迹；
啊呀啊呀啦，我想跟随那翠鸟，
啊呀啊呀啦，畅游秀美螺髻山；
啊呀啊呀啦，我想跟随香獐麂子，
啊呀啊呀啦，到森林中去蹦跳；
啊呀啊呀啦，我欲跟踪山中麋鹿，
啊呀啊呀啦，在阿布车洛蹿高低；
啊呀啊呀啦，我愿跟随花斑豹，
啊呀啊呀啦，驰骋草原勇叼羊；
啊呀啊呀啦，我想跟美丽伙伴，
啊呀啊呀啦，去姻亲那里比姣容；
啊呀啊呀啦，我要紧随英雄好汉，
啊呀啊呀啦，在仇敌面前显威风；
啊呀啊呀啦，我欲乘上旋头风，
啊呀啊呀啦，旋入汉区转一程；
啊呀啊呀啦，我愿随猎犬去狩猎，
啊呀啊呀啦，山林深处把兽擒；
啊呀啊呀啦，我想陪汉族父母官，
啊呀啊呀啦，坐一坐衙门审大堂；
啊呀啊呀啦，我想随彝人大土司，
啊呀啊呀啦，巡视彝区把德谷当；
啊呀啊呀啦，我欲高空去追云雀，
啊呀啊呀啦，展翅高飞把歌唱；
啊呀啊呀啦，我愿伴随三百姑娘，
啊呀啊呀啦，与三百小伙谈情说爱；
啊呀啊呀啦，我想跟随家支头人，
啊呀啊呀啦，姻亲那里英俊扬威；
啊呀啊呀啦，我要邀约众姐妹，
啊呀啊呀啦，聚会场上显才智；
啊呀啊呀啦，我欲母女三人行，
啊呀啊呀啦，婆家三天比美容；
啊呀啊呀啦，我愿父子肩并肩，
啊呀啊呀啦，比武场上扬威名；

啊呀啊呀啦，我想一天三次杀仇敌，
啊呀啊呀啦，我要一日结交三宾朋；
啊呀啊呀啦，我欲做客汉家乐三天，
啊呀啊呀啦，红筷细瓷都会用；
啊呀啊呀啦，我愿彝寨款待汉族友，
啊呀啊呀啦，黑色勺子把盛情传递；
啊呀啊呀啦，我想化作缠身雾，
啊呀啊呀啦，一步一随伴表妹。

【女】啊呀啊呀啦——啦，
　　　那位贤能的表哥哟，
　　　莫笑我痴情，
　　　寻友山背后，
　　　朋友不见影。
　　　表哥呀表哥，
　　　身体可安宁？
　　　马放山背后，
　　　嫩草可有无？
　　　姑娘出嫁后，
　　　你可得幸福？
　　　阿妹异乡把你惦，
　　　有灾有痛递个信。
　　　倘若心中情未老，
　　　早该抽身叙旧情。

　　　表哥哟表哥，
　　　难道你忙得团团转？
　　　莫非你放牧路途远？
　　　难道你打柴无空闲？
　　　莫非你耕田忙不停？
　　　难道你擀毡没早晚？
　　　莫非你朝夕伴兄妹？
　　　难道你远处走亲戚？

　　　莫非你身前陪父母？
　　　难道你整日串家门？
　　　莫非你长随朋友游汉区，
　　　繁街僻巷迷踪影？
　　　请问天上明月：
　　　可见表哥步匆匆？
　　　请问天上白云：
　　　可见表哥放羊在山顶？
　　　请问林中喜鹊：
　　　可有表哥捎来的信？
　　　请问那山风：
　　　可见表哥赠来爱情饭？

【男】啊呀啊呀啦——啦，
　　　那位贤惠的表妹哟，
　　　是否还在把我念？
　　　倘若还思念，
　　　为何不送爱情饭？
　　　为何不将情话传？
　　　表妹哟表妹，
　　　表哥是否留在你心间？
　　　该不会丢失了思恋？
　　　彝家有句谚语：
　　　姑娘生活在世间，
　　　如若不把兄弟念，
　　　悬梁自尽时都要惦记到；
　　　叔伯兄弟生活在世间，
　　　如果不把姊妹念，
　　　横遭残杀时都要惦记到。

　　　那位贤惠的表妹哟，
　　　山顶乌云阴沉沉，
　　　坝上流水浊浑浑；

我欲上天可叹无翅膀，
我想入地可叹地无门。
太阳哟你躲进哪重天？
月亮哟你遁入哪层云？
为啥不掀开云层走出来？
为啥不把光辉放出来，
照耀我这个可怜的苦情人？

森林越茂密，
獐麂跳跃越舒展；
江河越深宽，
鱼儿游荡越悠闲；
天空越宽广，
雄鹰飞翔好盘旋；
小伙子聚成群，
姑娘会心热眼馋。

【女】啊呀啊呀啦——啦，
那位贤能的表哥哟，
我俩的举动，
如雄鹰盘旋高山顶，
如绿鹩逗凶村边林。
听说鹰抓白鸡向山夸耀，
听说狼叼羊只对夜空嚎，
听说猫捉老鼠向主人报功，
听说男儿得伴向朋友逞能，
听说女子获爱向姐妹炫耀。

那位贤能的表哥哟，
胆小怯怯难杀敌，
吝吝啬啬难待客，
斤斤计较难得友，
羞羞答答难交情。
火焰太旺难烘烤，
妻子高大难般配。
初驯骏马不好骑，
惹祸小伙最难缠。

那位贤能的表哥哟，
我俩的举动，
如骏马要边骑边驯，
如姻亲相赞而联姻，
让我俩彼此尽情赞。
不为一餐饭而相爱，
不止房中坐一坐，
不图一天的欢乐，
不是赶场转转街。
祖辈话儿有道理：
草原越是宽，
牛羊奔跑越方便；
房屋越宽敞，
女儿嬉戏更心安；

那位贤能的表哥哟，
云起螺髻山，
威洛地方暴雨降；
西昌上空乌云遮，
德昌方向遭雷击；
比尔山顶降冰雹，
昭觉坝上稻谷落；
那边阿吉兵出征，
这边汪撒儿遭殃；
木且下暴雨，
瓦洛洪水冲；
泽克山降雪，
布拖遭冰霜。
贤能的表哥哟，

鸦片烟莫沾染，
谨防嗜成瘾；
姑娘交朋友，
你别动情感。
你的娇小表妹哟，
想你在梦中，
念你夜难眠；

喝汤不增血，
吃饭不长肉；
夜里念你哼哼叽叽，
白天想你足失知觉随路游。
此情此景难言语，
情丝悠悠无尽头，
左思右想一锅糊。

流传地区：布拖县
演唱者：黑惹仔海　黑比木切
搜集整理翻译：吉则利布　吉庆

日日相思盼你归

【男】啊呀啊呀啦——啦，
那位贤惠的表妹哟，
春回春旺三月间，
大雁南飞返故里，
安宁河畔雁成群，
嬉戏鸣唱浅水中，
新识旧友相剔翅，
啄食落谷互谦让。
农家开犁忙春耕，
布谷远游已回返，
亮翅振羽情切切，
高山密林欢歌起，
相互鸣叫春耕曲，
田野捉虫亦欢欣。

那位贤惠的表妹哟，
应归的已归来了，
找水觅食阿布洛哈山，
恋窝鸟儿已归巢；
应归的已归来了，
捕羊配窝拉玛阿觉，
只只野狼已回还；
应归的已归来了，
捕食下崴日补吉吾山，
大公花豹也回转；
应归的已归来了，
久图木古补食填饱肚，

白头老鹰展翅回；
应归的已归来了，
扎渣杰乃传喜报，
喜鹊登枝入眼底；
应归的已归来了，
远嫁的表妹飞出婆家院，
一路欢歌笑语回到娘身边。

那位贤惠的表妹哟，
可知痴情表哥在等待，
白天盼望太阳快过山，
夜晚思念直到天光明。
天上大雁眼里来，
地上姑娘月里藏，
望得眼欲穿，
等得腿脚酸。
盼你和我呀，
草场同放牧，
林中同砍柴，
井前同背水，
陪我把锄同耕耘，
双手挥镰收庄稼，
欢欣共晒场，
风雨并肩一路行，
携手齐赶街，
相伴屋檐下，
同拨铜口弦，

同桌共木勺，
同心举杯话恩爱。

【女】啊呀啊呀啦——啦，
　　那位贤能的表哥哟，
　　所作所为赖于脚，
　　所思所想心之故，
　　所吃所嚼为牙齿，
　　所唱所言是舌头，
　　所看所望靠眼睛，
　　所见所闻系耳朵，
　　过往之事到此止，
　　旧日思绪就此住。

　　那位贤能的表哥哟，
　　屋后山坡是草地，
　　若遇那天降冰霜，
　　枝枝叶叶遭霜冻，
　　牛羊成群遭饥饿，
　　这是牲畜灾难的根源；
　　屋前一坝种粮地，
　　碰上天下冰雹那一天，
　　雹打庄稼一片光，
　　人人遭饥饿，
　　这是人类灾祸的根源。
　　年轻时候好风流，
　　风流只怕要流血，
　　风流只怕惹祸端；
　　只怕地埂上头摆死尸，
　　只怕地埂下边私生子；
　　只怕娘家来辱骂，
　　生出案件起纠纷，
　　闹出命案人惧怕，

这都是天亮闯祸的根源。
只恐家中阿妈仇恨人，
整天愁眉又苦脸；
家中父亲不饶人，
只恐棍棒不饶恕；
家中兄妹记恨我，
将妹除名令齿寒；
只恐深夜冷霜侵，
又忧露水湿衣衫，
奉劝表哥莫把祸事做。

那位贤能的表哥哟，
东山早晨出太阳，
今天明日亮晃晃；
夜晚升月亮，
今夜明日扯不断。
妈妈的好儿子，
前半辈年轻后半辈老；
妈妈的好囡囡，
前半辈美丽后半辈衰；
坝上的庄稼，
头月萌芽后月籽成串；
年轻的好汉子，
头天相识后天把家安；
年轻的姑娘，
头天交友后天嫁夫家；
年轻的骏马，
头年腿快次年脚打战；
强壮的犍牛，
今年骁勇明年角会残；
没有缘分的表哥表妹，
情意再缠绵也要分离。

那位贤能的表哥哟，
在那斯匹山坡上，
荞地穗如草，
长苗不结籽，
结籽粒不满，
有粒无荞面，
有面无营养。
阿凉马洪方，
贫地强种菜，
菜如黄刺藜，
有茎无圆根，
结根像拇指，
做菜不合味，
倒来喂猪儿，
猪儿不长膘。
贤能的表哥，
早晨混沌沌，
白天不晴朗；
下午天打雷，
晚上雨不降。
表哥哟表哥，
布谷叫声美，
嗉内无食粮；
蝉儿叫声响，
翼羽空振鸣；
闲话一大堆，
我俩歇一歇。

【男】啊呀啊呀啦——啦，
那位贤惠的表妹哟，
晚出羊羔毛柔细，
雏鸡声清脆，
小山羊欢蹦显稚角，

小子无名讲话无分寸。
夹生饭食难下咽，
虚假话语难出口，
表妹言谈语意深，
只有洗耳听，
无言来答对。
林中锦鸡美，
自身不知道，
朝日在林中；
树上猴狲丑，
丑陋不知羞，
偏要爬树枝；
无赖数表哥，
脸厚不自知，
嬉皮笑脸纠缠妹。

贤惠的表妹哟，
邀友在山后，
不见友身影；
后山野火烧，
前山不闻烟。
若是心诚挚，
纵使脚杆套木枷，
手腕上铁链，
颈上套枷锁，
挣脱都要来相见。
放牧在原野，
干活在地边，
打柴在山梁，
砍竹在深林，
坡下割蕨芨，
任你几来回。
伴着云雾来，

随着狂风来，
放猪顺路来，
跟随马帮来，
佯装赶集来，
借故背水来，
只要能会面，
好事都碰巧。

贤惠的表妹哟，
姑娘动情意，
若是情意真，
坐闻立起身，
站直即移步，
无畏路远荆棘深。
锅炒燕麦来不及，
背上颗粒就上路；
骏马来不及牵，
甩开双脚赶路程。
纵然是九日无饱食，
七天没歇气，
五夜不合眼，
百般磨难拦不住，
这才是真情。

贤惠的表妹哟，
我为我俩设想：
活着共同作商量，
死后灵牌供一方；
持家同甘苦，
生活互帮助；
人生意愿能达成，
牲口难抠痛痒处。
表妹哟表妹，

即使我俩难成一家，
依然不能让人少非议。
我们彝家有谚语：
难有锅庄大的金坨坨，
难有坡上石头滚三天，
调解能人没有九根舌头，
机灵猎狗没有九个鼻孔，
威武的好汉没长九个心窍，
英雄男儿没长碓窝大的心。

贤惠的表妹哟，
啊呀啊呀啦，天大的事情地上的案。
啊呀啊呀啦，鸡的纠纷鸡了案。
啊呀啊呀啦，断头小事也常见。
啊呀啊呀啦，生根长叶的难躲火烧。
啊呀啊呀啦，弱小柔嫩的难避霜冻。
啊呀啊呀啦，有血有肉终要生老
　　病死。
啊呀啊呀啦，骏马奔驰难免失蹄。
啊呀啊呀啦，老牛牵到西昌将脱角。
啊呀啊呀啦，他方有规我乡有矩。
啊呀啊呀啦，小伙贪花恋色促早死。
啊呀啊呀啦，美女追逐小伙早失颜。
啊呀啊呀啦，姑娘安守本分品行好。
啊呀啊呀啦，小伙执掌家务受人夸。

【女】啊呀啊呀啦——啦，
　　　那位贤能的表哥哟，
　　　担心昭觉大田水干枯，
　　　担心波基村的烟叶被铲除，
　　　担心木尔呷伍拉且家碉楼被人挖，
　　　担心西昌城里绸缎盐巴被抢空，
　　　担心大江大河被巨蟒冲毁。

经历一番辛劳和困苦，
白水圆根汤味甘，
干鱼片下锅会膨胀，
甘蔗越老味越甜；
老姜越熬越辣嘴，
腊肉越嚼越有味，
老马越走越识途，
耕牛久耕善踩沟，
德谷年长调解更精当，
老毕摩念经文更流畅，
铁匠人老艺纯熟，
肥猪老了肯长膘，
阉鸡老了肚有油，
柴火越干越催锅，
衣服愈旧愈贴身，
羊子愈长肉愈多，
陈粮愈多肚愈饱，
朋友久处情愈深。

贤能的表哥哟，
母女相伴随，
越伴越孤单；
表哥陪表妹，
愈陪愈缠绵。
依我心中想：
树上的布谷鸟，
能唱一百天；
林中树蝉子，
哼叫两月半；

路边枸杞刺笆林，
开花仅七天；
山上索玛花，
花繁到月圆。
人生只一世，
男儿空漂游，
田地全荒芜；
姑娘闲游荡，
院内荒芜长野草；
我若丢心去游玩，
只怕家贫如火烧。

那位贤能的表哥哟，
啊呀啊呀啦，你若真心把我恋，
啊呀啊呀啦，要允我娘家走三趟。
啊呀啊呀啦，如同耕牛地边转三转；
啊呀啊呀啦，如同扁担街头巷尾
　　转三圈；
啊呀啊呀啦，如同毛驴则俄山顶
　　翻三趟；
啊呀啊呀啦，如同母猪院内跑三回；
啊呀啊呀啦，如同老鹰三次翅冲天。
啊呀啊呀啦，豺狼林边三露面，
啊呀啊呀啦，牛羊纵三纵；
啊呀啊呀啦，母鸡檐下刨三刨，
啊呀啊呀啦，公鸡一天叫三遍；
啊呀啊呀啦，布谷鸟催春鸣三月，
啊呀啊呀啦，表妹身闲定来你处
　　游三遍。

流传地区： 布拖县
演唱者： 黑惹仔海　黑比木切
搜集整理翻译： 吉则利布　吉庆

表妹偷走了我的心

亲爱的幺表妹呀，
假若你是岩边边的树，
我就是那树枝上的叶，
树死了，叶也就落了。
我有多少根黑头发，
你可数得一清二楚？

我有多少颗牙齿，
你可记得准？
你是山沟沟对面那棵大青桐树，
虽然远远地站在那里，
却悄悄地偷走了我的心。

流传地区：布拖县
演唱者：黑比木切
搜集整理翻译：吉则利布　吉庆

幺表妹（一）

想幺表妹呀，
想你真想你！
无时无刻不想你呀，
我真想念你！
最好的树子生长在我们这里，

美丽的树叶却飘落到别处！
我俩的中间，
哪怕隔着九座大山，
隔着九条大河，
也隔不断我对你的思念！

流传地区：甘洛县
演唱者：阿木布切，男，彝族，甘洛县人。长期在西昌经商。会唱甘洛民歌。
搜集整理翻译：吉则利布　吉庆

幺表妹（二）

贤淑的表妹哟，
姑娘十七整，
常常做美梦；
小伙满十七，
性格难扭转。
贤淑的表妹哟，
深夜想念表妹泪湿枕席，
白天想念表妹迷迷糊糊走错道。
恋表妹情话不觉飞出口，
思表妹情急四处跳又蹦，
想表妹情迷意乱拔草根。
清早想表妹心像竹片刮，
晌午想表妹烈火燃心头，
傍晚想表妹倒钩刺心窝。

贤淑的表妹哟，
见到燕麦便想起甜糌粑，
见到姑姑便忆起表妹容。
燕麦蜇人炒面令人爱，
荨麻蜇人麻布惹人爱，
蜜蜂蜇人蜜糖招人喜，
表妹倔强爱慕情更浓。

贤淑的表妹哟，
你从岩上过，
岩上香飘来；
你从坡上走，

满坡荞花香；
你从沼泽地里行，
娇艳美容赛水仙；
你从山岗上面走，
好像索玛花儿开；
你从林边过，
姿仪更比锦鸡美。

贤淑的表妹哟，
你的腰身像蚂蚁，
你的脖子细长如羊颈，
你把腰身来扭动，
披毡轻舞如蜜蜂，
百褶裙子齐绽放，
头上发辫似黑漆，
五官端庄真好看，
身材修长又适中，
像那林中基普树毅美，
像那岭上索玛花儿红。

贤淑的表妹哟，
从前誓言曾许下，
虽未赌咒却把木片刻。
我曾发誓不到三十七，
绝不娶亲成家业；
你曾许诺不满二十五，
不成亲来不出嫁。

贤淑的表妹哟，
本想共有一颗心，
只恐胸腔容不下；
本想共用一个枕，
只怕枕头难容下；
本想合穿一条裤，
唯恐裤腿装不下。

贤淑的表妹哟，
话说相般配，
麻布配麻布，
毛布配毛布，
布匹连布匹，
绸缎相连缀。
潲水与猪相宜，
骨头与狗相宜。
喜鹊配锦鸡，
乌鸦猪相对。
表哥和表妹，

恰好来相配。
贤淑的表妹哟，
但求心想之事能如愿，
但求耳闻之处能看见。
如果心愿能实现，
树叶做衣也愿穿，
沙粒当饭也甘甜，
穿山越岭也情愿，
酸菜煮汤胜佳肴，
羊皮破褂遮身也心甘。

贤淑的表妹哟，
你若如约来相见，
两手来相挽，
双脚相互缠，
两面相贴唇相吻，
两鼻紧相触，
情意真真值黄金九两，
情意绵绵抵骏马九匹。

流传地区：金阳县
演唱者：阿库依格，男，彝族，居住在西昌，做魔芋生意。会唱民歌。
搜集整理翻译：吉则利布　吉庆

我怎能不想起你

我的幺表妹哟，
你到哪里去了？
你去汉区赶场，
难道船翻了，
淹死在江中？
啊！不是的。
你上山去砍柴，
难道脚滑了，
坠落在崖下？
啊！不是的。

布谷鸟在叫我，
我的幺表妹不会叫我了。
布谷鸟在歌唱，
我的幺表妹哟，
你比它唱得不知好听多少倍，
可我永远也听不见你的歌声了！

害死我幺表妹的那个人呀，
你骑马走在悬崖上，
被风吹下悬崖去；

你走亲戚家，
掉到河水里；
你到森林里，
被豹子吃掉；
哪怕你不出门，
在家里吃酒，
也要醉死你。

深山里的索玛花，
开放得鲜艳美丽。
看见它，
我不能不想到你。
我的幺表妹呀，
我可以不想你，
但当我见到青山上的杉树时，
就会想到你。
我可以不想你，
但当我看见别人的表妹时，
我的幺表妹哟，
我怎能不想起你？！

流传地区：会东县
演唱者：阿牛五来
搜集整理翻译：吉则利布　阿牛木支　克惹丹夫

表妹为何不到来

秋季已来临，
一年只一季。
树叶已经黄了，
思念表妹眼望穿。
我所钟爱的表妹哟，
为何不到来？

春天已来临，
一年只一度。
三弦已弹坏了三根，
我所钟爱的表妹哟，
为何不到来？

猴月的布谷鸟儿声声脆，
一年啼一次。

布谷鸟儿来，
山间索玛艳，
思念表妹身发颤。
竹笛三支已吹破，
我所钟爱的表妹哟，
为何不到来？

年节已来临，
积粮堆成山。
彝家节日已临近，
一年过一次。
心中情话唱翻了底，
我所钟爱的表妹哟，
为何不到来？

流传地区：冕宁县
演唱者：阿说克古，男，彝族，冕宁县大桥镇人。
搜集整理翻译：吉则利布　阿牛木支　克惹丹夫

情人离别心发酸

【男】啊呀啊呀啦——啦，
那位贤惠的表妹哟，
太阳早晨出，
为送别情人头顶升。
犁头不愿分离牛把它分，
骏马不愿分离跑道把它分，
朋友不愿离别道路把它分，
姑娘不愿离别婆家把它分。
母亲与女儿相陪伴，
越陪伴越孤单；
狗与崽子相结伴，
越伴越凶悍；
小伙沾赌博，
愈赌愈晦气；
父与子相伴，
枯坐两对面；
情人两相伴，
难分又难舍。
唱分不愿分，
眼睛盯眼睛；
唱走不忍走，
千言万语才开头。

【女】啊呀啊呀啦——啦，
那位贤能的表哥哟，
杉树瓦板把房盖，
大河大江可捕鱼，

撵入山林有猎物，
平整大田播稻谷，
精耕细作多施肥，
糯米粘性才能足。
野苔绵绵能作绸，
表哥表妹情更浓。
爱你爱得难挪步，
恋你恋得成痴憨。
围猎捕猎在山间，
恰似套獐把你圈。
但愿园中围栅栏，
蜘蛛吐丝把你缠，
水中密网把你网。
你像天上明月亮，
我是伴月一颗星。
我愿夜夜陪伴你，
千里万里紧相随。

【男】啊呀啊呀啦——啦，
那位贤惠的表妹哟，
情侣夜聚多欢喜，
情人晨别心发酸。
鲜花引蜜蜂，
表哥缠表妹，
情浓意绵绵，
终有离别时。
父辈成宗族，

同宗也分门，
祖辈相离去，
灵牌屋内挂。
哥与妹分离，
各自把家安。
彝家千年俗，
祖承世代传，
儿孙循习俗，
不得不离散。

【女】啊呀啊呀啦——啦，
那位贤能的表哥哟，
虽说要分手，
不知怎样分。
若想不分离，
担心高高碉楼遭人嫉，
担心林中乌鸦传邪言，
担心深夜狗叫妨碍贼偷盗，
担心身后指戳人议论，
担心苍天责怪降冰雹。

那位贤能的表哥哟，
苦恼言语向父诉，
欢乐话语给妈讲，
绵绵情话向你倾；
苦情饭儿让父吃，
香甜饭食给妈尝，
蜜意珍物留给你。

那位贤能的表哥哟，
我们彝家有谚语：
我的冤家所在处，
四面楚歌黑沉沉；

我的亲戚居住地，
到处光明亮晶晶；
知心伙伴一大群，
双双眼睛露欢欣。

那位贤能的表哥哟，
朋友越多越方便，
仇敌越少越称心。
多交一个好朋友，
就多一条光明路；
多树一个冤家对头，
就多挖一条深壑沟。
情人初识情意浓，
仇敌路遇怨难平；
青藤缠树可断藤，
我俩恩爱难舍情。

那位贤能的表哥哟，
扯块黄色布，
买来五彩线，
为你绣荷包，
端出针线簸，
针线随我意。
绣出一对花喜鹊，
一只似我小表妹，
对你点头唱欢歌；
一只登枝拍翅膀，
神气正如大表哥。
满腔心事无处诉，
装进荷包赠表哥。

【男】啊呀啊呀啦——啦，
那位贤惠的表妹哟，

姑姑家的表妹，
想忘也忘不了。
看见山顶杉树①，
就会思念表妹；
看见山谷古柏②，
就会思念表妹。
文静贤惠的表妹哟，
如若愿望能实现，
树叶当被也舒适；
如若心愿能达成，
沙粒拌饭也心甘；
如若险途变平坦，
酸菜当肉味也鲜，
穿着羊皮褂也觉美，
披着褴褛也情愿。

那位贤惠的表妹哟，
过去的日子里，
碉楼高高曾将鸟来引，
池塘清澈曾将鱼来引，
天空明月曾将白云引，
檐下白鸡曾将鹰来引，
棚旁白狗曾将豹来引，
院内姑娘曾将好汉引。
户养十个憨厚儿，
院内不愁柴火堆；
家养十个贤能子，
门庭常聚助力友；
屋隐十个大美女，
总有贤能男儿来追逐。

【女】啊呀啊呀啦——啦，
那位贤能的表哥哟，
聪明勇敢的表哥，
美人艳过菜花，
终有一天要失色。
栖高山的归高山，
住山腰的归山腰，
红嘴鸟儿归山腰；
栖矮山的归矮山，
喜鹊归矮山。
人们处居室，
鸟类恋森林，
鱼类游水中；
男儿跟随父，
女儿伴母亲。
阿爸在等人，
棍棒齐准备；
阿妈在等人，
脸色变阴沉。
恋情牵脚步，
归途撵脚跟，
表哥请放手，
让我早动身。

【男】啊呀啊呀啦——啦，
那位贤妹的表妹哟，
树上布谷鸟啼鸣，
就当表哥的回音；
林中锦鸡叫声脆，
那是表哥的呼声；

---

① 杉树：彝语，谐音，指记忆树。
② 古柏：彝语，谐音，指相思树。

蕨芨丛中雉鸡叫，
当作表哥语谆谆；
矫健老鹰头顶飞，
权当表哥挨近身；
老虎从你面前过，

权当表哥的身影。
那位贤惠的表妹哟，
绵绵情丝长又长，
千丝万缕不断情。

流传地区：布拖县
演唱者：黑惹仔海　黑比木切
搜集整理翻译：吉则利布　吉庆

情人分手痛心间

【男】啊呀啊呀啦——啦，
那位贤惠的表妹哟，
亲戚可分手，
亲情难割舍。
有耳听四方八面，
有眼望峡谷高山；
天恨人打雷下雨，
人恨人怪话连篇。
表哥表妹呀，
眼前不得不离散。

贤惠的表妹哟，
与父母离别，
分手是在火塘边；
与弟兄离别，
分手是在内庭院。
羊群相离别，
分手在草原；
五谷相离别，
分离晒坝间；
老狼相离别，
转背在山巅；
獐麂相离别，
分散在林间；
鸡鸭相分离，
分群在屋前；
朋友相离别，

分手在路边；
情人相离别，
痛苦在心间。

【女】啊呀啊呀啦——啦，
那位贤能的表哥哟，
无权做主不调解，
毕摩不会念经不沾腥，
艺低休揽银匠活，
不明事理少开口，
生冷食物莫张嘴，
不会针线莫绣衣，
污浊生水别下咽。
智者走敌方，
化敌为友朋；
蠢人至友处，
使友变成仇。
过去的所作所为，
也许是我的过错，
过错酿别离，
不得不分手。
兄长为领主，
弟弟成奴仆。
父母分开时，
赠给思念服；
兄弟分手时，
情谊饭相酬；

情人分离时，
互吐肺腑言；
表哥表妹两分手，
割爱忍痛楚。
从今远别离，
相思心中藏，
闭目影幢幢，
耳边语绵绵。

就从明日后，
心爱的表哥哟，
你的妻子儿女在一方，
你的房子家产在一方，
你的家族家门在一方，
我俩想见时难见，
相爱只能梦中爱。
我想掏心给你看：
我的猪鸡在一方，
我的公婆在一方，
我的亲朋好友在一方，
缝衣无法给你穿，
思情饭食无法端给你，
思恋话语无法向你传，
表哥哟怎么办？
彝家有谚语：
父死不算悲，
抛下孤儿更可悲；
母亡不算悲，
丢下孤女则可悲。
情人分手尚不哀，
重睹旧路心悲痛。
阿嘎迪托方，
骑手识马性；

兹兹那地方，
耕夫知牛情。
聪明的小伙，
善言人动心；
美丽的姑娘，
会听辨真情。
贤能的表哥哟，
分别的时候已到了。

【男】啊呀啊呀啦——啦，
那位贤惠的表妹哟，
与父母分手那一天，
儿孙心悲痛；
与家支分离那一天，
弟兄心苦楚；
与情人表妹分别日，
表哥心发酸。
我这好男儿，
要唱是生年不交运，
却有幸与你相遇；
要唱是命中有福分，
分手之后缘分尽。
伐尽树木来寻你，
处处不见你的影；
夜夜梦中把你寻，
梦中难觅妹倩影。

【女】啊呀啊呀啦——啦，
那位贤能的表哥哟，
相熟的老朋友，
相思的表哥哥，
我想涉河来，
石板长青苔，

苔藓要打滑，　　　　　　　　难承思恋情。
石板误了人；　　　　　　　　木槽腹空空，
我想攀岩过，　　　　　　　　牛羊白扑食；
岩上树已枯，　　　　　　　　男人若无能，
枯枝不受力，　　　　　　　　莫误女青春。

流传地区：布拖县
演唱者：黑惹仔海　黑比木切
搜集整理翻译：吉则利布　吉庆

让你轻轻地吹奏

【男】亲亲的表妹啊，
　　　我愿变成一把口弦，
　　　系在你的胸前，
　　　让你经常吹弹，
　　　弹出你心里的甘甜。
　　　亲亲的表妹啊，
　　　我愿变成一根针，
　　　装进你的针筒里，
　　　让你日夜刺绣，
　　　绣出你心爱的花羽。

【女】亲亲的表哥啊，
　　　我愿变成一件披毡，
　　　披在你的身上，
　　　给你添上一双翅膀，
　　　像雄鹰一样飞翔在蓝天。
　　　亲亲的表哥啊，
　　　我愿变成一支金笛，
　　　装进你的挂包，
　　　让你轻轻地吹奏，
　　　像云雀那样歌唱。

流传地区：雷波县
演唱者：帕差木乃，男，彝族，雷波县卡哈洛乡乡镇干部。
搜集整理翻译：吉则利布　吉庆

117

黄　昏

太阳下山了，
伸手都能摸得到，
太阳下山的时候，
映红了杨柳树梢。
乌鸦呱呱叫，
飞向林间的雀巢。
喜鹊找了一天食，
回到了温暖的家。

月亮刚升起，
伸手都能摸得到，
月亮升起的时候，
映照着村边小道。
羊儿咩咩叫，
回到了羊圈。
牛儿耕了一天地，
回到了温暖的家。

炊烟房上飘，
伸手都能摸得到，
炊烟房上飘的时候，
围着那屋顶缭绕，
看到炊烟飘，
人们回村庄来了，
在外面劳动的人，
回到了温暖的家。

啊！——天黑了，
乌鸦喜鹊归巢。
啊！——天黑了，
牛羊回圈了。
啊！——天黑了，
人们回家了。
啊！——天黑了，
天黑了，天黑了。

流传地区：盐源县
演唱者：帕差木乃
搜集整理翻译：吉则利布　克惹丹夫

表哥问来表妹答

贤淑的表妹呀，
不种稻子的平坝是什么地方？
你知道吗？你知道吗？
聪明的表哥呀，
不种稻子的平坝是阿兹古曲①！
不是吗？不是吗？

贤淑的表妹呀，
没有鱼儿的河流是什么地方？
你知道吗？你知道吗？
聪明的表哥呀，
没有鱼儿的河流是特觉拉达②！
不是吗？不是吗？

贤淑的表妹呀，
你知道吗？你见过吗？
最长的坝子是哪个？
聪明的表哥呀，
我知道，我见过，
最长的坝子不是吉拉布特③吗？

贤淑的表妹呀，
你知道吗？你见过吗？
最宽的草坪是哪个？
聪明的表哥呀，
我知道，我见过，
最宽的草坪不是萨拉迪坡④吗？

贤淑的表妹呀，
你知道吗？你见过吗？
最美的山是哪座？
聪明的表哥呀，
我知道，我见过，
最美的山不是麻迪尔曲⑤吗？

贤淑的表妹呀，
你知道吗？你见过吗？
平坝不能栽秧的是哪个？
聪明的表哥呀，
我知道，我见过，
平坝不能栽秧的不是吉拉布特吗？

---

① 阿兹古曲：彝语，地名，今昭觉县齿可波西新民乡与金阳县南瓦乡交界处。

② 特觉拉达：彝语，地名，位于布拖县拖觉镇境内。

③ 吉拉布特：彝语，地名，泛指拖坝子。

④ 萨拉迪坡：彝语，地名，在昭觉县西部，"萨拉"含义为耕作和放牧都很方便，"迪坡"意为坝子。

⑤ 麻迪尔曲：彝语，山名，甘孜藏族自治州境内的贡嘎山。

贤淑的表妹呀，
你知道吗？你见过吗？
不能放牧羊群的山是哪座？
聪明的表哥呀，
我知道，我见过，
不能放牧羊群的山不是俄尔则沃①
　　吗？

贤淑的表妹呀，
你知道吗？你见过吗？
牛羊聚会的地方在哪里？

聪明的表哥呀，
我知道，我见过，
牛羊聚会的地方不是惹夫呋吉②吗？

贤淑的表妹呀，
你知道吗？你见过吗？
又高又直的树长在哪里？
聪明的表哥呀，
我知道，我见过，
又高又直的树不是长在古里拉达③
　　吗？

流传地区：昭觉县

演唱者：阿苏惹古，男，彝族，昭觉县解放乡人。

搜集整理翻译：吉则利布　克惹丹夫

----

① 俄尔则沃：彝语，山名，泛指越西县西部的大相岭。
② 惹夫呋吉：彝语，地名，泛指美姑县洪溪乡一带的牧场。
③ 古里拉达：彝语，地名，在昭觉县古里拉达区。

节庆歌

JIEQING GE

都乐荷

世间是否有值钱的名花? 世上是否有值钱的姑娘②?
值钱的名花①在牦牛山上。 值钱的姑娘在布拖。

流传地区：普格县
演唱者：诺布合机，男，彝族。凉山州民族研究所退休人员，副译审。
搜集整理翻译：吉则利布　克惹丹夫

都者都格

啊呀啊呀啦， 平常人家杀鸡来过节;
土司打牛来过节; 啊呀啊呀啦，
啊呀啊呀啦， 寡妇用荞粑来过节;
富裕人家杀羊来过节; 啊呀啊呀啦，
啊呀啊呀啦， 单身汉用辣椒水来过节。

流传地区：越西县
演唱者：黑惹仔海
搜集整理翻译：吉则利布　克惹丹夫

---

① 名花：特指能凌寒开放的索玛花，汉族称杜鹃花。
② 值钱的姑娘：泛指布拖坝子上长得漂亮的姑娘。

快乐的火把

啊呀啊呀啦，
火把节的夜晚多迷人，
妹妹弟弟手挽着手。
啊呀啊呀啦，
火把映红了村村寨寨，

姐姐召唤弟弟来玩火把。
啊呀啊呀啦，
莫错过好光阴，
莫错过好光阴。

流传地区：喜德县
演唱者：黑惹兹嘎，男，彝族，喜德县巴久乡人。居住在西昌市河东街，打
制烟斗。会唱节日歌。
　搜集整理翻译：吉则利布　克惹丹夫

阿呷拉妮莫

阿呷拉妮莫哟，
娘家请她回去过节，

婆家不让姑娘回去，
因为她要去看神仙修宫殿。

流传地区：喜德县
演唱者：黑惹兹嘎
搜集整理翻译：吉则利布　克惹丹夫

歌唱火把

快来呀小伙伴们，
快来唱火把歌，
快来点燃火把，
点燃熊熊的火把，
来呀快来耍火把。
这是彝家古老的习俗，
兹莫过节祭骟牛，
富人过节祭阉羊，
穷人过节祭白鸡，
鳏夫过节也要祭寡鸡蛋①，
寡妇过节也要祭荞粑辣子汤，
世上人家哪有不过节的？
来呀快来耍火把，
用火把烧尽害虫，
用火把烧尽灾害，
用火把烧尽饥荒。
请赐给我们吉祥，

保佑我们健康成长。

快来呀小伙伴们，
快来唱火把歌，
快来点燃火把，
点燃熊熊的火把，
来呀快来耍火把。
这是彝家古老的习俗，
黑熊过节祭的是荞花花，
松鼠过节祭的是松果果，
世上动物哪有不过节的？
来呀快来耍火把，
用火把烧尽害虫，
用火把烧尽灾害，
用火把烧尽饥荒。
请赐给我们吉祥，
请赐给我们五谷丰登。

编者按：彝族的火把节，俗称"都者都格"，即唱火把或颂火把的意思，是彝族众多传统节日中规模最大、内容最丰富、场面最壮观、参与人数最多、民族特色最浓郁的盛大节日。火把节的由来传说众多，但在凉山千百年来代代相传、流传区域最广、最具代表性、最受群众欢迎的说法，是远古时期彝族英雄阿体拉巴（有的地方又叫赫体拉巴）战胜了天神（恩体谷兹的随从斯惹阿比），人们为庆祝胜利而举办火把节敬祭天神的传说。

相传，远古的时候，天和地之间有一天梯，天上的人可以沿着天梯下到地上，

---

① 寡鸡蛋：未受精的鸡蛋，即无法孵出小鸡的鸡蛋。

地上的人也可以顺着天梯上到天上。那时，彝族居住的这个地方，土地肥沃，气候温和，水草丰美，鸟语花香，人们和睦相处，男耕女织，过着丰衣足食的生活。天神恩体谷兹眼看着人间的生活就要胜过天上，他一气之下，便派大力神斯惹阿比到人间，强令人们把生产出来的果实当贡品缴纳。天神一来，便凶神恶煞地向彝族人民索要这样那样的礼物，如果人们不给，那么天神便动手捣毁人们播种的庄稼。彝族有个机智勇敢的英雄阿体拉巴，他对天神说："你凭什么要破坏我们人间的幸福生活？"天神斯惹阿比依仗着浑身的力气，蛮横地说："我是天上大力神，奉天王之命，来到地上收取贡品的。谁敢来和我比摔跤？要是你们摔倒了我，我就转回天上，再也不管人间的事！要是无人敢出来比，我就要拔光地上所有长出来的东西，让你们饿死！"斯惹阿比要展示浑身的力气，他看到山坡上放牧的牛群，便走过去，先选了一头健壮的黄牛，双手一托举，就把牛摔到山脚去了。随后，他又找到一头三丈长的大水牛，双手抓住牛角，用力一扭，就把水牛扭倒在地上。正因为有过这样的一桩事，所以后来过火把节时，首先便要斗牛。可是谁也不愿扮演那凶神恶煞的斯惹阿比，就只好让牛与牛斗角，凉山彝族节日的斗牛习俗就是从这里来的。地上的勇士阿体拉巴面对斯惹阿比的挑战，毫不犹豫地站出来，与天神斯惹阿比赛摔跤。他俩摔了三天三夜，比赛的结果是天神斯惹阿比被阿体拉巴摔死了。人们从四面八方汇聚到英雄身边，高兴地弹奏月琴，吹响短笛，姑娘们随着乐曲不停地拍手、跺脚，这就是今天姑娘们成群结队地跳"都乐荷"舞的由来。天神恩体谷兹得知斯惹阿比被阿体拉巴摔死的消息后，大怒，要求阿体拉巴赔还一个与斯惹阿比一模一样的"原人"。如果赔不出的话，他就派"天虫"到人间吃光人们播种的庄稼，让人们饿死。后来在云雀的调解下，双方答应把连通天地的梯子烧掉。规定每年农历六月二十四日，地上所有的动物都要帮助阿体拉巴向天神恩体谷兹赔罪。最有钱的土司，要杀牛来敬祭天神；中等人家，要杀猪、杀羊、杀鸡来敬祭天神；穷人也要杀只鸡来敬祭天神；就算是孤寡老人，也要做个荞粑馍馍来敬祭天神。因此，人们为了粮食丰收，消灭害虫，每到农历六月二十四日这一天，广大彝族村寨，一到黄昏，大家就会点燃九十九捆竹竿和九十九个火把，用火把驱除害虫，并在熊熊燃烧的火光下唱歌跳舞，欢庆人类的胜利，祝愿人间大地更加美好，更加繁荣昌盛。久而久之，就形成了凉山彝族民间传统的盛大节日——火把节。这首歌谣是火把节时人们互相邀约点火把时唱的。

流传地区：喜德县

演唱者：诺布合机

搜集整理翻译：吉则利布　阿牛木支

火把谣

快来呀那个留着天菩萨的小孩，　　快来呀那个穿着绣花衣的姑娘，
快来呀那个穿着绣花衣的姑娘，　　火把节的夜晚，
火把节的夜晚，　　　　　　　　　快来唱火把歌，
快来唱火把歌，　　　　　　　　　快来耍火把。
快来耍火把。　　　　　　　　　　小伙伴们呀，
彝家古老的习俗，　　　　　　　　跳啊跳，
兹莫过节祭骟牛，　　　　　　　　笑啊笑，
富人过节祭阉羊，　　　　　　　　火把节的夜晚，
穷人过节祭白鸡，　　　　　　　　小姑娘耍火把，
鳏夫过节也要祭寡鸡蛋，　　　　　小男孩耍火把；
寡妇过节也要祭荞粑辣子汤，　　　尽情跳，
世上没有不过节的。　　　　　　　开心唱，
　　　　　　　　　　　　　　　　丰收的季节就来到。
快来呀那个留着天菩萨的小孩，

流传地区：越西县
演唱者：阿说木嘎，男，彝族，越西县板桥乡人。识彝文，会说唱彝族传统民歌。
搜集整理翻译：吉则利布　阿牛木支

唱火把

啊呀啊呀啦，
土司打牛来过节；
啊呀啊呀啦，
富裕人家杀羊来过节；
啊呀啊呀啦，
寡妇用荞粑来过节；

啊呀啊呀啦，
单身汉用辣椒水来过节。
啊呀啊呀啦，
小孩不玩火把就不快乐；
啊呀啊呀啦，
小孩不唱火把歌就肚肚痛。

流传地区：喜德县
演唱者：阿牛机几
搜集整理翻译：吉则利布　阿牛木支

快来耍火把

闪闪火把开火花，
我与星星传个话，
彝家山上火把节，
篝火熊熊火把节，
我们一起耍火把，
我和星星耍火把。
崖上蜜蜂来过节，

扇动翅膀采花花，
开心快乐笑哈哈。
沙地老鼠来过节，
钻来钻去啃瓜瓜。
手牵手儿绕山路，
烧了害虫好过年，
天上人间乐开花。

流传地区：凉山州各地
演唱者：阿牛机几
搜集整理翻译：吉则利布　阿牛木支　克惹丹夫

它是快乐的

啊呀啊呀啦，
快活不快活？
管它快活不快活。
啊呀啊呀啦，
院子里，
黄颈小鸡呀，
左眼像银泡，
右眼像金泡，
左翅像银扇，
右翅像金扇，
它是快乐的。
啊呀啊呀啦，
草原上，
一对云雀儿，
左眼像银泡，
右眼像金泡，
左翅像银扇，
右翅像金扇，

它是快乐的。
啊呀啊呀啦，
蕨丛里，
蕨下雌鸡儿，
左眼像银泡，
右眼像金泡，
左翅像银扇，
右翅像金扇，
它是快乐的。
啊呀啊呀啦，
竹林里，
锦鸡鸟儿呀，
左眼像银泡，
右眼像金泡，
左翅像银扇，
右翅像金扇。
它是快乐的。

流传地区：布拖县
演唱者：黑惹仔海
搜集整理翻译：吉则利布　阿牛木支

青年人长了知识

啊呀啊呀啦，
一年吃了七百三十顿饭，
今天是吃最后一顿饭了。
啊呀啊呀啦，
过了今天，

老年人添了岁数；
啊呀啊呀啦，
青年人长了知识，
小娃儿也会走路了。

流传地区：凉山州各地
演唱者：阿都嘎尔，男，彝族，德昌县德州镇人。会说唱所地方言区的民歌。
搜集整理翻译：吉则利布　吉庆

洗头净身

过年要洗头净身，
索玛花上的露水，
头发洗得乌黑亮，
一年四季头脑灵。

过年要洗腰净身，
青竹叶浸泡的水，

洗腰净身来年清爽，
一年四季腰杆硬朗。

过年要洗脚净身，
浸过蒿草的水珠，
洗脚净身更洁净，
一年四季走在清洁路。

流传地区：凉山州各地
演唱者：阿都嘎尔
搜集整理翻译：吉则利布　吉庆

熏石驱邪

嗨！啊哈啊哈啰，
嗨！啊哈啊哈啰，
用烧石熏内房，
熏开一条金银路，
纯洁金银魂。
烧石熏仓囤，
熏开一条粮食路，
纯洁粮食魂。

烧石熏圈栏，
熏开一条牛羊路，
纯洁牛羊魂。
烧石熏柴垛，
柴垛无污浊。
烧石熏年猪，
年猪无污秽。

编者按：彝族民间过年的第一天，按照传统习惯，要举行除秽仪式，彝语称"尔擦苏"。所谓"尔擦苏"，即家里的男主人用干净的木瓢舀上半瓢清水（有的地方要在水中放入嫩蒿草），再把事先烧红的小石头放入瓢中，瓢中即刻冒起浓浓的水雾。男主人端着木瓢，沿顺时针方向，绕屋内、屋外各一圈后，再端到仓囤、圈栏、柴垛、年猪（过年要杀的猪），以及各种用具上逐一熏过，以除秽净宅。此歌谣是男主人在屋内外熏时默默吟诵的歌谣。彝族人民认为举行"尔擦苏"仪式后，会给主人家带来好运，全年吉祥。彝族相信水和石具有特殊功能，这是彝族水、石崇拜的具体反映。此外，在其他彝族村寨开展宗教祭祀活动时也要照此方法"熏"供品，举行"尔擦苏"仪式。

流传地区：凉山州各地

演唱者：阿都嘎尔

搜集整理翻译：吉则利布　吉庆

割草铺草歌

嗨！啊哈啊哈啰，
嗨！啊哈啊哈啰，
派出九个姑娘，
手拿九把铁镰，
到坡上去割草，
割来纯净的青青草。
到火洛岩子上去割，
那羊儿没啃过的青草。
这九个俊姑娘，

背回了九背草，
青草堆似山头。
割草来做什么？
给回家的祖灵。
愿草儿茂盛，
愿子孙繁衍；
愿草儿茂盛，
愿子孙荣华。

编者按：凉山彝族过年之前，各家各户都有清扫灰尘，然后在堂屋的正上方铺草的习俗。有的铺稻草，有的铺荞秆，有的铺松毛，有的铺专门从山上割来的青草，以崭新的面貌迎接祖灵回来与儿孙团聚，同时祈盼来年吉祥安康，并借以增加节日气氛。传说很久以前有一个叫"白来足"的凶兽，过年时常到寨子里来抢东西。天神得知后，谕令各家各户在荞馍中藏一把尖刀，待"白来足"来了以后，假意热情接待，寻找机会把它杀死。凶兽"白来足"又来了，人们向它敬酒，把它灌醉后，佯装向它敬献荞馍，趁机杀死了他。凶兽的污血洒满一地，人们担心回家来过年的祖先们看见血迹而不悦，急中生智，便以草盖地，既可掩盖血迹，又可使祖先们坐得舒适。如此年复一年，相沿成习。《割草铺草歌》，就是人们在堂屋铺草时吟诵的一首歌谣。

流传地区：凉山州各地
演唱者：阿都嘎尔
搜集整理翻译：吉则利布　言庆

扫除陈渣

咿呀——咿呀，
屋后有三片茂密的竹林，
派了三个英俊青年，
手拿三把锻打镰刀，
砍下山竹来做扫把。
我拿一把扫除陈渣，
扫出一条金银路来。
吉祥的夜晚，
招来金银魂，
装满箱箱柜柜。
到了明天后啊，
称金子数银子，
手板会起茧疤，
那就莫怪我了。

咿呀——咿呀，
我拿一把来扫地，
在锅庄旁清扫，
扫出一条盐茶路。
吉祥的夜晚，
招来盐茶魂。
明天以后啊，
称盐称茶时，
手板起茧疤，

那就莫怪我了。

咿呀——咿呀，
我拿一把来扫地，
在堂屋上方扫，
朝龙头山上扫，
扫来一条牛羊路。
吉祥的夜晚，
召唤牛羊魂，
招来牛羊围满栏。
明天以后啊，
数牛数羊眼睛花，
那就莫怪我了。

咿呀——咿呀，
我拿一把来扫地，
向斯木布约①扫，
扫开一条五谷路。
吉祥的夜晚，
召唤五谷魂，
招来五谷装满仓。
明天以后啊，
斗量粮食手起茧疤，
那就莫怪我了。

---

① 斯木布约：彝语，地名，"斯木"即木堆，"布约"即布约姓氏，位于昭觉县北部，与美姑县竹库乡接壤。

咿呀——咿呀，
我拿一把来扫地，
向杰斯乌托^①一方扫，
扫出一条珠宝路。
吉祥的夜晚，
扫来珠宝魂，
装扮我家姑娘。
明天以后啊，
在众多的场合，

我家姑娘都美丽。

咿呀——咿呀，
我拿一把来扫地，
向兹兹蒲乌^②一方扫，
朝着天涯海角^③扫，
扫来成群的骏马魂。
明天以后啊，
我家的子孙，
聚会场上都勇敢。

编者按：扫除陈渣：彝族有一个良好的习惯，就是过年以前要清洁卫生，人们除搞好个人卫生，把衣服洗干净外，还要把炊具、餐具以及各种生活用具擦洗干净。最为重要的一环是，察看父母的灵牌有无污损。如无污损，除尘后即挂回原处；如有污损，即请毕摩除污并修补完善。然后再将室内外打扫干净，以迎接来年人畜兴旺、五谷丰登、财路广开的好运。《扫除陈渣》就是家里的男主人在除尘过程中吟诵的一首歌谣。

流传地区：凉山州各地
演唱者：阿都嘎尔
搜集整理翻译：吉则利布　吉庆

---

①　杰斯乌托：彝语，地名，泛指越西县。
②　兹兹蒲乌：地名，彝族的发祥地。凉山彝族人死后，无论是停尸还是火葬，尸体头部总是向着东方，意为不忘本；而在诵唱《指路经》时，要把死者的亡灵最终指引到兹兹蒲乌——凉山彝族认为，此地是人活着时不能去，死后必须去的地方，有认祖归宗之意。
③　天涯海角：彝语，泛指极远的地方。

叙事歌

XUSHI GE

阿吉姆惹[①]

一、失去父母伤我心

阿吉姆惹呀，
未满三岁就死了母，
阿吉姆惹艰难随父。
未满七岁就亡了父，
阿吉姆惹痛苦随后娘。
后娘是个心狠手辣的，
不把阿吉姆惹当人待。
可怜的阿吉姆惹呀，
自从父亲去世后，
眼泪成天串串流，
整夜泣泪湿枕头。
失母伤我心，
失父更悲切。
独坐锅庄旁，

无衣来御寒，
无粮来充饥。
麻布当衣穿，
羊皮做披毡。
像颗孤独星，
无亲又无戚。

阿吉姆惹呀，
像路边的一棵小草，
路边的小草虽不苦，
一天被牲畜啃三次苦；
像坡上的一棵小树，
山上的小树虽不苦，
一天被风掀翻三次苦；
像路边筑巢的山雀，
山雀路边筑巢虽不苦，
一天被惊动飞三次苦；

---

① 阿吉姆惹：这是流传于大渡河两岸的一首彝族经典叙事民歌，特别是在越西、喜德、冕宁、甘洛和甘孜州的九龙县、雅安市的石棉县等广大彝族村寨盛行，可与《妈妈的女儿》《阿依阿芝》《甘嫫阿妞》《阿呷拉妮嫫》等民歌相媲美。一般是在彝族的传统婚丧嫁娶场合演唱。它叙述的是一位名叫阿吉姆惹的孤儿，未满三岁母亲便去世了，艰难地随父亲成长的故事。父亲很快又娶了后娘。未满七岁父亲又去世了，阿吉姆惹孤苦地随后娘生活。后娘是个心狠手辣的人，从不把阿吉姆惹当人待，可怜的阿吉姆惹遭遇父母离世的悲伤，而后所有家产又都被后娘占有。阿吉姆惹六七岁时便担负起砍柴、背水、推磨、牧羊、放猪等重活，过着缺衣少食、无依无靠的苦难生活，受到后娘的百般习难。长大成人后，他到大河彼岸去看望久别的果札姐姐，分别时果札姐姐不幸跌落激流淹死了。这首彝族民歌情景悲惨，唱词缠绵、委婉，唱歌的人往往是含着血和泪唱的，催人泪下，是社会底层的一曲悲歌。

像那水边的礁石，
水边的礁石虽不苦，
一天被激流拍打三次苦。
阿吉姆惹呀，
像那火塘旁边的仆人，
一天三捆柴，
清早三桶水，
三天一顿饭，
一天三次打，
夜晚锅边转苦，
阿吉姆惹的苦比他更深。

阿吉姆惹呀，
父母在世时，
抱在怀里坐，
鲜肉喂进口，
美味满舌尖；
九件大披毡，
天天换着穿；
夜夜有好梦，
裹着柔皮眠；
站立有个伴，
倚柱来绕圈。
父母去世后，
把白天当父笑，
把夜晚当妈喊。
千呼万唤无人应，
回音只能荡山间。
阿吉姆惹呀，
期盼得到后娘的关爱，
后娘却比毒蛇还要毒。

阿吉姆惹呀，

没有快乐的童年，
拿玉米叶当剑玩，
把茅草秆当长矛，
把竹棍当马骑。
在草地上打滚，
把石头当同伴。

二、父亲的遗产

阿吉姆惹呀，
父亲在世时，
牛群像森林铺满九片山坡，
父亲说牛群留给阿吉姆惹，
说是只给后娘一头黄母牛。
如今牛群都被后娘占去了，
阿吉姆惹只得了头独角牛。
老天有眼不怜惜她，
万贯家财被她败光；
老天有眼光顾勤快人，
护佑孤儿牛群满山岗。

阿吉姆惹呀，
父亲在世时，
羊群像白云布满三十三个草原，
父亲曾许愿羊群留给阿吉姆惹，
说是只给后娘一只黄母羊。
如今羊群都被后娘占去了，
阿吉姆惹只得了头独眼羊。
老天有眼不怜惜她，
万贯家财也被她败光；
老天有眼光顾勤快人，
护佑孤儿羊群满山岗。

阿吉姆惹呀，
父亲在世时，
肥壮的猪群布满三十三块沼泽地。
父亲说肥壮的猪群留给阿吉姆惹，
说是只给后娘一只秃尾巴母猪。
如今肥壮的猪群都被后娘占去了，
阿吉姆惹只得了只秃尾巴母猪。

阿吉姆惹呀，
父亲在世时，
鸡群布满三十三块山坡地，
父亲说鸡群留给阿吉姆惹，
说是只给后娘一只黄母鸡。
如今成群的鸡群都被后娘占去了，
阿吉姆惹只得了只小鸡。

阿吉姆惹呀，
父亲在世时，
金银财宝用斗量，
父亲说蓝色披毡归阿吉姆惹，
说是只给后娘一件黑色披毡。
如今蓝色披毡被后娘占去了，
阿吉姆惹只得了一件破披毡。

阿吉姆惹呀，
父亲在世时，
粮食堆如山，
父亲说精荞粑烙给阿吉姆惹吃，
说是只给后娘吃荞壳做的粑粑。
如今精荞粑被后娘吃了，
阿吉姆惹只得吃荞壳。
毒辣的后娘吃洁白的米饭，
越吃身体越瘦；

阿吉姆惹虽然吃粗粮糙饭，
越吃身体越硬朗。
父亲在世时，
拥有九十九座山，
父亲说屋上方的九十九片金竹林给
　　阿吉姆惹，
屋下方的一处苦竹林留给后娘。
如今九十九片金竹林被后娘霸占，
阿吉姆惹只得了一处苦竹林。
毒辣的后娘虽有九十九片金竹林，
金竹越砍越少无竹林；
阿吉姆惹虽只得了一处苦竹林，
竹林越砍越茁壮嫩笋挖不尽。

三、笛子亲如父

阿吉姆惹砍回一根金竹，
先取头一节竹，
做成一对会说话的口弦，
口弦亲如母，
母遗给女儿，
用来奏响忧愁的歌，
孤女弹拨三年三月未闻母亲言。
再取中间的一节竹，
做成一根口含的竹笛，
竹笛声声当父思念，
笛子亲如父，
父遗给儿子，
孤儿吹奏三年三月未见父亲语。
孤儿无助念父母，
心神不定念父母；
孤女流浪念父母，
伤心悲切念父母。

世间有血的动物，
没有哪种不念母。
蝴蝶念母亲，
展翅飞舞念母亲；
蚯蚓念母亲，
爬来爬去念母亲。
树叶没有父，
花草当父哭声怜；
虫儿没有母，
泥土当母哭声怜。
人类念母亲，
摔倒坠崖也在唤母亲。
孤儿思母亲，
清晨泪湿枕头无可奈何念悠悠，
夜里辗转反侧难眠念母情悠悠。
一根竹笛留给儿子当遗物，
儿子带到山顶去吹奏，
没有吹出思念母亲的欢歌，
只吹响了思念母亲的悲歌。

阿吉姆惹再砍一根金竹来，
取出其中一节，
做成一支竖笛，
竖笛当父思念，
留给子当遗物。
子带到山顶吹奏，
没有吹出思念父亲的欢歌，
只吹响了思念父亲的悲歌。
阿吉姆惹拿来坐在山顶上吹，
一曲吹奏给山间牧羊人听，
山间牧羊人听了披毡蒙头睡，
眼泪唰唰流，
白昼漫漫长，

羊群越过山间也不知。
可叹呀可叹，
阿吉姆惹的竖笛声声催人泪下。

阿吉姆惹拿到山腰坐着吹，
一曲吹奏给田间挖地的人听，
田间挖地的人听了无力挥锄头，
眼泪唰唰流，
白昼漫漫长，
错过了播种季节也不知。
可叹呀可叹，
阿吉姆惹的竖笛声声催人泪下。

阿吉姆惹拿来坐在坝上吹，
一曲吹奏给放猪娃听，
放猪娃听了感动得无心情放猪，
眼泪唰唰流，
白昼漫漫长，
猪群越过沼泽地也全不知。
可叹呀可叹，
阿吉姆惹的竖笛声声催人泪下。

阿吉姆惹拿来坐在屋檐下吹，
一曲吹奏给姐妹们听，
姐妹们听了感动得无心绣花衣，
眼泪唰唰流，
白昼漫漫长，
针尖刺破手指也全不知。
可叹呀可叹，
阿吉姆惹的竖笛声声催人泪下。

阿吉姆惹拿来坐在火塘上方吹，
一曲吹奏给毒辣的后娘听，

毒辣的后娘听了用披毡蒙头睡，
眼泪唰唰流，
白昼漫漫长。
阿吉姆惹见了哈哈笑三声，
哼哼叫三声。
毒辣的后娘怒目看了三眼，
藐视了三眼，
阿吉姆惹却乐得四处跳。

四、哈哈笑三声

后来的一天，
阿吉姆惹呀，
遣猎狗在后，
赶羊群在前，
雉鸡肩上扛，
宝剑手中拿，
赶羊到山间。
到了晌午时，
遣狗朝左跑，
遣到密林中，
追猎声声脆，
追得猎物像滚石，
追得山间竹叶翻，
羊群越过了山头。
毒辣的后娘呀，
哈哈讥笑三声，
哼哼叫了三声。
到了日落西山时，
羊群自然归来。
遣狗朝右跑，
遣到密林中，
追猎声声脆，

追得猎物像滚石，
追得山间竹叶翻，
羊群归来了。
阿吉姆惹呀，
哈哈笑三声，
哼哼叫三声。
毒辣的后娘呀，
怒目瞪了三眼，
藐视了三眼。
阿吉姆惹呀，
羊群归来了，
羊群布满了山岗，
羊群归厩了。
心狠的后娘，
眼泪唰唰流，
阿吉姆惹呀，
哈哈笑三声。

阿吉姆惹呀，
自从果札姐姐走了后，
阿吉姆惹养的小鸡已经长成公鸡，
阿吉姆惹养的小羊已经长成公羊，
阿吉姆惹养的小牛已经长成牯牛，
阿吉姆惹等着果札姐姐回来吃呀！
阿吉姆惹想念果札姐姐了。
果札姐姐是阿吉姆惹的亲人吗？
果札姐姐是阿吉姆惹唯一的亲人，
就应该回来看望阿吉姆惹。
阿吉姆惹呀阿吉姆惹，
从前孤儿已经长大成人！
各位亲朋好友呀，
请来看看阿吉姆惹。
敬酒的人似蜂群在客人间穿梭，

清醇美酒向客人扑鼻来，
美酒像彩虹在客人间传递。
黑色酒杯似老鸹展翅那样铺展，
白色酒杯似猪牙那样交错，
花色酒杯似彩蝶展翅般翻飞，
红色酒杯似彩虹在高空盘旋。

各位亲朋好友呀，
请来看看阿吉姆惹。
如今呀拥有有九十九道门的大瓦房，
如今呀拥有斑鸠九天飞不到边的
　田地，
如今呀美女想嫁的接踵而来，
如今呀拥有大路般长的腊肉，
如今呀拥有堆积如山的粮食，
如今呀拥有云朵般的羊牛群，
如今呀拥有用斗量的金和银，
如今呀拥有穿梭不息的众宾朋。

五、思念果札姐姐

阿吉姆惹呀，
日夜思念的是果札姐姐，
想要走到河对岸①，
去看望果札姐姐。
堂屋正下方是姑娘睡觉处，
请姑娘们赶快起来把火升，
点起火把来照明石磨，
照明石磨好推荞，
推磨像骏马飞驰，
筛荞像旋风卷过，

揉起荞面手板黄，
搓成荞粑像石堆。
堂屋下方是小伙睡觉处，
小伙们赶快起来备鞍鞯，
小伙们赶快起来套马鞯，
白狗套白绳，
黑狗套黑绳，
赶快把黑骏马牵来，
赶快把火塘上方的黑马鞍取来，
赶快把漆柜里面的黑披毡取来，
拿给英俊的阿吉姆惹披上，
拿给黑骏马套上。
笼头套上是否显神气？
笼头套上不够显神气。
鞍鞯套上是否显英俊？
鞍鞯套上不够显英俊。
毒辣的后娘见了，
哈哈笑三声，
哼哼叫三声。
可叹呀可恨呀，
毒辣的后娘，
没有想到后娘的心如此狠。

阿吉姆惹呀，
想要去到河对岸，
去看望果札姐姐。
赶快把黑骏马牵来，
到屋里取出彩色马鞍，
赶快给黑骏马套上。
金色的披毡取来，
拿给英俊的阿吉姆惹披上。

———————————————
①　河对岸：此处特指雅砻江对岸。

马鞍套上是否显神气？
马鞍套上不够显神气。
鞍鞯套上是否显英俊？
鞍鞯套上不够显英俊。
赶快取来金竹斗笠，
赶快取来象牙都塔①，
红色漆柜里面的藏青披毡取来，
黑色漆柜里面的蓝色披毡取来，
拿给英俊的阿吉姆惹披，
阿吉姆惹披上更加英俊。
毒辣的后娘见了，
哈哈笑三声，
哼哼叫三声。
可叹呀可恨呀，
毒辣的后娘，
没有想到后娘的心如此狠。
阿吉姆惹却乐得四处跳，
哈哈笑三声，
哼哼叫三声。

阿吉姆惹呀，
说是去看望果札姐姐，
越过九十九座山，
涉过九十九条河，
跨过九十九道沟壑，
遇到三次洪峰，
阿吉姆惹差点被洪水卷走，
阿吉姆惹差点就此返回。
长辈幺爸不愿就此返回，
赶快把竹箭插在头帕上，
头帕插的箭镞亮锃锃，

赶快把披毡脱下拿手上，
手拿披毡沉甸甸，
赶快把斗笠戴头上，
九个斗笠被戳烂，
一边走一边补救。

阿吉姆惹呀，
走到三面陡坡，
遇到三块滚石，
阿吉姆惹差点被滚石打，
阿吉姆惹差点就此返回。
长辈幺爸不愿就此返回，
九个裤脚被滚石刮破，
一边走一边补救。

阿吉姆惹走呀走，
走过三个大草原，
遇到三股黑旋风，
无法继续向前进，
阿吉姆惹差点被旋风掀，
阿吉姆惹差点就此返回。
长辈幺爸不愿就此返回，
九套马鞍差点被损毁，
只好边走边补救。

阿吉姆惹走呀走，
走进三片沼泽地，
遇到一群放猪人，
阿吉姆惹走向前：
"请问是否看到过果札姐姐？
我九年没有见过果札姐姐。"

① 都塔：用兽骨制成的一种饰品。

放猪人回话道：
"我们是帮果札姐姐家放猪的人。"
阿吉姆惹走呀走，
遇到一群牧羊人，
阿吉姆惹走向前：
"请问是否看到过果札姐姐？
我九年没有见过果札姐姐。"
牧羊人回话道：
"我们是帮果札姐姐家牧羊的人。"
阿吉姆惹走呀走，
走进三丘大田，
遇到三个耕地人，
"请问是否看到过果札姐姐？
我九年没有见过果札姐姐。"
耕地人起身回答：
"大河对岸的那幢耀眼的白瓦房，
就是你的果札姐姐家。
屋上方羊儿布满山岗的那家，
屋下方沃土连成片的那家，
房后牛儿归厩起灰尘的那家，
房前边羊儿回归布满山坡的那家，
屋下边猪群回来遮住沼泽地的那家，
屋檐四周栖息有四只绿鹦鹉的那家，
顶梁柱上雕有四颗金银印章的那家，
房前屋后有四头藏獒守卫的那家，
屋前有四只雄鸡打鸣的那家，
屋檐四周雕梁腾空展翅的那家，
屋檐四周有四只灵猴嬉戏的那家，
房背后有四座金银洞的那家，
屋下方有四十四条路的那家，
屋前大麦四处翻浪花的那家，
屋后坡地麦苗绿油油的那家，
屋下方骏马奔驰卷灰尘的那家，

那是你日夜思念的果札姐姐家。

那个坐在屋檐下容光映满屋，
那个坐在堂屋里光彩亮堂堂，
那个坐在火塘边美貌明朗朗，
那个坐在家里美名传远方，
那个行程赶路风姿倾路边，
那个坐在院坝上，
织布机一打开，
手中的梭子像蜜蜂穿梭，
手里的织刀像雄鹰展翅，
经线纬线像车轮在翻滚，
所织的布引来百鸟齐鸣，
东边招来一朵花，
西边招来一片云，
南边招来一只蝶，
北边招来一只蜂，
心灵手巧绣花衣，
此人就是你的果札姐姐。"

六、姐弟相见泪盈眶

阿吉姆惹忐忑不安地来到屋檐下，
骑马就此停步，
牵马就此卸鞍，
阿吉姆惹就此停步，
急切把鞍鞯丢在坎上方，
急切把马鞍丢在坎上方，
急切卸马鞍黑压压，
急切卸笼头沉甸甸，
把鞍鞯卸在柱桩上，
把马鞍卸在马厩上，
把笼头挂在柱头上。

阿吉姆惹虔诚地把名报①：
"我叫阿吉姆惹。"
果札姐姐闻讯后，
姐弟相见泪盈眶，
激动泪水簌簌落，
赶快把阿吉姆惹迎到客位上。
先取出灰色的长长烟袋，
递给长辈幺爸吸兰花烟，
长辈幺爸欲接又不想接，
果札姐姐想给又不想给。
再取出黑色的烟杆，
递给阿吉姆惹吸兰花烟，
阿吉姆惹欲接又不想接，
果札姐姐想给又不想给。
而后再次把自家身世报：
我是你日夜思念的阿吉姆惹小弟，
我是你念念不忘的幺爸。

果札姐姐这才听明白了，
阿吉姆惹此时才说清了，
姐弟含泪紧紧拥抱。
这才把灰色烟杆递给长辈幺爸，
长辈幺爸也乐意接，
果札姐姐也诚心给。
再取出黑色烟袋递给阿吉姆惹，
阿吉姆惹也乐意接，
果札姐姐也诚心给。
果札姐姐看到久别的阿吉姆惹，
站着听说快迈步，
坐着听说忙起身，
派人宰了九头膘肥的犏牛②，
打了九只阉羊③，
杀了三只肥猪，
烧了九双阉鸡④。

---

① 彝族民间有种独特的见面习俗，凡是兄弟姐妹或直属亲属失散多年后有机会再相见的，为避免彼此的命宫被冲撞，给对方带来不幸，在相见之前，主人家必须准备好两个竹筛子，一个自己用，一个给寻根回来求见的人用，等到双方正式相见的时候，双方都必须手拿竹筛子遮住面部，彼此的眼睛通过筛眼看对方并互相问候。为什么要这么看呢？彝族十分敬畏鬼神，担心被驱逐的族人，一旦回归祖籍，晦气再次被带回，再次玷污祖灵；或避免亲人再次骨肉分离。彝族的这种习俗历史相当久远，据说古时候彝族地区部落与部落、氏族与氏族间经常因争夺土地、水、牲畜以及婚姻纠纷等发生冤家械斗；或者人们在一起劳动、狩猎、出征打仗的过程中，意外致死或致残同宗族的人；或者孩子们在一起玩"躲猫猫"时，失手致人死亡或残疾……一旦出现这类恶果，按彝族的习惯法，会要求肇事者当场抵命。如果是直系亲戚，不好让其抵命的，除在经济上必须赔偿命金外，还要按照宗族的习俗，把此肇事者驱逐到异乡去流浪，等到百年以后，如果肇事者仍健在的话，他可以直接回到本家族；如果肇事者已经去世的话，他的后人可以根据肇事者生前的遗训，顺着当年被驱逐的路线，回到祖辈们居住的地方来认祖归宗或寻找失散多年的直系亲属。届时主客双方都必须手拿竹筛子遮住面部，互相通过筛眼看对方。

② 犏牛：公黄牛和母牦牛交配所生的第一代杂种牛，比牦牛驯顺，比黄牛力气大，肉多膘肥。

③ 阉羊：割掉睾丸，失去生殖能力的公羊。

④ 阉鸡：割掉睾丸，失去生殖能力的公鸡。

抬出了九坛陈酿酒，
用彝家最高的礼仪①宴请至亲嘉宾。
敬酒的人似蜂群在客人前穿梭，
清醇美酒向客人扑鼻而来，
美酒像溪水在客人间流淌，
黑色酒杯似老鸹展翅那样传递，
白漆酒碗像猪牙那样交错，
花色酒杯似彩蝶展翅般翻飞，
红色酒杯似彩虹在高空盘旋。
此时来了九十九群众乡亲，
来喝酒的人像蜂群涌来。

果札姐姐十分亲切地问道：
"父亲遗留的克母阿果还在吗？"
阿吉姆惹自豪地回答说：
"猎狗克母阿果仍然在狩猎。"
果札姐姐又接着问道：
"那个有眼疾的幺婶还在吗？"
阿吉姆惹神情自如地回答说：
"那个有眼疾的幺婶还健在。"

七、姐弟依依相辞别

阿吉姆惹呀，
在果札姐姐家做了十三天客，
倾诉了九十九段心里话，

该返回的要返回了，
姐弟依依相辞别，
主客相送到路口。
阿吉姆惹恳请婆家人，
让果札姐姐随弟弟回娘家，
回去看看儿时的伙伴，
回去看看美丽的故乡，
回去看望有眼疾的幺婶，
回去看望父老乡亲，
回去给长辈们敬敬酒。
无情无义的婆家人，
找出百种理由来，
说是农忙无人帮，
说是牲畜无人管，
说是石磨无人推，
说是无人去背水，
说是无人去砍柴，
如此这般婉言拒绝。

阿吉姆惹噙着泪水说：
"如果不能成行的话，
请你们紧紧把果札姐姐拉住，
拉住呀要把果札姐姐紧紧拉住。
我们的回程路漫漫，
屋上方杉树裹头帕的有没有？
屋下边云杉披蓑衣的有没有？

① 彝族民间最高规格的待客习俗，除了宰杀犏牛外，还要杀只阉鸡作陪衬，彝语俗称"瓦所洛提"。其制作要求也是相当严格的，牛肉一般砍成坨坨就可以了；杀鸡的要求则不同，是有讲究的，鸡杀好把内脏全部清理干净以后，必须整只鸡单独下锅煮，煮熟以后用一个特制的木盘单独盛放，呈献给客人。客人吃鸡也是相当讲究的，先用刀把鸡头、翅膀、鸡脚分别割下，再把这些垫于鸡身下，用筷子或特制的小木棍拈肉吃。吃肉时不能把鸡骨头弄碎，要使吃剩下的鸡骨架保持原貌，然后在鸡骨架下放些钱物，多少不等，以示对主人家的盛情款待表示深深的谢意。

如有请你们紧紧把果札姐姐拉住，
拉住呀要把果札姐姐紧紧拉住，
我们不得不向亲人告辞了。"

阿吉姆惹依依不舍地与亲人分手，
果札姐姐心歉歉地向亲人挥挥手。
阿吉姆惹噙着泪水踉踉跄跄走，
果札姐姐踌躇地向亲人挥挥手，
果札姐姐泪水涟涟向亲人挥挥手，
果札姐姐泪水滚滚来送行，
果札姐姐双手捧着眼泪来送行，
果札姐姐踉踉跄跄迈步子。
果札姐姐双手撑腰来送行，
果札姐姐两脚拖地来送行，
果札姐姐食指弹泪来送行，
果札姐姐拇指拭泪来送行，
果札姐姐泪眼迷蒙来送行。

谁知道啊，
谁想到啊，
果札姐姐不幸坠落激流！
夫家赶快派人去打捞，
不幸坠落的果札姐姐。
铁器弯钩顺河去打捞，
只挨到果札姐姐的身；
再次派人顺河来打捞，
只捞出果札姐姐的衣；
最后再下到河里细捞，
此次才捞出果札姐姐。
阿吉姆惹呀，
本想痛打可恶的婆家人，
牛犊又怎敢抵恶老虎，
只好忍住眼泪往回走。

阿吉姆惹呀阿吉姆惹，
千里迢迢来寻亲，
来时充满欢乐来，
回时泪水唰唰落。
可怜的阿吉姆惹，
心想山间事，
愿望落山脚，
心像刀在割。
可怜的阿吉姆惹呀，
悲痛呀悲痛，
上呼无人应，
下喊无人回，
眼泪唰唰流。
悲痛呀悲痛，
心儿滴血了，
失去了亲人，
悲痛难忘却。

八、哭果札姐姐

阿吉姆惹呀，
失去了至亲的果札姐姐。
阿吉姆惹噙着泪水哭道：
果札姐姐啊，果札姐姐，
你为何这样急急离我而去？
你为何如此匆匆离我而去？
俗话说：一个独指头，
难捡颗粒豆。
手指十兄弟，
一指被刺伤，
十指连着痛。
脚趾十兄弟，
一趾被碰伤，

十趾都疼痛。
果札姐姐啊，果札姐姐，
你活着时曾经与彩虹比美，
你活着时曾经与虎狼比强，
你活着时曾经与仇敌比武在坝上，
你活着时曾经与英雄一起降伏八
　　方敌，
你活着时曾经与孔雀一道八方炫耀
　　美丽，
你活着时曾经与神马一起去追逐太
　　阳月亮，
你活着时曾拥有成群结队的亲朋
　　好友。
你活着时跟着彝人说彝话，
彝话说得多流利；
跟着汉人说汉话，
汉话说得挺流畅。
你活着的时候呀，
彝家事情不够你管，
连同汉家事情一起管；
羊群不够你牧放，
连同獐鹿一起放。
在彝家聚会的地方，
你的演讲最精辟。
你曾在汉区断过纠纷，
也执掌过红色的印章。
你活着的时候，
牛羊成群结队。
你所播种的庄稼，
年年获得大丰收，

粮食堆得如高山。
你种的树枝繁叶茂，
后代子孙好乘凉。
你种的竹成了林，
嫩笋茬茬挖不尽。

果札姐姐啊，果札姐姐，
你这样匆匆离去，
虽然你的足迹消失了，
你的业绩却永远留存；
虽然你的容貌消失了，
你的功绩却难以磨灭。
果札姐姐啊，果札姐姐，
疼痛虽然使人伤心，
哀愁虽然伤人身体，
不过再把话说回来，
纠纷靠德谷来了结，
死亡靠毕摩来诵经，
滚石靠深坑来阻止，
水流靠大海来容纳。
山间竹根生竹笋，
嫩笋苗壮拔不尽。
高山顶上长松树，
砍了松树不长苗。
彝族的格言曰：
"毕摩死了不觉得悲伤，
遗留的神扇和经书，
被狂风卷到树上去才悲伤；
苏尼①死了不觉得悲伤，
遗弃的鼓槌和皮鼓，

———————————

　　① 苏尼：彝语，彝族男性从事巫师职业的人，其宗教地位、社会地位以及作法的收入均低于毕摩。

被抛到陡崖上去才悲伤；
羊群死了不觉得悲伤，
空羊圈布满蛛网才凄凉。
有权的长官逝世了，
死了长官不觉得悲痛，
无长官的士兵更凄凉；
富有的土司逝世了，
官印和印信没人掌，
死了土司不觉得悲伤，
遗留的官印无人掌更悲伤；
骏马的主人逝世了，
骏马失去了主人，
死了主人不觉得悲伤，
骏马四处飘荡才更悲伤；
牧羊之主逝世了，
羊群没人牧放，
死了牧主不觉得凄凉，
羊群失去牧主更凄凉；
贤淑的姑娘逝世了，
小伙子失去了爱情，
死了姑娘不觉得忧伤，
小伙子空悬的心更忧伤。"

果札姐姐啊，果札姐姐，
你活着的时候，
多么聪明贤惠；
你说出的话语，
像山间布谷声；
你吐出的词句，
像鹦鹉声清脆；
你的谆谆教诲，
像木板上钉钉，
像白纸上着墨。

果札姐姐啊，果札姐姐，
你活着时像兹莫大人，
曾经执掌过手中大印，
你活着时曾到汉区做过买卖，
你活着时曾在彝区调解纠纷。
如今你却匆匆离去了，
像割断了心上的血管，
令人心痛难言，
叫人怎能忘怀?!

果札姐姐啊，果札姐姐，
你的踪迹即使会消失，
留下的财富不会消失；
你的身影即使会消失，
谆谆的教诲不会消失。
一切的一切即使会消失，
我们始终把果札姐姐你怀念。

果札姐姐啊，果札姐姐，
从今以后哟，
我们见到山间的相思树，
自然怀念起你来。
果札姐姐啊你这样走后，
愿你像青山在眼前屹立，
愿你像绿叶年年常青。
如果愿望能实现的话，
每当我们思念你时，
你能变成一只大雁，
蛇月马日来，
猴月鸡日回。
你的亲友们，
多想能见到你身影，
哪怕只能听你声音。

你的亲友们，
等着你到来。
你变布谷鸟，
狗月猪日来，
牛月虎日回。
有树的地方，
站在树上叫；
无树的地方，
站在石上叫。
让你的亲友，
最好见到你身影，
哪怕只能听到你声音。

果札姐姐啊，果札姐姐，
果札姐姐在有生之年，
每天早早起床，
草尖上还挂着露珠。
果札姐姐喊孩子起床，
起床去干活。
孩子的衣服，
是果札姐姐给穿的，
果札姐姐给穿的衣服暖和。
孩子长大了，
衣服是果札姐姐做的，
果札姐姐做的衣服很结实。
如今啊，果札姐姐逝世了，
孩子的衣服谁来做？
果札姐姐放羊，
羊群听惯了果札姐姐的声音。
如今啊，果札姐姐逝世了，
羊儿满山跑，
羊儿不听话了，
留下羊群谁来放？

果札姐姐教育孩子，
孩子愿听果札姐姐的话。
如今啊，果札姐姐逝世了，
孩子去听谁的话？
孩子由谁来教诲？

如今啊，果札姐姐逝世了，
梭子像蜜蜂穿梭谁来织？
织刀像雄鹰展翅谁来操刀？
经线纬线像车轮在翻滚谁来网？
果札姐姐在有生之年，
调解乡邻间的纠纷。
果札姐姐说话像布谷鸟，
是非界限分得清。
果札姐姐逝世了，
邻间的纠纷谁来调解？
果札姐姐到过敌家，
能把敌人化为朋友。
果札姐姐交的朋友多，
十个朋友还嫌少，
一个敌人还嫌多。
果札姐姐啊，果札姐姐，
从今往后人家喊果札姐姐，
我都没有果札姐姐喊了，
人家的姐姐再喊也成不了我的果札
　姐姐。
人家喊姐姐有姐姐应答，
我喊果札姐姐却没人应答了。
果札姐姐啊，你到哪里去了？
果札姐姐啊，果札姐姐，
岩上砍树落岩下，
水流远去回不来。
石头丢进水塘，

永远不回还。
老马入深坑，
永远回不来。

果札姐姐啊，果札姐姐，
从今往后啊，
亲人只有空爱你。
果札姐姐跟着夕阳下山去，
亲人再想果札姐姐是空想，
亲人再也看不见果札姐姐了。
果札姐姐啊，果札姐姐，
别人的果札姐姐再和蔼，
也代替不了我亲爱的果札姐姐；
别人的乡土再美丽，
也无法替代生我养我的家乡。

果札姐姐啊，果札姐姐，
这悲伤的时刻哟，
眼泪唤不回果札姐姐，
哭泣若能唤醒果札姐姐的话，
我们大家来共同哭泣。
哀愁唤不醒果札姐姐，
哀愁若能唤回果札姐姐的话，
我们大家来共同哀愁。
贤淑的果札姐姐啊，
我们多么希望你能起死回生啊，
我们多么希望风变成你的呼吸，
我们多么希望雨变成你的血液，
我们多么希望雾变成你的肌肉，
我们多么希望冰变成你的筋骨。
我们多么希望把你寻找回来，
如果生老病死可以找回的话，
我们宁愿半夜里举着火把去寻找，

我们宁愿历尽千辛万苦去寻找，
我们宁愿到草原上扒开草丛去
  寻找，
我们宁愿披荆斩棘去寻找。
我们宁愿骑着九十九匹骏马去
  寻找，
千里路程我们也心甘情愿去寻找。
我们宁愿带上九百九十条猎狗去
  寻找，
即使有九十九座山阻挡我们也要去
  寻找，
即使有九十九条河阻隔我们也要去
  寻找。

果札姐姐啊，果札姐姐，
我们悲痛啊悲痛，
不过话又说回来，
有没有能摆脱死亡的？
没有哪样能摆脱死亡！
如果经咒能挽救生命，
毕摩苏尼就不会死亡。
如果钱财能挽救生命，
钱财之主就不会死亡。
如果权势能挽救生命，
达官兹莫就不会死亡。
如果技巧能挽救生命，
能工巧匠就不会死亡。
如果英雄能挽救生命，
杀敌勇士就不会死亡。
世上没有什么不会死亡！
地位尊贵的帝王也要死，
身家百金的头人也要死，
最大的偶蹄动物也要死，

骆驼再大也要死，
鸟中之王也要死，
天上的大鹏也要死。
牛角起壳牛老死，
老马额头脱毛也会死，
大树空心死，
石头风化死，
洋芋冰冻死，
玉米曝晒死。
人说山坡不会死，
野火焚烧山坡死。
人说山岩不会死，
山岩崩塌就是死。
人说塑像不会死，
彩绘剥落就是死。
天空日月不会死，
白天不见月亮落，
夜晚不见太阳升，
这也算是自然死。

果札姐姐啊，果札姐姐，
你就安心地跟随祖辈去，
你就安心地跟随父辈去，
世间辛劳一生，
天上会享清福，

你成群的儿孙，
你密麻麻的亲戚，
会用五谷祭奠你，
会用牲畜祭奠你，
会用金银祭奠你。
若有子孙在前走，
你一手拽他回人间；
若有子孙跟在旁，
你一脚蹬他回人间；
若有子孙跟在后，
你瞪眼赶他回人间。
我们所有的亲戚来送你，
我们只送你却不陪伴你。
九匹山上的羊群还要我们去牧，
九重坡上的荞地还要我们去种，
九大块梯田还要我们去耕耘，
子孙后代的路还要我们去开，
九支家族还要我们去拜访，
九家姻亲还要我们去维系。
房屋还要用梁柱来顶，
顶梁柱还要我们去抬。
果札姐姐未走完的路还要我们走，
果札姐姐没完成的事还要我们做，
只有这样果札姐姐才得安慰，
只有这样果札姐姐才能安心。

流传地区：越西、冕宁、石棉等地区
演唱者：阿苏克古莫，女，彝族，越西县板桥乡人。
搜集整理翻译：吉则利布　阿牛木支

阿依阿芝

阿依阿芝哟，
夫家用一百二十两银子，
十二头牛羊，
一双两坛荞麦酒，
把阿芝换到婆家。
阿依阿芝哟，
头年栽的树天天长大，
屋后的花树年年开花，
阿芝的丈夫哟，
还是个小娃娃。
阿依阿芝哟，
坡上的雀鸟吃荞粒，
树上的斑鸠吃豌豆，
苦命的阿依阿芝哟，
在婆家吃棍棒。
水不能倒流，
船可以倒开，
阿芝流了一年血汗，
仍然是襟口接绺口。
可怜的阿依阿芝哟，
荞子撒下去的时候，
阿芝就来到婆家；
荞子已经收三次了，
阿芝还没回娘家。
阿依阿芝哟，
秋收过后，
阿芝去捡荞子，

捡得三十三斗荞，
煮成三十三坛酒。
一杯美酒敬婆婆，
婆婆呀，
你有女儿没有？
嫁出去后回来过没有？
二杯美酒敬公公，
公公呀，
你有女儿没有？
嫁出去后回来过没有？
你们想念女儿，
常去接回来耍，
你们怎知我的妈妈呀，
想念女儿坐在岔路口！
笼里的雀鸟随你们逗，
圈中的牛羊随你们管，
有心就放媳妇回娘家，
有心就放媳妇去看妈妈。

阿依阿芝哟，
千求万求婆家不准，
私自逃出豺狼门，
走过九条沟，
翻过九道岭。

可怜的阿依阿芝哟，
来到岩石上，

蜜蜂采花忙；
走过竹林边，
锦鸡在歌唱。
走了九天九夜，
来到大森林，
林中沙沙响，
跑出三只老虎来。

可怜的阿依阿芝哟，
偷偷摸摸出婆家，
高高兴兴回娘家，

求求你呀虎哥哥！
老虎哪能可怜她，
一口就把阿芝咬死，
把头扔在路上方，
把身扔在路下方，
把四肢扔进林子里。
可怜的阿依阿芝哟，
逃出了婆家，
却进了虎口，
生命不如花。

流传地区： 冕宁县
演唱者： 吉克乌勒惹，男，彝族，冕宁县拖乌乡人。
搜集整理翻译： 吉则利布

甘嫫阿妞①

一、花儿美丽开泉边

火史山下出美女，
甘嫫阿妞最秀丽。
加支河畔碧水长，
甘嫫阿妞在此生。
肥沃土地多森林，
牛羊奔跑大草坪。
家乡林茂云雾绕，
家里牛羊满栏跑。
甘嫫阿妞十七岁，
姑娘美名传彝乡。
攀亲的人儿接踵来，
抢婚的人儿结群到。
提亲的来了七十七对，
说媒的到了九十九家。
每双眼睛盯着她的身影，
每张嘴巴唤着她的名字。

甘嫫阿妞哟，
发辫黑又长，
风中飘曳似云片。
头帕花样鲜，
美如山间索玛花。
眼睛水灵灵，
莫若晨东绽叶面；
眉毛弯弯月，
两道彩虹飞河面；
鼻梁高又直，
嘴唇红又嫩，
颈子颀长露脂玉，
多褶的裙摆似波浪。
蓝色披毡披身上，
矫若山鹰展翅膀，
蜜蜡珠子耳边挂，
山崖陡然泛金光；
金银戒指象骨镯，

---

① 甘嫫阿妞：甘是姓，嫫意为女子、姑娘，阿妞是名字，甘嫫阿妞即甘家名叫阿妞的姑娘。传说在明朝，彝家山寨出了一个绝色美女甘嫫阿妞，她的容貌能映壁生辉，因而美名远播。皇帝命大臣治达四处选妃，甘嫫阿妞不幸被选中。甘嫫阿妞闻讯后四处躲藏，并用锅烟抹黑脸，遮掩出众的容貌，但最终还是被官兵抢走，带到治达大人处。治达贪其美色，欲留甘嫫阿妞为妾，甘嫫阿妞坚决不从，剁下一食指以表坚贞，然后用锦丝自缢。后来彝家儿女为缅怀甘嫫阿妞，用歌谣述说这个凄婉动人的故事，并在雷波、越西、西昌等地塑了她的泥像。本书选用的《甘嫫阿妞》，是彝族地区众多口传版本中的一种，基本保留了歌谣的原貌。

心灵手巧绣花衣。
索玛花儿正烂漫，
花儿美丽开泉边。
行程赶路风姿洒路边，
坐憩大堂容光映满屋。

甘嫫阿妞哟，
人美心肠善，
心灵手更巧。
放牧在山间，
花朵身旁开。
手捧口弦弹，
羊群头转向。
坐在院坝前，
拨弦指轻扬，
琴声似酒醉，
苍蝇掉地上。
开口唱新歌，
小溪笑声响，
引得锦鸡飞出林，
招来蜜蜂绕花忙。
表哥表弟围她转，
表弟表哥偎身旁。

东方那一边，
兹地木曲听说了，
立即派出两个英俊儿，
驮上七十七斗银，
驮上九十九斗金，
踏着星光翻山来，
向甘嫫阿妞来求婚。

阿爸同意了，
阿妞不应允。

西方那一边，
利利安夫木呷听说了，
赶忙派出两名勇士，
愿送七十七匹骏马，
愿赠九十九袋黄金，
打着火把顺河来，
向甘嫫阿妞来求婚。
阿妈同意了，
阿妞不应允。

北方那一边，
沙马兹莫听说了，
火速派来两名使者，
愿送山羊一大群，
愿赠田土一整片，
顶着太阳沿路来，
向甘嫫阿妞来求婚。
哥哥同意了，
阿妞不应允。

南方那一边，
勒支安哈木嘎听说了，
英俊的勒支安哈木嘎哟，
购了侍伏城①酿造的上贡美酒，
带着康定城打造的珠宝首饰，
买来康定城纺织的绫罗绸缎，
骑着黑色骏马疾驰来，
向甘嫫阿妞来求婚。

---

① 侍伏城：彝语，地名，即宜宾。

阿爸也同意，
阿妈也欢喜，
哥哥笑呵呵，
阿妞点头允。
勇士跟美女正相配，
骏马与宝鞍正相衬，
木嘎与阿妞最相配，
两人正当结成亲。

二、德古传九代

勒支安哈木嘎哟，
五官多端正，
头发黑油油，
眼珠亮晶晶，
喉结如木节，
腿长腰又健，
手臂似青枫，
启唇露笑齿，
话语布谷啼。
贤人生贤子，
贤子成德古，
德古传九代，
聚会解疑难，
快似鹞子巧翻身。
高谈又阔论，
不诧亦不惊，
有情又有理，
人人喜听闻。
贤能的木嘎哟，
见了朋友多和气，
见了家门很热情，
见了亲戚最大方，

见了敌人牙咬紧。

木嘎属犬相，
阿妞属虎相，
犬与虎相配，
美好到百年。
老人把话传，
媒人把线牵，
千里结良缘。
家支家门来，
肥猪成双宰，
取出胰和胆，
光滑又鲜艳。
五谷播春土，
丰收在秋天，
羊群放牧场，
膘肥又体壮。
两家结姻缘，
姻亲情谊长，
子孙代代好，
美满像月国。

三、左邻右舍难藏身

在汉区那方，
治达大人把印掌。
鼻尖像猴子，
心思赛魔王，
贪婪似狼豹，
自称是绵羊。
阿妞生彝区，
美名扬汉区。
治达大人哟，

人在汉区住，
魂已飞彝区，
得不到阿妞，
治达心难收，
若不娶阿妞，
今生名虚张。
过了十来天，
好色的治达，
礼物送上门，
硬要娶阿妞，
阿妞誓死不肯依。
又过十多日，
山间云雾起，
山溪洪水涨，
治达大人露真相，
派兵来把阿妞抢。

虎狼在林中，
羊群在草场，
虎狼眼睛盯羊身，
草场无处不遭殃。
兵丁过河来，
流水向上涌；
兵丁顺山来，
崖崩林木倒；
兵丁压路来，
路垮桥梁断。
兵丁满庭院，
鸡飞狗也叫；
兵丁进房门，
火塘也无光；
兵丁找阿妞，
阿妞泪成行。

甘嬷阿妞哟，
两座大山岩，
不能合为一山；
两个圆鸡蛋，
不能拴在一块；
两个相爱者，
不能割断情意；
两个没缘分的人，
不能强扭成夫妻；
阿妞不爱治达大人，
大海也淹不死她的心。

甘嬷阿妞哟，
怕鹰林中逃，
惧敌月下避，
翻墙过院逃家门，
左邻右舍难藏身。
穿林绕树跑出寨，
山间岔道留脚印。
跑了三天又三夜，
逃进杉林中，
未闻白狗声，
杉林露晨曦，
露珠亮晶晶，
麂子树下窜，
追者到树林，
阿妞心绷紧，
避祸岩洞行。
鸡啼听不见，
岩洞离身近，
悬崖高千丈，
岩间蜜蜂嗡嗡叫，
阿妞跟着蜜蜂哼。

追者逼岩洞，
阿妞奔逃绿草坪，
草坪天明亮，
云雀在欢唱，
阿妞伴雀声。
追者近草坪，
阿妞逃到蕨草丛，
等待太阳刚露脸，
雉鸡正欢叫，
阿妞伴唱声。
追者到蕨丛，
阿妞逃到竹林中，
竹林青幽幽，
锦鸡来欢唱，
阿妞伴和声。
追者进竹林，
阿妞逃到大河边，
河谷天已黑，
鱼儿来欢舞，
阿妞正曳裙，
河边现追兵。

甘嫫阿妞哟，
逃到俄阿夫普尔莫家，
主人打牛迎嘉宾，
阿妞无心去赴宴，
为防鹰叼林中躲，
怕遭鹰叼月下逃，
主人心意顾不及。
阿妞逃到布谷黑勒家，
主人打羊请阿妞，
阿妞无心去赴宴，
为防狼咬林中藏，

怕被狼吃月下逃，
主人打羊无心吃。
阿妞逃到尔治普铁家，
主人杀猪请阿妞，
阿妞无心去赴宴，
为防敌追林中逃，
怕遭敌追月下跑，
喷香肉块无心尝。
阿妞逃到莫助尔勒家，
主人杀鸡请阿妞，
阿妞无心去赴宴，
为防蛇咬坝上逃，
接过主人燕麦面，
喝瓢凉水又逃命。

过了七天又七夜，
貌美的阿妞，
坐在锅庄旁，
抓把黑锅烟，
抹在脸儿上。
身披烂皮袄，
佯装成奴仆。
锅边揉荞面，
埋头烤粑忙。
鱼肚天边现，
天色全明亮。
房前黑狗叫，
追兵临家门。
阿妞多磨难，
恶魔又近身，
到家来把阿妞抢，
房上蜜蜂嗡嗡叫，
屋前追兵声喧嚣。

甘嫫阿妞哟，
眼含泪珠牙咬恨，
犹似头羊强离群，
前面卫兵拉又拽，
后面兵丁推又搡，
阿妞不走强拽走，
双腿变成木棒棒，
空中鸟儿身在飞，
阿妞意志遭捆绑。

甘嫫阿妞哟，
秀丽的火史山，
巍巍坐落在家乡，
山影蒙蒙望远方；
明净的加支河水，
涓涓细流绕家乡，
下游流入外乡了，
跌坎坠崖去外乡；
满坡青青大森林，
伸枝挺干伴乡亲，
一场狂风山外起，
离枝树叶卷外乡；
美丽的鸟儿哟，
出壳练翅未离巢，
如今折翅坠外乡；
高飞的雄鹰哟，
双翅盘旋不离乡，
眨眼无踪又无影；
俊美的甘嫫阿妞哟，
花骨朵儿彝区长，
却被贪色汉官抢。

四、儿时音笑今犹在

甘嫫阿妞哟，
本家亲人曾强盛，
儿孙兴旺有声威，
树荫护过几辈人，
山岩承过祖屋居，
儿时音笑今犹在，
儿时英姿仍留映。
甘嫫阿妞哟，
曾想与彩虹比美上云天，
曾想与虎狼比强到山岗，
曾想与仇敌比武在坝上，
曾想与英雄一起降伏八方敌，
曾想与孔雀一道八方炫耀美丽，
曾想与神马一起去追逐太阳月亮。
曾有亲朋好友结成群，
相帮相助相依靠，
无忧无虑度时光。
本家亲人曾富有，
曾有金银用斗量，
仓里米粮用马驮，
金多银多米粮多，
赎不回阿妞没奈何。

甘嫫阿妞哟，
亲人相聚闹嚷嚷，
邀来德古共商量，
热锅蚂蚁团团转，
都想救她回家乡。
剽悍的伯叔兄弟，
双拳捏得格格响，

愿与官兵来拼杀，
争抢阿妞回故乡。
勇敢的父老乡亲，
不甘阿妞落狼窝，
不甘家门遭欺辱，
齐集垭口追官兵，
发誓拯救阿妞回家乡。
姐妹蒙耻辱，
众亲脸无光。
不护一棵苗，
整片被拔光；
不帮一人忙，
全寨被抢光。
众亲心不甘，
要救阿妞回故乡。

甘嬷阿妞哟，
淑女出自甘尔普铁支，
生在名声显赫家。
手指十兄弟，
一指遭芒刺，
十指连心疼；
脚趾十弟兄，
一趾被石撞，
十趾齐苦楚。
官兵带着阿妞走，
前面来到甘仁河，
碰上头人牛坡约惹，
绝境的泥潭溅火星。
希望他伸手拦一拦，
凭借声威来赎回；
希望他高声喊一声，
亲自把阿妞救下来。

一丛蕨芨草，
七只云雀栖；
一簇白云下，
九片地被遮。
可怜的阿妞哟，
被带到拉曲平坝，
偏偏碰上名人苏曲沙机。
阿妞向他哀求道：
"你是阿格曲涅子，
我是火史山下聂依古候女，
求你解救阿妞，
不行也帮阿妞出计谋，
好让阿妞能脱身。"

五、骨肉亲情连心痛

甘嬷阿妞哟，
耐着性子等信使，
等待四面八方军。
贤能的安哈木嘎，
亲率三百轻骑兵，
联合毕果三支系，
结成威武大阵营。
骑兵随强将，
马蹄扬飞尘，
为救姐妹出虎口，
两家兵丁成弟兄。
搭救亲人急如火，
过河涉水不停脚，
骨肉亲情连心痛，
不惜奔波忘劳累，
翻山越岭不觉苦，
同仇敌忾一腔恨。

毕果三支系，
个个显威武，
一仗旋头风，
杀退几路老爷兵。
血水染红金沙江，
从此无人汲水喝，
鱼儿三载避腥远离窝。
官兵溃败雷波城，
凭仗城墙死顽抗。
治达缩进乌龟壳，
暗中舞爪又伸脚。
强弩弯弓一排排，
飞箭流矢遮云空，
攻城武士虽受阻，
围城三日鏖战勇。
前沿木嘎虎生威，
调兵挥旗蝶翻飞，
铠甲盾牌不下阵，
弯钩长矛未离手。
激战场上言，
马嘶风怒吼，
雾漫牛角号，
彝家勇士舍生死，
胆气威震城内外，
木嘎攻进雷波城，
十重守卫破一重。

安哈木嘎正年轻，
贤明能干受人尊，
吞粗咽细不吐渣，
摔跤斗角不倒桩。
呼叫能召猴子列队来，
亮嗓吓得狗熊打战战，

敢到林中捉花豹，
敢攀山梁擒猛虎，
林中锦鸡常跟踪，
老山花豹怕碰面。
帮亲一向不惜财，
杀敌从来不顾命，
乡邻拥他做头人，
本家与他心连心。
为救阿妞出牢笼，
木嘎拔出双刃剑；
为使阿妞免苦难，
家支舍命来打援。
治达老爷官兵多，
犹如岩上马蜂窝，
冲破一层围一层，
救援勇士多牺牲。
木嘎虽怀义和胆，
浑身亦是血淋淋。
木嘎虽重情和爱，
却为娇妻勇捐躯。
甘嬷阿妞哟，
像一只美丽的小鸟，
被老鹰叼走；
像一只幼小的羔羊，
被猛虎吞食。
美丽善良的阿妞，
被那色鬼治达抢走。
捆身的麻绳头，
攥在治达手心里，
左右晃动如牲口，
坐卧行走不由己，
一步一恨走异乡，
一步一泣泪迷离。

甘嫫阿妞哟，
故乡多亲朋，
遍地是温情；
异土冤仇重，
八方黑沉沉。
锦城山高枉有名，
不对阿妞施怜悯。
白色监狱送清晨，
阿妞心儿紧又沉；
栗色监卡度下午，
阿妞心儿油煎熬；
黑色牢门迎黄昏，
阿妞心碎成三瓣。
锦竹板下摆酒席，
山珍美味在牢里；
绸缎难遮刑具酷，
枉费虚情和假意；
香糖甜果油蒙皮，
硬刑不灵软索欺。
任他老爷咋变脸，
难迫阿妞来归依。
珍宝锦盒不入眼，
阿妞冷落治达衣。
宁可破相保纯洁，
不甘轻贱懒偷生。
宁可牙碎舌头断，
不辱祖辈好名声。
九个心窍谋主意，
魂随木嘎酬恋情。

无奈之下寻解脱，
要借柔丝求自由。
阿妞收留五色线，

悲苦已极绽笑容。
只当美女心转意，
治达闻讯更巴结。
满城搜罗讨好物，
锦丝绒线乞恩宠。

十指十弟兄，
拈起丝绒线，
亲人情义恶人仇，
搓成丝线九尺九，
丝线织成泪始干。
赶上弟弟来探监，
剁指一节头帕包，
捧赠至亲留念想。

心无挂来念无牵，
九尺丝线悬梁间，
绝色美女求贞洁，
香魂缈缈离人寰。
丽质天生苦难多，
柔弱女子变刚烈，
有仇有恨眼不眨，
秀眉倒竖两把剑。

雾弥雾散白茫茫，
火史山下清泉淌，
阿妞又回彝寨来，
乡亲塑像建庙堂。
阿妞福佑彝家女，
情有寄托爱有赏，
从此情话千千万，
彝家故事传异乡。

163

流传地区：凉山州各地

演唱者：的日伍勒莫，女，彝族，美姑县候播乃拖乡人。

峨木妞牛，女，彝族，普格县地方税务局干部。

搜集整理翻译：吉则利布　巫明仁

木莫拉格的歌谣

世上的人们呀，
请听我来唱首木莫拉格歌谣，
不听木莫拉格歌谣不知人间的悲
　　喜事。
英俊的小伙子们，
请来欣赏精彩的木莫拉格歌谣，
不听木莫拉格歌谣出征成不了
　　勇士。
靓丽的姑娘们，
请来听精彩的木莫拉格歌谣，
不听木莫拉格歌谣成不了贤惠的
　　淑女。

在座的耄耋们，
有没有肚子痛的，
若有肚子痛的请勒紧九根腰带来，
听一听木莫拉格歌谣。
肚子疼痛是常见事，
木莫拉格歌谣不是天天都能听到。

在座的亲友们，
有没有头痛的，
若有头痛的请垫上九个枕头来，
听一听木莫拉格歌谣。
头痛是常见事，
听木莫拉格歌谣仅一天。

牧羊的老人呀，
有没有羊群曾被狼吃，
若有就把羊儿牧放在草原上，
请来欣赏精彩的木莫拉格歌谣，
听木莫拉格歌谣仅一天。
歌谣能给你解除忧愁，
歌谣能为你消除烦恼。

沼泽地上放猪的小孩，
请来听一曲木莫拉格歌谣。
沼泽地上草绿花常开，
听木莫拉格歌谣仅一天，
听木莫拉格歌谣能值九两赤金。

泉边背水的姑娘呀，
请来听一曲精彩的木莫拉格歌谣。
泉水天天背，
听木莫拉格歌谣仅一天，
听木莫拉格歌谣能值九副金马鞍。

挑大粪的汉家小伙儿，
请在路边歇一脚，
听一曲精彩的木莫拉格歌谣。
大粪哟一年四季都在挑，
听木莫拉格歌谣仅一天，
木莫拉格歌谣能值九挑黄金谷。

田间地头耕耘的人呀，
农活一年四季都在做，
听动人的木莫拉格歌谣仅一天，
木莫拉格歌谣能值九斗稻谷。

如果愿望能实现，
山间荆棘果儿能变成珍珠串，
住在山里的人哟，
人人享有珍珠玛瑙该多好啊！

如果愿望能实现，
田坎上的野棉花变成乌黑的披毡，
住在山里的人哟，
不分贫富人人都能穿上该多么美好！

我是阿爸心中的好儿郎，
我是歌唱木莫拉格的高手，
来来来……
来听我唱一曲木莫拉格歌谣。

木莫拉格养了三个儿子，
个个都是英名传世的好儿郎，
个个都是智勇超群的好儿郎，
个个都是英俊潇洒的好儿郎。

英勇善战的拉格老大呀，
年年守卫着村寨，
日日护卫着亲友，
有了仇敌不怕敌来，
来了仇敌御敌家门外，
威风凛凛震四方。

英勇善战的拉格老大呀，

出征之日他是出名的英雄，
铮亮的武器是他的宝贝，
他想拥有依诺地方锻打的一把宝剑，
他想佩戴甘洛制作的一串精美都塔，
他想穿一套坚硬的黑色铠甲来护身。

英勇善战的拉格老大呀，
猎狗适应的是茂密森林，
声声吠叫飘荡在茂林深处；
鱼儿适应的是水底世界，
摇摆腰身藏到海底；
蜜蜂适应的是高高的悬崖，
成群蜜蜂世代栖息在悬崖上；
羊儿适宜走弯曲的山路，
羊群再多总会消失在岔路上；
扁担适宜在山间挑重担，
扁担再硬总会断折在山路上。
英雄威名震敌群，
英雄总会死在战场上。

拉格老大哟，
高高山岗在呼唤！
拉格父亲失去了英雄的儿子，
悲愤呀万分的悲愤！
拉格父亲四肢在颤抖，
拉格父亲手指揩泪水，
拉格父亲拇指弹泪珠。
拉格亲友失去了依靠的英雄，
拉格父亲失去了英雄的儿子，
拉格母亲失去了可爱的儿子！

动听的木莫拉格歌谣哟，
拉格老大再英勇呀，

牺牲在敌人手中呀！
成就山间大事的愿望却坠落在深山
　　峡谷，
梦想成为一名勇敢的战士胳膊却无
　　力承受，
渴望成为一名贤能的人却无人相助，
期望成为一名智勇双全的人可命运
　　无法眷顾，
祈盼成为一名英俊的男儿可是愿望
　　难以实现。

动听的木莫拉格歌谣哟，
英雄的拉格老大走了，
还有勤劳的拉格老二。
梦想着富甲一方的拉格老二哟，
勤俭持家创大业，
起早贪黑背箩筐，
水牛蹄里积肥料，
石堆洼地撒种子，
盼着五谷丰登牛羊成群。

梦想着富甲一方的拉格老二哟，
从汉区引进了锋利的铁器农具，
修渠引水开田种上香稻谷，
来年稻谷堆成山，
要用斗量馈赠亲朋好友，
好让亲友吃上香喷喷的米饭。

勤劳的拉格老二哟，
富甲一方的愿望已实现，
成为一名贤能的人的愿望已实现，
成为一名德高的人的愿望已实现，
成为一名慈善的人的愿望已实现。

拉格老二哟，
如今拥有堆积如山的米粮，
如今养了白云一样的羊群，
羊群回厩大路卷起灰尘，
骏马碰撞铃铛叮当响，
里屋四方有四个响铃铛。

梦想着富甲一方的拉格老二哟，
一生想的都是美好的事情，
想要去寻找勒别克吉出产的宝石，
想要去寻找依诺出产的珍贵戒指，
赠给同宗同族的家支亲友们，
赠给不同宗族的联姻亲家们。
拉格老二哟，
跟随家支和蔼又友善，
跟随亲戚满面笑盈盈。
一生勤劳的拉格老二哟，
渴望骏马奔驰起尘土，
期望拥有宫殿般的房屋，
房屋下方层层梯田像蜘蛛网，
房屋后面坡上的羊群像白云游动，
敏锐猎狗守在屋檐四角，
四根房梁下挂着四只绿鹦鹉。
一生勤劳的拉格老二哟，
他的梦想都已经实现了。

所有在场的亲友们，
请来欣赏一曲动听的木莫拉格歌谣；
相聚在勒俄依嘎的名人德谷们，
请来欣赏一曲动听的木莫拉格歌谣；
期盼成为战斗英雄的士兵们，
请来欣赏一曲动听的木莫拉格歌谣。
世间的英雄层出不穷，

欣赏木莫拉格歌谣只在这一天。

动听的木莫拉格歌谣哟，
唱了拉格老大，
又唱拉格老二，
再来唱唱出名的拉格老三。
拉格老三哟，
追求的是潇洒生活，
想拥有一匹能追风的骏马，
骏马出自金曲拉达；
想拥有一顶金黄缨穗的竹编斗笠，
就到依诺去寻找。

拉格老三哟，
一生一世追求的是潇洒。
四只白猎狗拴上四条白牵绳，
四只黑猎狗拴上四条黑牵绳，
猎狗入山追猎声声清脆，
骏马奔驰山坡腾起阵阵灰尘。

潇洒的拉格老三哟，
爱好狩猎的拉格老三哟，
初次带着黑猎狗去狩猎，
都说独狗难撵山，
野猪藏进土洞里。

潇洒的拉格老三哟，
什么也没有猎着，
两手空空把家回，
人人见了哈哈笑，
羞得拉格老三脸面绯红。

潇洒的拉格老三哟，

爱好狩猎的拉格老三哟，
带着克莫阿各再到深山去狩猎。
拉格老三呀稳坐在山头，
清晨遣克莫阿各到房前屋后去狩猎。
奇怪呀奇怪，克莫阿各逮只自居鸟
　　儿回。
克莫阿各逮的自居鸟儿不够塞牙缝，
克莫阿各抓的自居鸟肉不够嘴嚼，
克莫阿各捉来的自居鸟骨头不够啃。
猎狗克莫阿各从来不落空也填不饱
　　自己的肚皮。

潇洒的拉格老三哟，
再次遣克莫阿各到屋后深山去狩猎，
克莫阿各不负主人期望潜入深山
　　丛林。
克莫阿各追猎声声脆，
潇洒的拉格老三稳坐在山巅。
克莫阿各追猎四肢不着地，
敏锐的克莫阿各追呀追，
主人遣唤猎狗撵山的声音回荡深谷，
主人的呼唤与猎狗撵猎的声音相
　　呼应。

潇洒的拉格老三稳坐在山巅，
灵敏的克莫阿各呀，
循着猎物的足迹追踪，
嗅着猎物的脚印追撵。

爱好狩猎的拉格老三哟，
潇洒的拉格老三稳坐在山巅，
克莫阿各追逐猎物追呀追，
克莫阿各撕咬猎物咬呀咬，

猎物被追得无处可逃脱。

不曾想无处可逃脱的猎物哟，
露出凶相对克莫阿各说：
"我是日哈洛莫的兽首，
我是兽中的神灵，
不是随便捕捉的猎物，
不是随便下嘴的美食。
莫想把我当美食，
我的肉不是可以下咽的，
我的皮不是随意剥开的。
莫想用弯刀砍我的肉，
我的肉不是轻易砍动的，
即使刀砍我的肉，
砍刀起卷损九把。
如若你吃我的肉，
会磕落八颗牙齿。

我的肉不能吃，
我的骨头不能啃，
我的汤不能喝！"

爱好狩猎的拉格老三哟，
听了浑身在颤抖，
从此不去放猎狗，
从此不再去狩猎。

山上的路哟千万条，
世间的人哟千万种。
同父不同命，
同树不同果，
拉格弟兄哟三人三个样。
动听的木莫拉格歌谣，
我们世世代代来传唱。

编者按：《木莫拉格的歌谣》是流传于凉山彝族乡村的一首传统歌谣。近年来，随着民间文化保护工作的逐步实施，凉山州也将它列入非物质文化遗产名录进行保护，但名录体系的建立并没有收到应有的成效，有关它的内容至今还没有完整的彝、汉文版本，上了年纪的老人也只能演唱几句母语而已，没有一个演唱者能够完整地演唱完其详细内容。当下像这样维系着彝族感情的民歌，已经面临着外来文化的巨大冲击，致使彝族口头民歌仅存在于高龄老人的记忆之中，处于濒危的境地。为此，我们必须怀着对彝族珍贵的民间歌谣高度负责的使命感和紧迫感，及时采用现代化手段去进行抢救性整理和保护；否则一旦老一辈民歌手故去，许多珍贵的乡村歌谣也会随之消亡，彝族将丧失自己独有的文化甚至是精神家园。基于这种考虑，作者多次深入彝族乡村，终于挖掘整理出此歌谣，供彝族民间文学爱好者们一起学习探讨。

流传地区：凉山州各地
演唱者：吉潘妞牛，女，彝族，越西县板桥乡人。
搜集整理翻译：吉则利布　阿牛木支

果玛寻母亲

寻呀寻母亲，
果玛寻母亲。
可怜的果玛哟，
刚满一岁时，
失去了父亲。
长到五六岁，
赶着羊群去放牧。
清早的时候，
牲畜奔山坡，
嫩草朝外长，
果玛坐山头。

可怜的果玛哟，
到了中午时，
牲畜朝内转，
嫩草朝内翻，
果玛坐山头。

到了傍晚时，
太阳落西山，
牲畜忙归圈。
果玛妈妈来迎接，
来接果玛放牧归。
妈妈亲切来问候，
端出美食给果玛。

可怜的果玛哟，

后来的一天，
牧羊归来了，
妈妈呀不来接女儿，
妈妈呀不来接牧归。

可怜的果玛哟，
寻呀寻母亲，
到何处去寻？
寻到屋背后，
找到半截衣服角，
原是妈妈的裙角。

可怜的果玛哟，
寻呀寻母亲，
到何处去寻？
寻到屋下方。
母亲是否在？
母亲没有在。
看见别人的母亲，
思念母亲情更浓。

寻呀寻母亲，
到何处去寻？
寻到邻居处。
母亲是否在？
母亲没有在。
看见别人的母亲，

思念母亲情更浓。

寻呀寻母亲，
到何处去寻？
寻到同宗处。
母亲是否在？
母亲没有在。
看见别人的母亲，
思念母亲情更浓。

寻呀寻母亲，
到何处去寻？
寻到大舅家。
我母亲是否在？
母亲没有在。
看见大舅时，
更思念母亲。
亲爱的大舅家，
说是宰羊款待。
可怜的果玛哟，
不肯接受款待，
急切去寻母亲。

亲爱的大舅家，
赶快来占卦。
先向冕宁方向占卦，
占卦显灵了没有？
占卦并没有显灵。
接着朝泸沽方向占卦，
占卦显灵了没有？
占卦并没有显灵。
再朝着西昌方向占卦，
占卦显灵了没有？

占卦终于显灵了。

可怜的果玛哟，
寻呀寻母亲，
找到西昌大街上。
母亲是否在？
母亲就在此。

原来妈妈抿着嘴唇在喝酒，
原来妈妈挽着袖子在用筷，
原来妈妈挽着裤脚在赶街。
喊声妈妈不答应，
拽也拽不动。
可怜的果玛哟，
失声来痛哭。

有血的动物，
有没有不念自己儿女的？
都说没有。
有翅膀的禽类，
有没有不思念自己儿女的？
都说没有。

长有蹄子的动物，
思念自己的儿女，
就像滚石那样奔跑着念儿女。
有翅膀的飞禽，
思念自己的儿女，
翩翩飞舞林间来思念。
箐沟里的绿色鸟儿呀，
思念自己的儿女，
日夜长鸣来思念。

蕨芨丛里的雌鸡，
思念儿女不停叫。
竹丛里的野鸡呀，
声声鸣叫唤儿女。
人类的母亲，
思念自己的儿女，
眼泪打湿了枕头。
果玛的妈妈呀，
为啥不这样思念女儿？

可怜的果玛哟，
怎么办呀怎么办？
来时无人来应答，
返回无人来陪伴，
愿望落呀落了空。

可怜的果玛哟，
失望也得回转，
不失望也得返回。
果玛好呀好可怜。

流传地区：越西县
演唱者：吉潘妞牛
搜集整理翻译：吉则利布　克惹丹夫

达芝姐姐

可怜的兹惹乌乌哟，
生后三月死了娘，
长到三岁亡了爹，
达芝姐姐来抚养。

达芝姐姐哟，
像个慈祥的母亲，
沿着地埂找食物，
找来圆圆的鸟蛋，
细细喂给兹惹乌乌吃，
盼望乌乌弟弟快快长。

达芝姐姐哟，
像个慈爱的父亲，
常在山坡找食物，
找来叽叽鸟，
烧给兹惹乌乌吃，
盼着乌乌弟弟快快长。

达芝姐姐头年养小鸡，
次年小鸡成阉鸡，
杀给乌乌弟弟下饭吃，
惟愿乌乌弟弟早成人。

达芝姐姐头年喂小猪，
盼着小猪成肥猪，
杀给乌乌弟弟下饭吃，

惟愿乌乌弟弟早成人。

达芝姐姐头年养小驹，
期望次年成骏马，
赠给乌乌弟弟当坐骑，
惟愿乌乌弟弟成英雄。

那贪得无厌的叔叔哟，
为强占乌乌家的财产，
满脑子都在盘诡计，
如何强占孤儿的遗产？
初次差人来请侄儿，
说是叫侄儿分牛羊，
达芝姐姐委婉道：
"即使分得了田地，
年小做不了牛羊主。"

那贪得无厌的叔叔哟，
再次差人来请侄儿，
说是叫侄儿分田地，
达芝姐姐委婉回：
"即使分得了田地，
年小还管不了田地。"

最后又派人请侄儿，
说是叫侄儿带兵打冤家，
达芝姐姐委婉说：

173

"即使出征去打冤家，
年小还当不了统帅。"

天真的兹惹乌乌哟，
闻言说道：
"不维护一户，
十户被劫光；
不维护一群，
十群被奴役！"
站者听到站者起身，
坐者听到坐者起身，
备上战马立即起身。
锃亮的子弹缠腰间，
乌黑的钢枪扛肩上，
骑着战马到幺叔家。
诡计多端的幺叔哟，
为霸占乌乌的遗产，
早就有预谋在心头。
说是给兹惹乌乌壮行，
一杯酒斟给兹惹乌乌，
乌乌礼让端给幺婶喝，
幺婶悄悄倒裙边；
一杯酒端给幺叔，
幺叔悄悄倒脚边；
最后一杯兹惹乌乌喝下肚，
糊里糊涂跟着幺叔去出征。

达芝姐姐哟，
清早听说乌乌杀敌很勇敢，
晌午传闻乌乌杀敌很威武，
傍晚传来乌乌已英勇战死！
乌乌的黑色骏马独自返回来，
达芝姐姐哟，
如同晴天遭雷击！
手指十弟兄，
一指受竹伤，
十指麻又痛；
脚趾十弟兄，
一趾被石撞，
十趾连心痛。
心想山间事，
愿望落山谷，
忐忑又悲愤地去寻找乌乌。
达芝姐姐骑上骏马去寻找，
只见乌乌的腰身被砍在路上方，
又见乌乌的四肢被砍在路下方，
再见乌乌的肠子被丢弃在路上。

可怜的达芝姐姐哟，
悲伤又痛恨！
原来是幺叔施诡计，
为了强占我家产，
竟使毒计害死了乌乌！

编者按：这是一首流传于越西、甘洛、喜德、冕宁等县的传统民歌，又叫《玛兹乌乌》。传说很早以前有个孤儿乌乌，父母死得很早。按彝人规矩，须由男性继承遗产，女性不得沾边。姐姐达姬为了把弟弟养大，日夜操劳，期盼他早日成人，继承遗产。可是，同宗的幺叔及其家门为了强占乌乌的财产，以打冤家之名把年幼的乌乌诱出家门杀害。这首民歌反映了旧社会弱肉强食的黑暗现实。

流传地区：越西县
演唱者：阿苏尼哈
搜集整理翻译：吉则利布　克惹丹夫

阿依木芝

哎哟，哎哟——
阿依木芝十七岁，
她的美名传遍了彝乡。
攀亲的人儿接踵来，
求婚的人儿结群到。
提亲的来了七十七对，
说媒的到了九十九家。

哎哟，哎哟——
可怜的木芝姑娘哟，
像只美丽的小鸟，
被凶狠的老鹰叼走；
像只幼小的羔羊，
被猛虎豺狼吞食。
美丽善良的木芝姑娘，
被可恶的土司抢走了，
关在一座高高的碉楼里。

阿依木芝失去了自由，
阿依木芝宁死不依从。

哎哟，哎哟——
可怜的木芝姑娘，
天生丽质苦难多。
柔弱女子变刚烈，
有仇有恨眼不眨，
秀眉倒竖两把剑。
戴上木鞋手铐也不从，
阿依木芝发誓要抗争，
宁愿玉石俱焚保贞节，
死后灵魂也要变只雁，
飞来啄开哟，
那高山海子的水，
淹死那抢人害人的土司。

流传地区：雷波县
演唱者：沙马木果，男，彝族，越西县普雄镇人。识彝文，会说唱彝族婚俗歌和彝族克智。
搜集整理翻译：吉则利布　克惹丹夫

儿歌

ER GE

尕呷嫫去放羊

吧啊吧啊嘞，
我的阿妈去讨债啊嘞，
讨债不知是否讨得回？
欠债讨回了呀，
讨回黄颈母羊二十双啊嘞，

我把羊儿放在高山上啊嘞，
一年生了羊羔三十只啊嘞。
阿妈竖起拇指把我夸啊嘞，
说我是个牧羊的高手，
吧啊吧啊嘞。

流传地区：喜德县
演唱者：诺布合机
搜集整理翻译：吉则利布　阿牛木支

放牧谣

阿合莫，阿合巴，
你的放牧乐园在何处？
我的放牧乐园在泽顶野坝①。
你的牛马在何处饮水？

我的牛马在阿莫湖②边饮水。
你的牛马在何处吃草？
我的牛马在土埂下吃草。

流传地区：普格县
演唱者：吉克吉波
搜集整理翻译：吉则利布　吉庆

---

① 泽顶野坝：彝语，泛指暗地。
② 阿莫湖：彝语，泛指暗海。

尕呷惹去放猪

啊咿啰啊咿，　　　　　　　啊咿啰啊咿，
不用舂的大米，　　　　　　瘦马到了萨拉迪坡③就自然嘶鸣。
在色洛拉达①。　　　　　　啊咿啰啊咿，
啊咿啰啊咿，　　　　　　　饥饿的人到了抖补④就要唱。
不用喂的肥猪，　　　　　　啊咿啰啊咿，
威洛衣咿②有。　　　　　　放猪的小孩见了同伴就想找快乐。

编者按：这是一首流传久远的儿童牧歌。歌词中所提到的地方，因为有丰富的水资源，人们引水来做水碾水磨；这些地方有茂密的原始森林，所以有成群的野猪出没；这些地方有丰盛的水草，所以瘦马见了草丛自然要嘶鸣；这些地方有肥沃的土地，所以播撒荞种燕麦自然就获得丰收。

流传地区：普格县
演唱者：沈特兹体
搜集整理翻译：吉则利布　吉庆

---

① 色洛拉达：彝语，地名，泛指普格县向阳乡。
② 威洛衣咿：彝语，地名，泛指普格县普乐区。
③ 萨拉迪坡：彝语，地名，泛指昭觉县的烂坝。
④ 抖补：彝语，地名，泛指拖木沟。

小小牧童绕山脚

哎嗨哟，哎嗨哟，　　　　　　　哎嗨哟，哎嗨哟，
老牧羊人坐山脊，　　　　　　　老牧羊人坐山脊，
小小牧童绕山脚，　　　　　　　小小牧童绕山脚，
会放的人来放牧，　　　　　　　不会放的人来放，
一天放牧十草坡，　　　　　　　十天放牧一山坡，
一天吃十处嫩草，　　　　　　　十天吃一样野草，
一天喝十处泉水。　　　　　　　十天喝一凼凼水。
羊儿吃的是嫩草，　　　　　　　羊儿吃的是草根，
羊儿喝的是泉水，　　　　　　　羊儿喝的是污水，
羊儿膘肥又健壮，　　　　　　　羊儿五脏六腑全是沙，
羊儿眼眶有九层油。　　　　　　羊儿不会长有九层油。

流传地区：凉山州各地
演唱者：吉克吉波
搜集整理翻译：吉则利布　吉庆

一天吃十样草

屋后山上起云雾，
以为起雾同往常，
原来是为羊群出山而生。
羊儿有福分，
得个好牧人，
一天放十条沟，
一天吃十样草。
羊儿没福分，

得个孬牧人，
十天放一荒坡，
十天吃一样草。
十群羊儿想走一条路，
却被十条大路分十处；
十群羊儿想聚在一方，
牧人却把它们放十处。

流传地区： 冕宁县
演唱者： 勒机吉博，男，彝族，冕宁拖乌乡人。会说唱彝族克智。
搜集整理翻译： 吉则利布　阿牛木支

请太阳

白云哎，快快跑开，快快跑开。
太阳哎，快快出来，快快出来。
大风哎，请你不要吹，请你不要吹。
太阳哎，快快走来，快快走来。
大雨哎，请你不要下，请你不要下。

太阳哎，快快出来，快快出来。
阿爸阿妈进山打野兽去啰，
进山打野兽去啰！
背回野兽来，耳朵给你吃，
尾巴给你耍，尾巴给你耍。

流传地区： 德昌县
演唱者： 李文华，男，傈僳族，德昌县人。
搜集整理翻译： 杨国美　熊国秀

太阳出来光芒照四方

山间的云雾呀，
请你快快散开去哟，
翘木板不好关猪哟，
关猪关不牢哟。
山间的云雾呀，
请你快快散开去哟，
你的猪被狼叼走了，
黄母猪已经在偷吃你的美食了，
你的板油已经被猫叼走了，
你的小孩已经被火烫伤了。

山间的云雾呀，
请你快快散开去哟。
天空的太阳呀，
请你快快出来哟。
太阳出来光芒照四方，
石板呀快快热起来哟，
虫虫蚂蚁呀快快跳哟，
亲爱的小伙伴呀，
快快舞起来，
快快舞起来。

流传地区：喜德县
演唱者：诺布合机
搜集整理翻译：吉则利布　阿牛木支

洗澡谣

啊呀啊呀啦，
一个地方出了一位勇敢的人，
那里的人就有了依靠。
啊呀啊呀啦，
一个地方出了一位公道正派的人，
那里的纷争就会减少。
啊呀啊呀啦，
只有善良勇敢的人，
才能当英雄。

我们寨里出了一位会说话的人，
调解办案不求人。
啊呀啊呀啦，
马群中有跑得最快的带头马，
羊群里有雄壮的带头羊。
啊呀啊呀啦，
现在该洗澡的时候，
小宝宝呀，
请你勇敢地到水中去洗个澡吧！

编者按：彝族礼俗，孩子出生三天、七天或一个月，一般都要举行出户礼，届时请人到大江或大河里舀来清洁的水给孩子洗澡，请德高望重的长者或毕摩给孩子取名，然后把孩子抱到院子里，举行出户礼、净身礼、剪发礼，诵唱这样的儿歌，祈求吉祥平安。

流传地区：冕宁县
演唱者：勒机吉博
搜集整理翻译：吉则利布

赶牛谣

小牯牛呀小牯牛，　　　　　　十天没饭吃；
阳春三月万木发绿，　　　　　　一人不劳动，
山间百花盛开，　　　　　　　　一家人没饭吃。
春耕农忙的季节到了，　　　　　小牯牛呀小牯牛，
快快下地把作物播种。　　　　　快快耕地把作物播种。
这个时节一天不劳动，

流传地区：冕宁县
演唱者：勒机吉博
搜集整理翻译：吉则利布

我方姑娘最漂亮

啊呀啊呀啦，　　　　　　　　　啊呀啊呀啦，
清晨我方太阳最温暖，　　　　　我方长的树子最挺拔，
夜晚我方月亮最明亮。　　　　　我方出的嫩竹节节高。
啊吓啊呀啦，　　　　　　　　　啊呀啊呀啦，
我方彩云最多情，　　　　　　　我方泉水最甘甜，
我方白云最柔顺。　　　　　　　我方姑娘最漂亮。

流传地区：喜德县
演唱者：阿牛机几
搜集整理翻译：吉则利布　　阿牛木支

大雁歌

哎哟啰哎哟啰，　　　　　　　哎哟啰哎哟啰，
高飞的大雁啊，　　　　　　　高飞的大雁啊，
你春来秋去，　　　　　　　　你秋去春来，
长久不息，　　　　　　　　　长久不息，
永远同温暖的春天，　　　　　永远同温暖的春天，
绿色的大地在一起。　　　　　绿色的大地在一起。

流传地区：越西县
演唱者：阿说木嘎
搜集整理翻译：吉则利布　　阿牛木支

美丽的黄颈大雁

你是美丽的黄颈大雁吗？　　　　你可看见斯木布约收荞子？
你经过竹核坝子了吗？　　　　　你含了两双四颗荞粒来没有？
你可看见竹核坝子收稻谷？　　　你经过日哈洛莫了吗？
你含了两双四颗谷粒来没有？　　你可看见日哈洛莫收燕麦？
你经过斯木布约了吗？　　　　　你含了两双四颗麦粒来没有？

流传地区：昭觉县
演唱者：勒则嫫阿薇，女，彝族，普县洛乌乡人。
搜集整理翻译：吉则利布　　阿牛木支

雁王领头飞

大雁哟大雁，
年年都如此，
春天往北飞，
秋天往南飞，
雁王领头飞，
群雁跟着飞，
时而成一排，
时而成两行。
你重彝家情，
年年飞头顶。

雁过留声音，
声传父母情。
你像是父母，
思念父母亲。
盼你春秋来，
望你冬夏来，
四季都要来。
雁重彝家情，
永远忘不了。

流传地区：普格县
演唱者：沈特兹体
搜集整理翻译：吉则利布

山间布谷

山间的布谷哟，　　　　　　唤来山沟羊儿喜盈盈。
听说你住在阿布洛哈，　　　叫声传到园子里，
头年猪月来，　　　　　　　唤来园子蔬菜绿油油。
次年也是猪月来。　　　　　叫一声给富家主妇听，
飞来停在石头上叫，　　　　富家主妇忙备耕。
双脚蹭着泥土叫，　　　　　叫一声给穷家主妇听，
尾巴扫着大地叫。　　　　　穷家主妇空拍掌，
叫声传到山沟里，　　　　　穷家主妇捶胸拽衣襟。
唤来山沟蒿草绿茵茵，

流传地区：凉山州各地
演唱者：阿牛机几
搜集整理翻译：吉则利布　阿牛木支

和睦来相处

你是汉族娃，　　　　　　　都是一家人，
我是彝族娃，　　　　　　　和睦来相处，
他是藏族娃，　　　　　　　共建新家园。
还有他族娃，

流传地区：凉山州各地
演唱者：沈特兹体
搜集整理翻译：吉则利布

孝顺父母歌

哎哟哎哟啰，
要做孝子宽慰父，
孝子能使父舒坦。
莫到孩儿病痛时，
父子难相顾。

哎哟哎哟啰，
要做孝女宽慰母，
孝女讨得母心欢。
莫到女儿出嫁时，
母女分离苦。

编者按：彝族逢年过节时，有把炒面、鸡蛋、冻肉、精荞粑送给老人吃的习俗，彝语称之为"克尔莫依"，意思是敬献给老人的美食。彝族有句谚语："美食要献老人，话语要问老人。"彝族很讲究孝道，很尊敬老人。自家的老人一旦生病或年纪大行动不便，子女都要经常回到身边待候。这类儿歌旨在教育孩子从儿时起就养成尊敬长者、互助友爱的良好品德。

流传地区：喜德县

演唱者：阿牛机几

搜集整理翻译：吉则利布　阿牛木支

阿吉哥哥有七姊妹

阿吉哥哥有七姊妹，
七个姊妹嫁七方。
一个嫁到比尔拉达①，
兄妹带回四根比尔拉达白石烟杆，
从此情更深。
一个嫁到恩扎瓦西②，
兄妹带回四根恩扎瓦西红石烟杆，
从此情更深。
一个嫁到毕基解俄③，
兄妹带回四副毕基解俄哗叽领子，
从此情更深。
一个嫁到依诺拉达④，

兄妹带回四顶依诺拉达竹斗笠，
从此情更深。
一个嫁到阿尔玛家⑤，
兄妹带回四件阿尔玛家青蓝披毡，
从此情更深。
一个嫁到勒别克哈⑥，
兄妹带回四件勒别克哈棕蓑衣，
从此情更深。
幺妹妞妞却不想嫁了，
即使银用斗量给她也不嫁，
即使金用碗量给她也不嫁。

流传地区：越西县
演唱者：阿说木嘎
搜集整理翻译：吉则利布　阿牛木支

---

① 比尔拉达：彝语，地名，位于昭觉县北部。此地的白石烟杆因制作工艺精美而闻名于凉山地区。白石烟杆，彝族传统手工制作的精美抽烟用具。制作时，首先精选出顺直的竹竿，再将它打通，然后把精雕细刻的白石头烟斗和长长的竹竿镶接在一起。彝族老人爱用长长的烟杆抽烟，寓意稳重、老练、富有、有涵养。
② 恩扎瓦西：彝语，地名，位于美姑县境内。
③ 毕基解俄：彝语，地名，位于昭觉县北部。
④ 依诺拉达：彝语，地名，位于昭觉县境内。
⑤ 阿尔玛家：彝语，地名，泛指阿尔玛家居住的区域。
⑥ 勒别克哈：彝语，地名，泛指喜德县的勒别姓氏。

摇篮曲

妈妈的儿子哟，
你别淘气，
妈妈给你丹勒阿宗①骑，
让妈妈的儿子，
骑上骏马奔驰在赛场上。

妈妈的儿子哟，
你别生气，
妈妈给你一支金笛，
让妈妈的儿子，
吹出动听的歌声。

妈妈的儿子哟，

你别哭闹，
妈妈攀岩取回蜜糖给你吃。

妈妈的儿子哟，
你别哭泣，
妈妈爬上那高高的树，
抓只扑打翅膀的小鸟，
陪妈妈的儿子尽情地玩耍。

妈妈的儿子，
你快乐吗？
高兴吗？

流传地区：越西县
演唱者：阿说木嘎
搜集整理翻译：吉则利布　阿牛木支

---

① 丹勒阿宗：彝语，历史传说中有名的骏马。

191

碎米煮粥给阿嫫喝

上方可有林？
有林可有豹？
有林也有豹。
有豹可咬人？
咬人人惨不？
咬人人真惨。
下方可有坝？
有坝可有水？
有水可种稻？
有水也种稻。
插秧真要搅浑水？
插秧是要搅浑水。

秧苗蔫后真要返青？
秧苗蔫后是要返青。
稻子熟后真要变黄？
稻子熟后是要变黄。
割来真要搭坎上？
割来是要搭坎上。
打下真要堆场上？
打下是要堆场上。
舂后真要出碎粒？
舂后是要出碎粒。
碎米煮粥阿嫫喝，
阿嫫乳汁喂孩儿。

流传地区：冕宁县
演唱者：勒机吉博
搜集整理翻译：吉则利布　阿牛木支

节约歌

滴水成小溪，
小溪汇成河，
河流成大江。
荞粒聚成堆，
堆成山样高，

有粮不挨饿。
妈妈小乖乖，
从小珍惜粮，
节约记心间。

流传地区：凉山州各地
演唱者：吉克吉波
搜集整理翻译：吉则利布

春风妈妈

春风好妈妈，
全身热乎乎，
当你到来时，
万物又复苏，
大山披绿装，
百鸟争先唱，

平坝生绿草，
牛羊多欢畅，
黑土变了样，
幼苗出土来，
丰收有希望。

流传地区：凉山州各地
演唱者：吉克吉波
搜集整理翻译：吉则利布

白　雾

白雾茫茫，　　　　　　　　蒙住羊群，
白雾沉沉，　　　　　　　　蒙住牧者，
雾是块布，　　　　　　　　只有声音，
蒙住树林，　　　　　　　　它蒙不住。

流传地区：凉山州各地
演唱者：吉克吉波
搜集整理翻译：吉则利布　　阿牛木支

大山秀美有灵气

白雾盖在高山顶，　　　　　那是给山穿裙子。
那是给山戴帽子。　　　　　戴上帽子穿上裙，
白雾绕在大山腰，　　　　　大山秀美有灵气。

流传地区：凉山州各地
演唱者：吉克吉波
搜集整理翻译：吉则利布

春　雨

春雨阵阵，　　　　　　　　雨润苗壮，
雷电交加，　　　　　　　　竞相争地，
哗啦作响，　　　　　　　　成棵结果，
淅沥洒下，　　　　　　　　为民造福。

流传地区：凉山州各地
演唱者：吉克吉波
搜集整理翻译：吉则利布　阿牛木支

蓝天架彩虹

雨过天晴太阳出，　　　　　所有色彩都聚齐。
蓝天架起大彩虹，　　　　　美丽蓝天架彩虹，
赤橙黄绿青蓝紫，　　　　　你从什么地方来？
数数色彩有七道，　　　　　原是太阳把你造。

流传地区：凉山州各地
演唱者：吉克吉波
搜集整理翻译：吉则利布

阳光晒了才健康

地上的万事万物，　　　　　　阳光不晒苗不长。
始终离不开阳光。　　　　　　被盖需要阳光晒，
阳光不晒雪不化，　　　　　　阳光晒了暖洋洋。
阳光不晒草不绿，　　　　　　人体需要阳光晒，
阳光不晒花不开，　　　　　　阳光晒了才健康。
阳光不晒果不熟，

流传地区：凉山州各地
演唱者：吉克吉波
搜集整理翻译：吉则利布

春风来了

每当春风来，　　　　　　　　梨开洁白色，
果树摆头迎，　　　　　　　　石榴开红色，
争相把花开，　　　　　　　　梅开紫红色，
桃开粉红色，　　　　　　　　五彩缤纷开，
李开灰白色，　　　　　　　　五颜又六色。

流传地区：布拖县
演唱者：吉克吉波
搜集整理翻译：吉则利布

月亮粑粑

月亮是个苦荞粑，　　　　　月亮是个米粉粑，
月亮是个甜荞粑，　　　　　它是个最大的粑，
月亮是个玉米粑，　　　　　请快快降下来吧，
月亮是个糯米粑，　　　　　让我乖儿吃个饱。

流传地区：普格县
演唱者：吉克吉波
搜集整理翻译：吉则利布

秋　雨

秋雨呀绵绵，　　　　　　　五谷堆成山，
下个哟不停。　　　　　　　金黄金黄的。
树上结果实，　　　　　　　丰收好年景，
果实沉甸甸。　　　　　　　人们乐滋滋。

流传地区：凉山州各地
演唱者：吉克吉波
搜集整理翻译：吉则利布　　阿牛木支

冬　雪

天空下大雪，　　　　　　　　大树戴白帽，
大地飞鹅毛，　　　　　　　　树木长白发，
一片白晃晃。　　　　　　　　小溪戴玉镯。
黑土镶银边，

流传地区：凉山州各地
演唱者：吉克吉波
搜集整理翻译：吉则利布　阿牛木支

夜　间

夜间静悄悄，　　　　　　　　哭了狼会来，
月亮还未了，　　　　　　　　饿了妈做饭，
星光不抵事，　　　　　　　　渴了喂你奶，
我儿快睡觉。　　　　　　　　冷了给衣穿，
　　　　　　　　　　　　　　我儿快睡觉。

流传地区：凉山州各地
演唱者：吉克吉波
搜集整理翻译：吉则利布　阿牛木支

彩　虹

东边太阳红，　　　　　　　　　仙女天上过，
西边雨淋淋，　　　　　　　　　飘起五彩裙。

流传地区： 凉山州各地
演唱者： 吉克吉波
搜集整理翻译： 吉则利布　阿牛木支

小鸭唱歌嘎嘎嘎

小河唱歌哗哗哗，　　　　　　　哗哗哗，呱呱呱，
青蛙唱歌呱呱呱，　　　　　　　嘎嘎嘎，哦哦哦，
小鸭唱歌嘎嘎嘎，　　　　　　　它们唱的是什么？
白鹅唱歌哦哦哦。　　　　　　　春天来了真快活。

流传地区： 凉山州各地
演唱者： 吉克吉波
搜集整理翻译： 吉则利布　阿牛木支

马　蜂

有个细腰小姑娘，　　　　　　　哪个要是欺负她，
身上穿件黄衣裳，　　　　　　　马上给他戳一枪。

流传地区：凉山州各地
演唱者：吉克吉波
搜集整理翻译：吉则利布　　阿牛木支

燕　子

衣服像缎子，　　　　　　　　　衔泥修房子，
尾巴像剪子，　　　　　　　　　捉虫喂孩子。

流传地区：凉山州各地
演唱者：阿牛五来
搜集整理翻译：吉则利布　　阿牛木支

喜　鹊

报春的使者，
数你最积极。
每当春天到，
总是你先来。
天天闹喳喳，
从来不停息。
白杨树梢间，
你已做了窝。
你是想繁衍，

生儿又育女，
为给人添喜。
你的精神里，
充满了勤劳，
给人做榜样，
让人学着你，
勤劳又持家，
俭朴又大方，
彝家不忘你。

流传地区：凉山州各地
演唱者：吉克吉波
搜集整理翻译：吉则利布

月亮洗澡

邛海湖水清又清，
月亮把它当澡盆。
浪花捧起香皂沫，

春风送来洗浴巾，
月亮洗得好开心。

流传地区：凉山州各地
演唱者：阿牛五来
搜集整理翻译：吉则利布　阿牛木支

小溪水

小溪生在山脚下，
一出门就摔跟斗，
摔了跟斗不叫痛，
起来还是往前走。
走西被那石山拦，

走东又被巨石挡，
弯弯曲曲绕山走，
蹦蹦跳跳出山口。
出了山口浇麦苗，
麦苗长得绿油油。

流传地区：凉山州各地
演唱者：阿牛五来
搜集整理翻译：吉则利布　克惹丹夫

小孩骑竹竿

啊呀啊呀啦，
小孩骑竹竿，
长的在后面；
骏马上跑道，
扬尘在后边。

啊呀啊呀啦，
过年的三天虽然敞开吃，

饥饿的日子随着季节来。
啊呀啊呀啦，
火把节的三天虽然饥饿，
丰衣足食的时光随后来。
啊呀啊呀啦，
阳春三月布谷鸟儿催农忙，
机灵的小孩想要吃馍馍，
盼望秋收早日到。

流传地区：越西县
演唱者：阿苏尼哈
搜集整理翻译：吉则利布　阿牛木支

种出香稻吃个饱

好宝宝，快睡觉，
不要哭，不要闹。
爸妈下田栽香稻，

田头秧苗长得好。
种出香稻喂宝宝，
宝宝吃了身体好。

流传地区：凉山州各地
演唱者：阿牛五来
搜集整理翻译：吉则利布　阿牛木支

从小锻炼身体好

小公鸡，喔喔叫，
催我起床做早操。
伸伸手，弯弯腰，

踢踢腿，跑一跑，
从小锻炼身体好。

流传地区：凉山州各地
演唱者：阿牛五来
搜集整理翻译：吉则利布　阿牛木支

梳妆打扮美

小孩长得快，
老人变年轻，
彝家常说美。
彝家的姑娘，
金钗头上插，
银镯手上戴，

手指细又长，
颈戴银领牌，
花朵绣满衣，
绸缎穿上身，
梳妆打扮美。

流传地区：凉山州各地
演唱者：阿牛五来
搜集整理翻译：吉则利布　阿牛木支

家

你问我家怎么走，
青山脚下柏油路，
路边各有一行树，
顺着公路往前走，
有个碧绿养鱼池，

池边全是石榴树，
挂满通红大石榴，
石榴地边苹果园，
苹果林边红砖墙，
我家就在新楼里。

流传地区：凉山州各地
演唱者：阿牛五来
搜集整理翻译：吉则利布　阿牛木支

全家忙

天天都是如此忙，
婆婆忙喂鸡鸭鹅，
爷爷忙喂猪牛羊，
爸爸牵牛耕田地，
婶婶上山找柴火，

叔叔山上去放蜂，
我与妹妹忙上学，
全家老小都在忙，
日子越过越红火。

流传地区：凉山州各地
演唱者：阿牛五来
搜集整理翻译：吉则利布　阿牛木支

我的祖国真美丽

我的祖国真美丽，
地图像只金凤凰，

驮着各族小朋友，
展翅万里在飞翔。

流传地区：凉山州各地
演唱者：阿孙克阿依惹，男，彝族，美姑县候播乃拖乡人。
搜集整理翻译：吉则利布　阿牛木支

懒 孩

懒孩睡觉不洗脸，　　　　　　　不是小猫发现了，
夜里老鼠跑来舔，　　　　　　　差点啃了鼻子眼！

流传地区：凉山州各地
演唱者：吉克吉波
搜集整理翻译：吉则利布　　阿牛木支

爱祖国

小蜜蜂爱花朵，　　　　　　　　小鸟儿爱蓝天，
小鱼儿爱江河，　　　　　　　　小朋友爱祖国。

流传地区：凉山州各地
演唱者：吉克吉波
搜集整理翻译：吉则利布　　阿牛木支

小阿妹

小阿妹，真怕羞，　　　　　　　客人同她开玩笑，
见了客人不敢看，　　　　　　　从脸红到耳朵根，
左躲右躲不说话，　　　　　　　藏到妈妈身后面，
客人问话不搭理，　　　　　　　瞪起一双圆眼睛。

流传地区：凉山州各地
演唱者：吉克吉波
搜集整理翻译：吉则利布　　阿牛木支

想　飞

春天鸟儿飞，　　　　　　　　　冬天白雪飞，
夏天蜻蜓飞，　　　　　　　　　囡囡张开手，
秋天树叶飞，　　　　　　　　　心里也想飞。

流传地区：凉山州各地
演唱者：吉克吉波
搜集整理翻译：吉则利布　　阿牛木支

我的理想

一手抓蓝天，　　　　　　　　一指穿山洞，
一手擦月亮，　　　　　　　　一腿排大江，
蓝天当被盖，　　　　　　　　高山不挡路，
月亮当粑吃；　　　　　　　　大江当我用。

流传地区：凉山州各地
演唱者：吉克吉波
搜集整理翻译：吉则利布　阿牛木支

快快长

我家住在大山弯，　　　　　　我家住在大山弯，
白云朵朵飘蓝天，　　　　　　白云朵朵飘蓝天，
牧笛吹，羊群欢，　　　　　　做游戏，围成圈。
荞花红了像花衣，　　　　　　老师阿姨像妈妈，
稻谷熟了堆成山。　　　　　　木呷妞妞心里甜。
小朋友们快快长，　　　　　　小朋友们手拉手，
长大建设好家园。　　　　　　学好知识建家园。

流传地区：凉山州各地
演唱者：吉克吉波
搜集整理翻译：吉则利布　克惹丹夫

宝宝要勤快

小蜜蜂，嗡嗡叫，
飞来飞去找花朵。
小白兔，爱青草，
睁着红眼到处跑。

飞得快哟跑得远，
眼前才有好花草。
小宝宝，要勤快，
收拾书包上学校。

流传地区：凉山州各地
演唱者：申特木依
搜集整理翻译：吉则利布　克惹丹夫

要让家乡更美丽

我家房前有草坡，
草坡不美丽，
羊只成群就美丽；
我家房后有座山，
山坡不够美，
百花盛开就美丽；
我家房后有山地，

山地不美丽，
种上玉米就美丽；
我家房下有梯田，
梯田不够美，
稻谷飘香就美丽。
家乡美呀美家乡，
长大要让家乡更美丽。

流传地区：凉山州各地
演唱者：申特木依
搜集整理翻译：吉则利布　克惹丹夫

乖娃娃

小蜜蜂，绕花花，
飞来飞去不搭话，
采得花花粉，
一兜又一把，
酿成蜂蜜呀，
香甜一大家。

乖娃娃，爱传花，
手拍手儿笑哈哈，
学得普通话，
一筐又一箩，
唱得新歌呀，
乐翻爸和妈。

流传地区：越西县
演唱者：申特木依
搜集整理翻译：吉则利布　克惹丹夫

想念妈妈

地上虫虫想妈妈，
弓起身子钻泥巴；
花间蝴蝶想妈妈，
飞来飞去找花花；
水里鱼儿想妈妈，
摇头摆尾追浪花；
小小羊羔想妈妈，

咩咩叫着喊妈妈；
檐下猪崽想妈妈，
扭动腰肢拱院坝；
树上喜鹊想妈妈，
一天到晚叫喳喳；
世上儿女想妈妈，
悠悠歌声飞天涯。

流传地区：凉山州各地
演唱者：阿牛机几
搜集整理翻译：吉则利布　克惹丹夫

九九归一百

青青草坪牧羊群，
母羊九十九，
添了羊羔成一百；
高高坡上放牛群，
母牛九十九，
添了牛犊成一百。
羊羔牛犊送木呷，
木呷长大乐开怀。

宽宽院中放鸡群，
母鸡九十九，
孵了小鸡成一百；
温暖猪圈养肥猪，
母猪九十九，
添了猪崽成一百。
小鸡猪崽送妞妞，
妞妞上学乐悠悠。

流传地区：普格县
演唱者：申特木依
搜集整理翻译：吉则利布　克惹丹夫

绿秧苗

绿秧苗，眯眯笑，
点点头，伸伸腰，

整整齐齐排成队，
踮起脚尖来比高。

流传地区：凉山州各地
演唱者：阿牛机几
搜集整理翻译：吉则利布　克惹丹夫

211

我请大家吃枇杷

枇杷籽，枇杷花，
枇杷开花结枇杷。
树下丢个枇杷籽，

枇杷籽籽发芽芽。
芽芽长大成了树，
我请大家吃枇杷。

流传地区：凉山州各地
演唱者：阿牛机几
搜集整理翻译：吉则利布　克惹丹夫

跳绳歌

春天到，
花儿开，鸟儿叫，
柳树底下来跳绳。
单脚跳，双脚跳，
脚步越跳越灵活。

你也跳，我也跳，
一个挨着一个跳。
挺起胸，向前瞧，
脚儿轻轻别摔跤。

流传地区：凉山州各地
演唱者：勒则嫫阿薇
搜集整理翻译：吉则利布　克惹丹夫

一个小懒鬼

有个小懒鬼，　　　　　　吃饭，他张嘴，
谁？谁？谁？　　　　　　穿鞋，他抬腿，
我不是，你不是，　　　　伸伸舌头要喝水。
是他，一个小懒鬼。

流传地区：冕宁县
演唱者：阿牛机几
搜集整理翻译：吉则利布　克惹丹夫

小雨点

小雨点，　　　　　　　　落在鱼塘里，
沙沙沙，　　　　　　　　鱼儿乐得摇尾巴。
落在花圃里，
花儿乐得张嘴巴。　　　　小雨点，
　　　　　　　　　　　　沙沙沙，
小雨点，　　　　　　　　落在田野里，
沙沙沙，　　　　　　　　禾苗乐得向上拔。

流传地区：凉山州各地
演唱者：阿牛机几
搜集整理翻译：吉则利布　克惹丹夫

213

好朋友不分手

东方一颗小星星，　　　　　这边来，那边来，
西方一颗小星星，　　　　　到处都有好朋友。
一颗星，两颗星，
满天都是小星星。　　　　　满天星，挨得紧，
　　　　　　　　　　　　　好朋友，不分手，
这边一位好朋友，　　　　　星星跟着月亮走，
那边一位好朋友，　　　　　小朋友们手拉手。

流传地区： 凉山州各地
演唱者： 阿牛机几
搜集整理翻译： 吉则利布　克惹丹夫

小巧手

我有一双小巧手，　　　　　画只母鸡能生蛋，
画龙画虎画大牛，　　　　　画只白鹅下水游。
画只小猫抓老鼠，　　　　　画呀画，画呀画，
画只小狗啃骨头，　　　　　人人夸我小巧手。

流传地区： 凉山州各地
演唱者： 阿牛机几
搜集整理翻译： 吉则利布　克惹丹夫

玩秋千

秋千好，秋千好，
用力荡，飞起来，
我像一只小海燕，
飞来飞去真灵巧。

今天练硬小翅膀，
明天飞得比天高，
一飞飞到银河里，
既摘星星又采宝。

流传地区：凉山州各地
演唱者：阿牛机几
搜集整理翻译：吉则利布　克惹丹夫

安安全全过路口

小朋友，手拉手，
人行道上排队走。
两人走，站横排，
三人四人别挽手。

红灯亮了等一等，
绿灯亮了别停留。
十字路口不嬉戏，
安安全全过路口。

流传地区：凉山州各地
演唱者：阿牛机几
搜集整理翻译：吉则利布　克惹丹夫

粒粒粮食要爱惜

小水珠，一滴滴，
汇成江河流千里。
小米粒，一粒粒，
堆成粮堆高千尺。

一滴水，一粒粮，
积少成多了不起。
小朋友，要牢记，
粒粒粮食要爱惜。

流传地区：冕宁县
演唱者：阿牛机几
搜集整理翻译：吉则利布　克惹丹夫

民族团结

水牛黄牛都是牛，
山羊绵羊都是羊，
骏马驮马都是马，

各个民族都是人，
和睦相处手拉手，
民族团结保边疆。

流传地区：凉山州各地
演唱者：沈特兹体
搜集整理翻译：吉则利布　阿牛木支

保护环境

高山有树长，　　　　　　　公路边有树，
半山有草生，　　　　　　　屋旁有花园，
沟谷有水流，　　　　　　　环境变美丽。

流传地区： 凉山州各地
演唱者： 沈特兹体
搜集整理翻译： 吉则利布　阿牛木支

两个吹牛家

白公鸡和黑公鸡，　　　　　拔掉它的大门牙。
两只公鸡夸胆大。　　　　　你争我吵不相让，
白鸡对着黑鸡说，　　　　　抖起羽毛来打架，
狐狸狐狸不可怕，　　　　　一只狐狸走过来，
那天我在家门口，　　　　　扑上前去把鸡抓。
叼住它的大尾巴。　　　　　白鸡飞上矮墙头，
黑鸡对着白鸡说，　　　　　黑鸡飞上竹篱笆，
狐狸狐狸不可怕，　　　　　原来两只小公鸡，
那天我进它的家，　　　　　就是一对吹牛家。

流传地区： 凉山州各地
演唱者： 沈特兹体
搜集整理翻译： 吉则利布　阿牛木支

四季歌

冰雪融化了，
燕子开叫了，
大地变绿了，
春天已到了。
春天到果园，
花儿开得艳。

夏风已热了，
知了开叫了，
大地变湿了，
夏天已到了。
夏天到果园，
水蜜桃儿甜。

秋树落叶了，
庄稼成熟了，
大地变黄了，
秋天已到了。
秋天到果园，
苹果红了脸。

北风刮起了，
雪花飘落了，
大地全白了，
冬天已到了。
冬天到果园，
柑橘金灿灿。

流传地区：凉山州各地
演唱者：吉克吉波
搜集整理翻译：吉则利布　阿牛木支

青蛙与兔子

小青蛙，慢慢爬，
小兔子，快快跑，
两个伙伴来赛跑。
小青蛙，汗水淌，
小兔子，跑在前，

回头望着青蛙哈哈笑。
小青蛙，爬到头，
小兔子，扭伤脚，
抱着脚杆呜呜哭。

流传地区：甘洛县
演唱者：阿孙克阿依惹
搜集整理翻译：吉则利布　克惹丹夫

找爹妈

小小狗儿四脚花，
骑起狗儿找爹妈。
狗儿驮我满山跑，
洋芋地中拱洋芋，
荞麦地里撵野鸡。

狗儿把我摔下地，
一头扑去追野鸡，
弄得我满身荞花花。
哎呀呀，哎呀呀，
我去哪里找爹妈？

流传地区：甘洛县
演唱者：阿孙克阿依惹
搜集整理翻译：吉则利布　克惹丹夫

勤劳手指

一双手，两个杈，
每个杈上五个芽，

摇一摇，生金花，
要吃要穿全靠它。

流传地区：凉山州各地
演唱者：阿牛五来
搜集整理翻译：吉则利布　克惹丹夫

快乐的儿歌洒满坡

春风吹，太阳照，
我跟阿爸去撒荞。
提撮箕，拿竹箩，
快乐的儿歌洒满坡。

荞撒匀，肥施足，
我对荞儿把歌唱：
荞儿荞儿快快长，
秋天收成堆满仓。

流传地区：凉山州各地
演唱者：阿牛五来
搜集整理翻译：吉则利布　克惹丹夫

什么最圆？

天上的月亮圆，
家中揉馍馍的簸箕圆，
月亮簸箕不算圆。

什么最圆？
火把节时节，
彝家相聚才算圆。

流传地区：凉山州各地
演唱者：吉克吉波
搜集整理翻译：吉则利布　克惹丹夫

什么最长？

什么最长？
金沙江最长，
流到大海就止步。

什么最长？
脚杆最长，
走遍东西南北所有路。

流传地区：冕宁县
演唱者：勒机吉博
搜集整理翻译：吉则利布　阿牛木支

什么最高？

什么最高？
螺髻山最高。
螺髻山不算高，
螺髻山踩脚下。

什么最高？
脑门最高，
眼睛望不见，
双脚蹬不着。

流传地区：冕宁县
演唱者：勒机吉博
搜集整理翻译：吉则利布　阿牛木支

什么最亮？

小朋友，
什么最亮？
白天太阳最亮，
夜晚月亮最亮。

太阳月亮都不亮，
娃娃的眼睛最亮，
无限风光在眼前。

流传地区：冕宁县
演唱者：勒机吉博
搜集整理翻译：吉则利布　阿牛木支

什么最甜？

什么最甜？
羊奶甜，
蜂蜜甜。

羊奶蜂蜜都不甜，
妈妈的奶水最甜。

流传地区：冕宁县
演唱者：勒机吉博
搜集整理翻译：吉则利布　阿牛木支

什么最快？

什么最快？
风最快。
什么最响？
雷最响。
什么最快？

风和雷不算快，
人的心儿最快，
一心想到天上，
一心想到地下。

流传地区：冕宁县
演唱者：勒机吉博
搜集整理翻译：吉则利布　阿牛木支

秤杆背上有眼睛

什么吃草不吃根？　　　　　　什么肚里有牙齿？
镰刀吃草不吃根。　　　　　　磨子肚里有牙齿。
什么睡起不翻身？　　　　　　什么背上有眼睛？
石头睡起不翻身。　　　　　　秤杆背上有眼睛。

流传地区：凉山州各地
演唱者：阿牛机几
搜集整理翻译：吉则利布　克惹丹夫

猫儿洗脸不梳头

什么上坡点点头？　　　　　　什么过山不要伴？
马儿上坡点点头。　　　　　　老虎过山不要伴。
什么下坡似水流？　　　　　　什么洗脸不梳头？
蛇儿下坡似水流。　　　　　　猫儿洗脸不梳头。

流传地区：凉山州各地
演唱者：阿牛机几
搜集整理翻译：吉则利布　克惹丹夫

茶壶有嘴不说话

什么有腿走不成?
板凳有腿走不成。
什么无腿走不停?
扁担无腿走不停。

什么无嘴会说话?
山风无嘴会说话。
什么有嘴不说话?
茶壶有嘴不说话。

流传地区: 凉山州各地
演唱者: 阿牛机几
搜集整理翻译: 吉则利布　克惹丹夫

田螺背上起青苔

什么过河不脱鞋?
水牛过河不脱鞋。
什么过河横起走?
螃蟹过河横起走。

什么背上背花板?
乌龟背上背花板。
什么背上起青苔?
田螺背上起青苔。

流传地区: 凉山州各地
演唱者: 阿牛机几
搜集整理翻译: 吉则利布　克惹丹夫

芝麻熟了棒棒敲

什么生来高又高？　　　　　什么老来连盖打？
高粱生来高又高。　　　　　豆子老来连盖打。
什么长在半中腰？　　　　　什么熟了棒棒敲？
苞谷长在半中腰。　　　　　芝麻熟了棒棒敲。

流传地区：凉山州各地
演唱者：阿牛机几
搜集整理翻译：吉则利布　　克惹丹夫

月亮圆圆在天边

什么有脚不出门？　　　　　什么圆圆在家中？
板凳有脚不出门。　　　　　簸箕圆圆在家中。
什么无脚走京城？　　　　　什么圆圆在天边？
扁担无脚走京城。　　　　　月亮圆圆在天边。

流传地区：凉山州各地
演唱者：阿牛机几
搜集整理翻译：吉则利布　　克惹丹夫

镰刀弯弯在家中

什么有嘴不说话？
坛子有嘴不说话。
什么无嘴闹通城？
胡琴无嘴闹通城。

什么弯弯在田中？
犁头弯弯在田中。
什么弯弯在家中？
镰刀弯弯在家中。

流传地区：凉山州各地
演唱者：阿牛机几
搜集整理翻译：吉则利布　克惹丹夫

豇豆长来像条龙

什么开花杆杆红？
紫菜开花杆杆红。
什么开花打灯笼？
茄子开花打灯笼。

什么长来高吊起？
海椒长来高吊起。
什么长来像条龙？
豇豆长来像条龙。

流传地区：凉山州各地
演唱者：阿牛机几
搜集整理翻译：吉则利布　克惹丹夫

黄颈黑母鸡

鸡呀鸡仔仔，　　　　　　孵出多少只？
黄颈黑母鸡。　　　　　　孵出整十只。
生了多少蛋？　　　　　　母鸡黄油油，
生了三十个。　　　　　　公鸡红通通，
孵了多少蛋？　　　　　　站在屋下方也好看，
孵了一十双。　　　　　　站在屋对面也好看。

流传地区：凉山州各地
演唱者：阿牛机几
搜集整理翻译：吉则利布　阿牛木支

蜜桃开花红艳艳

哎呀哎呀啦，　　　　　　开花红艳艳，
转来又转去，　　　　　　结果成串串。
转到哪里去？　　　　　　想吃不想吃？
转到屋子前面去。　　　　想吃就摘给你们吃，
屋前栽有什么树？　　　　舔着嘴唇甜蜜蜜。
栽有蜜桃树，

流传地区：雷波县
演唱者：阿孙克阿依惹
搜集整理翻译：吉则利布　克惹丹夫

小小圆根种

小小圆根种，
用手撒下地。
风的力量大，
风吹种下去；
雨的力量强，
雨浇种发芽。

过了十多天，
看看圆根去。
叶子多茂盛，
圆根多肥壮。
妞妞不美吃了变美丽，
木嘎平庸吃了变能干。

编者按：由于历史的原因，彝族大多世居在大山深处或丛林中，喜欢种植圆根——这种蔬菜适合在海拔 1800 米以上的高寒山区种植。相传在远古时期，人类遭遇大洪灾，只剩下现代彝人的始祖"居木惹牛"，他在人间无法找到伴侣，便在动物伙伴们的帮助下娶回了天王的幺女恩体紫萝，两人在人间相敬如宾。此时人间已无蔬菜和其他作物，于是恩体紫萝悄悄从父亲身边盗来了圆根、苦荞、甜荞等十多种作物的种子，撒向人间，给人类带来了无限生机。恩体谷兹在得知幺女下嫁并带走圆根等作物种子后诅咒："圆根被你偷下凡，根根会比石头重，叶叶不能充菜粮。"从此，人间有了"圆根"这种绿色植物，它适于秋冬种植，叶子晒干后部分用来做酸菜，部分用来做牲畜的饲料，干圆根则成为彝家儿童喜爱的食品。

流传地区：凉山州各地
演唱者：阿牛机几
搜集整理翻译：吉则利布

云雀之歌

飞呀飞，飞呀飞，　　　　　　　　飞呀飞，飞呀飞，
一对云雀飞到路下方。　　　　　　一对云雀飞到路上方。
妈妈坐在路下方吗?　　　　　　　爸爸坐在路上方吗?
妈妈坐在路下方，　　　　　　　　爸爸坐在路上方，
妈妈泪汪汪。　　　　　　　　　　爸爸泪汪汪。
别哭呀，妈妈你别哭，　　　　　　别哭呀，爸爸你别哭，
哪怕走九个半月的路程也要赶回来。哪怕骑马走九天的路程也要赶回来。

流传地区：喜德县
演唱者：阿牛机几
搜集整理翻译：吉则利布

坎上的囡囡

坎上住的囡囡哟，　　　　　　　　西昌头帕四双八块去找来。
漂亮漂亮真漂亮，　　　　　　　　我找我戴呀，我不美，
美丽美丽真美丽!　　　　　　　　谁找谁戴呀，都不美，
　　　　　　　　　　　　　　　　只有给坎上的囡囡戴上才美丽。
　　　　　　　　　　　　　　　　漂亮漂亮又漂亮，美丽美丽又美丽!

流传地区：凉山州各地
演唱者：阿说木嘎
搜集整理翻译：吉则利布　　阿牛木支

群星亮的九十九

天上星儿密层层，　　　　　四件找给我家囡囡穿，
地上草儿数不清。　　　　　四件给别的囡囡穿。
群星亮的有几颗？　　　　　别的囡囡穿上不好看，
群星亮的九十九。　　　　　我家囡囡穿上才好看。
一颗在大街上方亮，　　　　舒适又漂亮，
它是如此的闪亮，　　　　　美丽又大方。
照出金丝绸裙四双八件来。

编者按：彝族习俗，姑娘长到十七岁后要举行成年礼，届时母亲及婶婶娘娘们要把小姑娘的耳朵用银针穿孔，然后把发辫分成双辫。在仪式上，母亲及婶婶娘娘们会围着小姑娘唱此类传统民歌。

流传地区：凉山州各地

演唱者：阿说木嘎

搜集整理翻译：吉则利布　阿牛木支

想去耍一耍

妈妈的幺儿哟，
想到好耍的地方去耍一耍，
想到成都四十八条街上去耍一耍。
想去看看外乡风光，
想去走走大街小巷。

想到不需伸手推磨的地方去耍一耍，
想到不需伸脚碓舂的地方去耍一耍。
妈妈的幺儿哟，
想去看看外乡的绮丽风光。

流传地区：凉山州各地
演唱者：阿说木嘎
搜集整理翻译：吉则利布

去瞧瞧

我是妈妈的好孩子啊，
想和小伙伴驾着云彩去瞧瞧。
到蛇穿开裆裤的地方去瞧瞧，
到青蛙弹月琴的地方去瞧瞧，
到水牛爬稻秆的地方去瞧瞧，

到头顶插雉翎的地方去瞧瞧，
到小猴爬玉米秆的地方去瞧瞧，
到有岩不可攀的地方去瞧瞧，
到有树不可爬的地方去瞧瞧。

流传地区：凉山州各地
演唱者：阿说木嘎
搜集整理翻译：吉则利布

我们去追捕

对面岩上一对蜜蜂扑翅飞，　　　　对面老熊小熊摇摇晃晃四处拱，
我们去追捕。　　　　　　　　　　我们去追捕。
捉来款待族人，　　　　　　　　　捉来款待族人，
族人一见笑嘻嘻；　　　　　　　　族人一见笑嘻嘻；
捉来款待亲家，　　　　　　　　　捉来款待亲家，
亲家一见喜盈盈；　　　　　　　　亲家一见喜盈盈；
捉来款待敌人，　　　　　　　　　捉来款待敌人，
敌人一见弯下腰；　　　　　　　　敌人一见弯下腰；
捉来款待官员，　　　　　　　　　捉来款待官员，
官员一见忙下拜。　　　　　　　　官员一见忙下拜。

流传地区：冕宁县
演唱者：勒机吉博
搜集整理翻译：吉则利布　阿牛木支

孩子爱哭的长不高

爱睡的母绵羊不长毛，
爱跳圈的阉羊不长膘。
姐姐怕绣花的不贤惠，
小伙怕出征的不勇敢。

跑马摇头不神气，
米饭堆尖要塌散。
孩子爱哭的长不高，
姑娘挑食的不漂亮。

流传地区：晃宁县
演唱者：勒机吉博
搜集整理翻译：吉则利布　阿牛木支

漂亮的甘嫫阿妞

甘嫫阿妞真漂亮！
阿妞的戒指真漂亮，
好像星星在闪光；
阿妞戴的手镯真漂亮，
好像金鱼在跳跃；
阿妞衣衫镶的花边真漂亮，
好像山上花儿落在衣襟上；

阿妞穿的五色彩裙真漂亮，
好像天上彩霞绕身旁。
甘嫫阿妞真漂亮，
站在上方照得下方亮，
站在山顶照得山脚亮，
太阳月亮也比不上！

流传地区：美姑县
演唱者：峨木妞牛
搜集整理翻译：吉则利布　阿牛木支

234

爱劳动的阿依阿芝

阿依阿芝收完庄稼捡遗粮，
收完大麦捡麦穗，
捡得三斗零九升。
酒曲有六种，
六种长六处。
有的长岩上，
岩上长的，
取蜜人带回来；
有的生水中，
水中生的，
打鱼人带回来。

拿来给婆婆，
婆婆捏酒曲，
两手轻轻捏，
手指轻轻弹。
苦的好像熊胆一样苦，
甜的好像蜂蜜一样甜，
用它来酿酒，
酿成了美酒。
醉倒了公公婆婆，
醉倒了哥哥姐姐，
醉倒了淘气的小孩。

流传地区：德昌县
演唱者：申特拉莫，男，彝族，西昌市四合乡人。会唱彝族山歌。
搜集整理翻译：吉则利布　阿牛木支

这个家名叫中华

你家住在东海边，
我家住在天山下，
他家住在花城中，
东西南北千万家。

你家我家和他家，
合成一个幸福家。
幸福家名叫中华，
我是这个家的娃。

流传地区：凉山州各地
演唱者：阿孙克阿依惹
搜集整理翻译：吉则利布　吉庆

妈妈的妞妞

妈妈的妞妞，
睫毛往上翘，
眼睛闪闪亮，
脖颈细又长，

牙齿白如雪，
嘴唇红又薄。
妈妈的妞妞，
美丽如仙女。

流传地区：凉山州各地
演唱者：阿孙克阿依惹
搜集整理翻译：吉则利布　吉庆

一个更比十个强

我是爸妈独生子，
恰似林中的猛虎，
统领百兽多自豪。
英雄一个就足够，
杀敌场上人人想当英雄，
十人中英雄只有一个。
好儿郎养一个就够了，
一个更比十个强。
集会场上人人想成为德谷，
十人中德谷只有一个。
成家后都想立业，
十户中只有一户富裕。
好牲畜养一群就够了，
一群价值抵十群。
好儿郎有一个就够了，
一人当十人。
美女有一个就够了，
一人压群芳。

编者按：彝族倡导尊贤重德、扶贫济困的良好品德，并不主张多子多福，而是提倡"养一当十"。这些内容被纳入儿童早期教育中，作为行为准则来教育孩子。

流传地区：凉山州各地
演唱者：阿孙克阿依惹
搜集整理翻译：吉则利布

人间有许多快乐的日子

人间有许多快乐的日子，　　　　人间有许多快乐的日子，
过年的三天最快乐；　　　　　　娶媳嫁女的三天最快乐；
人间有许多快乐的日子，　　　　人间有许多快乐的日子，
火把节的三天最快乐；　　　　　送祖祭祀的三天最快乐①；
人间有许多快乐的日子，　　　　人间有许多快乐的日子，
尝新节的三天最快乐；　　　　　儿童聚会的一天最快乐。

编者按：这首儿歌反映的是彝族乐观向上的思想，是彝族儿歌中独有的生活
习俗类儿歌。儿童诵唱此类儿歌，既可以陶冶情操，又可以了解和熟记彝族各种
独特的节日习俗。

流传地区：凉山州各地

演唱者：阿孙克阿依惹

搜集整理翻译：吉则利布　　阿牛木支

---

① 送祖祭祀的三天最快乐：特指彝族世代传承的习俗，即每隔一代人或几代人，家家
户户都要为故去的祖父或祖母举行一次隆重的送祖灵仪式。译成汉语大意即"做帛"给死者，
超度其灵魂到阴间或天国去。时间少则三天，多则五至七天，如今一般是三天。送祖祭祀的
这三天，儿女们家家都要备好牛、羊、猪、鸡以及酒、粮食、茶、盐等物，敬献给故去的祖
父或祖母，祝愿他们在另一个世界也要过上美好而安定的生活。

邛海景色最迷人

金沙江最湍急，　　　　　安宁河畔最肥沃，
龙头山最陡峭，　　　　　马湖最清澈明静，
布拖坝最平坦，　　　　　邛海景色最迷人。

流传地区：凉山州各地
演唱者：阿孙克阿依惹
搜集整理翻译：吉则利布　阿牛木支

兄弟谁戴谁英俊

彝区什么最好看？　　　　米市打的最锋利，
依玛尔博斗笠最好看，　　兄弟谁佩都英武；
热柯阿觉出的最好看，　　金黄的蜜蜡珠串，
父子谁戴都好看；　　　　大则产的最珍贵，
彝家出名的腰刀，　　　　姐妹谁戴都美丽。

流传地区：凉山州各地
演唱者：阿孙克阿依惹
搜集整理翻译：吉则利布　阿牛木支

团结歌

一、二、三，一、二、三，
快来手拉手跳个团结舞，
团结，团结，大团结！
树林里有两只麂子在一起，团结哟！
竹林里有两只野鸡在一起，团结哟！

草原上有两只小鸟在一起，团结哟！
河水中有两条鱼儿在一起，团结哟！
寨子里有彝族汉族在一起，团结哟！
一、二、三，一、二、三，
快来手拉手跳个团结舞。

流传地区：德昌县
演唱者：孟光宗，男，彝族，冕宁县文化局文化干事。
搜集整理翻译：杨国发

哥哥姐姐好欢喜

果实挂满果园，
庄稼染黄平坝，
鱼儿畅游小河，
白云布满山岗。
吉祥走近身边，

欢乐荡上心窝。
哥哥姐姐好欢喜，
双手迎来大丰收。
山上山下的伙伴，
点起篝火跳喜悦。

流传地区：甘洛县
演唱者：阿木布切
搜集整理翻译：吉则利布

正好玩

阿咿啰阿咿呢，
家中嫁女儿，
一对孩子正好玩。

阿咿啰阿咿呢，
江河嫁女儿，
一对鱼儿正好玩。

阿咿啰阿咿呢，
山岩嫁女儿，

一对岩蜂正好玩。

阿咿啰阿咿呢，
草坪嫁女儿，
一对云雀正好玩。

阿咿啰阿咿呢，
杉木嫁女儿，
一对獐麂正好玩。

流传地区：越西县
演唱者：阿苏尼哈
搜集整理翻译：吉则利布　阿牛木支

秋天在哪里

秋天在哪里？
秋天在田野，
田野收割忙；
秋天在天空，
天空雁成行；

秋天在八月，
金黄桂花香；
秋天在国庆，
国庆喜洋洋。

流传地区：普格县
演唱者：阿孙克阿依惹
搜集整理翻译：吉则利布

妈妈话语甜

山雀不听妈妈话，
离开妈妈遭鹰吃；
羊羔不听妈妈语，
离开妈妈坠山谷；
仔猪不听妈妈劝，

离开妈妈被狼咬；
小孩不听妈妈教，
长大变成大懒汉。
言语千万种，
妈妈话语甜。

流传地区：冕宁县
演唱者：勒机吉博
搜集整理翻译：吉则利布　阿牛木支

妈妈的乌合呀你莫哭

妈妈的乌合呀你莫哭，
愿把安宁坝子产的白米
煮给妈妈的乌合吃；
妈妈的乌合呀你莫哭，
愿把高飞的雀鸟
逮给妈妈的乌合玩；
妈妈的乌合呀你莫哭，
愿把嘉定城的绸缎
买给妈妈的乌合穿；

妈妈的乌合呀你莫哭，
愿把峨卓尔库的骏马
牵给妈妈的乌合骑。
妈妈的乌合呀你莫哭，
你不要这样无休止地哭，
你若这样无休止地哭闹，
妈妈被你哭得去跳崖，
妈妈被你哭得去投江，
妈妈被你哭得去上吊。

编者按：这是一首流传于昭觉县的儿歌。相传很久以前，有一个四口之家，父亲被主子派去打冤家，结果被打死了，留下母亲和三个嗷嗷待哺的孩子。可怜的妈妈像鸟儿那样，一天到晚去山坡、沟谷挖野菜回来煮给孩子吃。遇到天旱闹饥荒，播种的粮食无收成，由于饥饿，不懂事的孩子成天缠着妈妈要食物吃。可怜的妈妈几乎找遍了山坡、沟谷，都找不到可以吃的食物，最后用牛屎做了个"馍馍"放在火灰里，哄孩子们好好守着，自己出去另外找一块大的馍馍来给他们吃，然后在一棵树上吊死了。后来就流传出了这首悲惨的儿歌。

流传地区：昭觉县

演唱者：罗家忠，男，彝族，凉山日报退休干部，副译审。

搜集整理翻译：吉则利布

妈妈的幺儿莫哭闹

妈妈的幺儿莫哭哟，
想把昭觉竹核坝上产的香稻
煮给妈妈的幺儿吃。
莫哭哟莫哭哟！

妈妈的幺儿莫哭哟，
想把地坎上筑巢的雀鸟
掏给妈妈的幺儿玩。
莫哭哟莫哭哟！

妈妈的幺儿莫哭哟，
想把汉区美丽的绸缎
扯给妈妈的幺儿穿。
莫哭哟莫哭哟！

妈妈的幺儿莫哭哟，
想把甘洛出的象牙都塔
拿给妈妈的幺儿戴。
莫哭哟莫哭哟！

妈妈的幺儿莫哭哟，
想到大则城去找串蜜蜡珠珠
拿给妈妈的幺儿戴。
莫哭哟莫哭哟！

妈妈的幺儿莫哭哟，
想到依诺地方打把宝剑
给妈妈的幺儿佩。
莫哭哟莫哭哟！

妈妈的幺儿莫哭哟，
宽厚的垫褥给妈妈的幺儿垫，
闪亮的珠宝给妈妈的幺儿戴，
日行千里的骏马给妈妈的幺儿骑，
乌黑的钢枪给妈妈的幺儿腰间插。

妈妈的幺儿莫哭哟，
幺儿的舅舅有权有势，
吉易所诺下的硕体吉拉①是靠山，
给你娶个硕体吉拉之女做娇妻。

妈妈的幺儿莫哭哟，
尔勒哈的鲜奶挤给妈妈的幺儿喝，
冕宁城的面条擀给妈妈的幺儿吃。
安宁河畔的腊肉米饭最香，
马边山上嫩苞谷粑最可口，
诺古拉达的大麦配鸡肉最有名，
斯木布约出产的羊肉配荞粑，
会理城里的糯米粑粑最糯，
都去找来给妈妈的幺儿吃。

① 硕体吉拉：美姑县境内有名的黑彝阿尔家。

妈妈的幺儿莫哭哟，　　　　　　　　名贵的玛瑙珍珠给妈妈的幺儿戴。

编者按：这首流传于喜德县的儿歌，歌词优美动人，特别是把凉山州各地有名的特产巧妙地嵌于儿歌里，令人回味无穷并心生向往。

流传地区：喜德县

演唱者：罗家忠　阿孙克阿依惹

搜集整理翻译：吉则利布

做荞粑

你做荞粑，
我做荞粑，
我们两个来做荞粑。
你磨面，
我筛面，

我们两个去推磨。
你拍手，
我拍手，
抱捆荞秆当小狗。

流传地区：凉山州各地
演唱者：阿孙克阿依惹
搜集整理翻译：吉则利布　阿牛木支

喂小鸡

开开门，
开门做什么？
抱磨石。
抱来做什么？
磨镰刀。
磨来做什么？
砍竹子。
砍来做什么？

编篾篼。
编来做什么？
蒸甜酒。
蒸来做什么？
喂小鸡。
小鸡有几只？
小鸡十二只。
拿只拜赠我。

流传地区：越西县
演唱者：阿苏尼哈
搜集整理翻译：吉则利布　阿牛木支

阿嘎姬

阿嘎姬①，
姬摩妮②，
妮嫫乌③，
乌拉迪④，
迪拉嫫⑤。
嫂子坐处，
小姑坐处，
宽敞的院坝，
大风过路地。
堆荞麦处，
放扫把处，
堆树杈处，
吹奏口弦处，
嬉笑玩闹处。
眯眯眼，
大耳朵，

嗅鼻孔，
吃嘴巴，
吞食处。
挑肩膀，
手膀子，
背背脊，
抱肚皮，
踏脚板。
乌鸦做巢，
喜鹊做巢，
红嘴雀做巢，
老虎熊猫嬉戏处，
狐狸兔子过路处，
豪猪刺猬拱洞处，
山楂雀鸟栖息处，
咕噜咕噜咕噜嘞。

编者按：彝族的小孩长到两三岁时，大人开始教他们指认身体的各个部位。这个游戏能让孩子记住自己的身体部位，并从中得到乐趣。

流传地区：喜德县

演唱者：诺布合机

搜集整理翻译：吉则利布　阿牛木支

---

① 阿嘎姬：彝语，小拇指。
② 姬摩妮：彝语，无名指。
③ 妮嫫乌：彝语，中指。
④ 乌拉迪：彝语，食指。
⑤ 迪拉嫫：彝语，大拇指。其他没有注释的，指的是手背、手腕、手心、手臂等身体的其他部位。

狗儿　猫儿

门口狗儿"汪汪"叫，　　　　　缝给小叔穿。
看见啥？　　　　　　　　　　小叔砍黄竹，
一只猫。　　　　　　　　　　竹子围菜园。
猫儿逮耗子，　　　　　　　　菜园长青菜，
耗子啃粟米。　　　　　　　　青菜腌酸菜。
谷糠喂肥猪，　　　　　　　　酸菜送给阿爸阿妈吃，
杀猪娶媳妇。　　　　　　　　长出力气多劈柴。
媳妇纺丝线，　　　　　　　　劈柴搭屋顶着天，
丝线织绸缎。　　　　　　　　天上雷公不喜欢，
绸缎缝衣服，　　　　　　　　轰隆轰隆干叫唤！

流传地区：会理县、会东县
演唱者：阿孙克阿依惹
搜集整理翻译：吉则利布　阿牛木支

快到翅膀下面躲起来

老母鸡，带小鸡，　　　　　　叫得母鸡好着急，
走到草场来游戏。　　　　　　咯咯咯，呼小鸡：
半空中，老鹰叫，　　　　　　"快到翅膀下面躲起来！"

流传地区：冕宁县
演唱者：勒机吉博
搜集整理翻译：吉则利布　阿牛木支

恶老鹰叼小鸡

砰砰砰，
砍竹子。
竹子砍来做啥子？
编鸡笼。
母鸡下蛋该分我，

不分我，
谨防天上恶老鹰，
飞来啰，飞来啰，
哈——哈——哈。

流传地区：凉山州各地
演唱者：阿孙克阿依惹
搜集整理翻译：吉则利布　阿牛木支

请你跳起来

请你跳起来吧，
不要坐着发闷了。
小伙伴们到齐了，
该到你跳的时候了。

把你的脚步迈开吧，
跳起来心情才痛快；
把你的手臂甩起来，
跳出汗水才免病灾。

流传地区：冕宁县
演唱者：阿支尔且，男，彝族，冕宁县拖乌乡人。
搜集整理翻译：吉则利布　阿牛木支

"吱"的一声抓住它

小老庚呀小老庚，
你说什么东西最强？
脚下的泥土最强，
泥土最强却怕嫩草，
嫩草最强却怕霜打，
霜雪最强却怕太阳，
太阳最强却怕乌云，
乌云最强却怕狂风，
狂风最强却怕悬崖，
悬崖最强却怕豪猪，
豪猪最强却怕野草，

野草最强却怕老牛，
老牛最强却怕壕沟，
壕沟最强却怕洪水，
洪水最强却怕陡坡，
陡坡最强却怕雉鸡，
雉鸡最强却怕老鹰，
老鹰最强却怕绳索，
绳索最强却怕老鼠，
老鼠最强却怕花猫，
"吱"的一声抓住它。

编者按：这是彝族儿童放牧，在野外玩游戏时吟唱的歌谣。
流传地区：凉山州各地
演唱者：勒勒阿体，男，彝族，凉山州语委退休干部。
搜集整理翻译：吉则利布　阿牛木支

推磨谣（一）

推磨谣，推磨谣，　　　　　　　推磨谣，推磨谣，
推斗荞来做馍馍，　　　　　　　推斗荞来做馍馍，
筛升荞面烙粑粑，　　　　　　　筛升荞面烙粑粑，
揉个粑粑做帽帽。　　　　　　　揉块荞面做帽帽。
爷爷吃精荞粑，　　　　　　　　爷爷戴顶毡帽，
奶奶吃精荞馍，　　　　　　　　奶奶戴顶缎帽，
爸爸吃苦荞馍，　　　　　　　　爸爸戴顶篾帽，
妈妈吃苦荞饼，　　　　　　　　妈妈戴顶花帽，
我吃精荞粑。　　　　　　　　　我戴顶兽皮帽。

流传地区： 冕宁县
演唱者： 勒机吉博
搜集整理翻译： 吉则利布　阿牛木支

251

推磨谣（二）

推磨子哟推磨子，　　　　　　　煮给妈妈吃，
先推一升粮，　　　　　　　　　妈妈割草去。
煮给爸爸吃，　　　　　　　　　再推一升粮，
爸爸犁田地。　　　　　　　　　哥哥姐姐吃，
再推一升粮，　　　　　　　　　长大带儿去云游。

编者按：这是陪孩子做游戏时吟唱的歌谣，大人用双手拉住孩子的手，一边与孩子做游戏，一边让孩子在大人手臂下不停地旋转，让孩子在娱乐时身体也得到锻炼，同时让孩子了解生活常识，培养孝敬父母的良好品德。

流传地区：冕宁县
演唱者：勒机吉博
搜集整理翻译：吉则利布　阿牛木支

推磨养妈妈

上有蓝蓝天，　　　　　　白皮做鞋穿，
有天就下雨，　　　　　　白毛做褂褂。
有雨长嫩草，　　　　　　孩儿长大了，
嫩草喂白羊，　　　　　　帮妈推磨子，
白羊脱白皮，　　　　　　推磨养妈妈。

流传地区： 会理县
演唱者： 刘安富，男，彝族，会理县益门镇煤矿退休职工。
搜集整理翻译： 刘安全　吉则利布

不信让你瞧

这山有棵树，　　　　　　大羊跑出九十九，
那边有棵树，　　　　　　小羊跑出三十三。
站在中间来砍树。　　　　一只头上花，
砍树做什么？　　　　　　一只腰上花，
砍树去砌墙。　　　　　　一只尾上花，
砌墙砌不稳，　　　　　　不信你来瞧！
墙脚被水冲。

流传地区： 冕宁县
演唱者： 勒机吉博
搜集整理翻译： 吉则利布　阿牛木支

我是漂亮的小燕子

我是漂亮的小燕子，　　　　来看我美丽的童裙。
我是草原的乖女儿。　　　　想来听的快来听吧，
穿上童裙真美丽，　　　　　来听我快乐的歌声。
戴上耳环真美丽。　　　　　我是漂亮的小燕子，
想来看的快来看吧，　　　　在彝区草原上飞翔。

编者按：歌谣表现了彝族小姑娘长到十七岁，换上童裙后的自我欣赏，以及对美的追求和对美好生活的祈愿，表现了少女的天真、自信。

流传地区：美姑县
演唱者：勒勒阿体
搜集整理翻译：吉则利布

逮野鸡

咗啊咗，　　　　　　　哎呀呀心想山间事，
进密林，　　　　　　　愿望却落在山脚，
逮野鸡，　　　　　　　想逮外边的野鸡，
高空飞来一只鹰，　　　家里失去一只鸡。
落网的是野斑鸠。

流传地区：冕宁县
演唱者：勒机吉博
搜集整理翻译：吉则利布　阿牛木支

云雀歌

哗——哗——
一顿酸菜汤，
放点石头盐，
烧烤泥巴馍，
邀请阿乌我俩吃。
我们吃剩的留在猪圈里，

碗被黄母鸡打翻了，
汤汤被乌鸦喝完了，
酸菜被喜鹊叼去了。
哗——哗——
扑拉！扑拉！扑拉！飞了！

编者按：这是孩子们在野外放牧或打猪草，三五个人聚集在一起游戏时吟唱的歌谣。演唱时，男孩用"擦尔瓦"（披毡）盖住女孩的头，时而打开，时而遮住，左三圈右三圈地围绕女孩转动。

流传地区：美姑县

演唱者：勒勒阿体

搜集整理翻译：吉则利布　阿牛木支

快乐的儿歌洒满坡

春风吹，太阳照，
我跟阿爸去撒荞。
提撮箕，拿竹箩，
快乐的儿歌洒满坡。

荞撒匀，肥施足，
我对荞儿把歌唱：
荞儿荞儿快快长，
秋天收成堆满仓。

流传地区：美姑县

演唱者：沙马木果

搜集整理翻译：吉则利布

255

就像布谷的声音

太阳初出，
初出太阳升，
太阳照在高山上，
高山修坝打荞子，
打荞坝儿宽又阔，
打荞坝儿平又坦，
克歇竹勒①吹起来，
吹的是什么声音？
吹的是布谷鸟的叫声。

太阳初出，
初出太阳升，
太阳照在山谷里，
山谷里静悄悄，

山谷边长嫩草，
牛儿羊儿咩咩叫。
唱的什么歌？
唱的是天天吃嫩草。

太阳初出，
初出太阳升，
太阳照在青石板，
青石板儿亮又亮，
青石板儿热乎乎，
金鸡银鸡来跳舞。
跳的是什么舞？
跳的花脚鸡公舞。

流传地区：冕宁县
演唱者：勒机吉博
搜集整理翻译：吉则利布　阿牛木支

---

①　克歇竹勒：彝语，指竖笛。

学打猎

咗啊咗，
背大弩，
进深山，
逮只花狐狸来做狗，
抓只老虎来当马骑。
狐狸跳，

老虎叫，
跪在山间磕响头。
借我火，
借我锅，
我给你们煮肉吃。

流传地区：冕宁县
演唱者：勒机吉博
搜集整理翻译：吉则利布　阿牛木支

狩猎歌（一）

咗啊咗，
爬高山，
钻树林，
见狗熊，
熊扑来，
树下躲。
过箐沟，
见豺狗，
豺狗叫，

用石打，
豺狗跳。
去逮兔，
兔跑脱。
咗啊咗，
头次来打猎，
只怪心儿急，
什么也没得。

流传地区：冕宁县
演唱者：勒机吉博
搜集整理翻译：吉则利布　阿牛木支

257

狩猎歌（二）

早早起，　　　　　　　　赶着羊，
到高山，　　　　　　　　牵着狗，
去打猎，　　　　　　　　背雄鸡，
哼着歌，　　　　　　　　背猎物，
赶着羊，　　　　　　　　咗啊咗。
牵着狗，
背雄鸡，　　　　　　　　回到家，
咗啊咗。　　　　　　　　烧野鸡，
　　　　　　　　　　　　煮猎肉，
进深山，　　　　　　　　野味美，
把猎打，　　　　　　　　野味香，
获丰收，　　　　　　　　大家享，
哼着歌，　　　　　　　　真快乐，
往家赶，　　　　　　　　咗啊咗。

流传地区：冕宁县
演唱者：勒机吉博
搜集整理翻译：吉则利布　阿牛木支

鸟儿生活在哪里？

胆小的阿普约曲鸟生活在路边石
　窝里，
机灵的兹兹鸟生活在地坎草丛里，
善于鸣叫的云雀生活在蕨芨草丛里，
狡猾的迭勒乌史鸟生活在刺笼里，
灵敏的花白点水雀鸟生活在激流里，
红白相间的水鸟生活在石板下面，

阿呷昌莫鸟生活在密林深山里，
企阿吷鸟生活在山林里。
戴胜鸟生活在荒坡上，
黑老鸹生活在杉树上，
花喜鹊生活在枝丫里，
白鹤生活在密林里。

流传地区：布拖县
演唱者：阿孙克阿依惹
搜集整理翻译：吉则利布　阿牛木支

称呼歌

见了长辈应称呼，
行礼问好要记住。
妈妈的姐妹我叫姨，
爸爸的姐妹我叫姑，
妈妈的哥哥我叫舅，
爸爸的弟弟我叫叔，

妈妈的妈妈我叫外婆，
爸爸的妈妈我叫奶奶，
妈妈的爸爸我叫外公，
爸爸的爸爸我叫爷爷。
尊敬长辈有礼貌，
称呼我都记得熟。

流传地区：凉山州各地
演唱者：阿孙克阿依惹
搜集整理翻译：吉则利布　阿牛木支

荒坡变金银

我家后山坡，　　　　　　苹果红彤彤。
果树连成片，　　　　　　我们全家人，
春天花满山，　　　　　　个个喜洋洋，
秋天果满山。　　　　　　昔日荒山坡，
桃花粉红色，　　　　　　变成金银窝，
梨花似白雪，　　　　　　穷人变富人，
石榴咧嘴笑，　　　　　　心中乐呵呵。

流传地区：凉山州各地
演唱者：阿孙克阿依惹
搜集整理翻译：吉则利布　　阿牛木支

奇怪不奇怪

悬崖峭壁上爬着九十九条蛇，　　冷水里面游着九十九只青蛙，
不长脚，　　　　　　　　　　　不穿衣，
不长手，　　　　　　　　　　　不穿裤，
没有听说哪条摔跟头。　　　　　没有听说哪只会冻死。

流传地区：甘洛、越西等县
演唱者：阿说木嘎
搜集整理翻译：吉则利布

赤脚谣

山里娃，　　　　　　　　　我打赤脚好处多。
进城来，　　　　　　　　　能进城，
打赤脚，　　　　　　　　　能上山，
不穿鞋。　　　　　　　　　挑起柴火满山跑，
城里娃，　　　　　　　　　还能下水摸田螺。
莫笑我，

流传地区：会理县
演唱者：金花枝，男，彝族，会理县鹿厂镇人。
搜集整理翻译：吉则利布　　阿牛木支

心中的大雁

我是漂亮的阿尔瓦都石，　　　听的人都来听吧。
我是草原上的女孩，　　　　　我是阿尔瓦都石啊，
穿上褶裙真漂亮，　　　　　　我在彝区盘旋飞翔，
戴上耳环真美丽。　　　　　　我在汉区盘旋飞翔。
看的人都来看吧，

编者按：这是一种边唱边舞的游戏舞，反映了彝族儿童寄情大雁自由翱翔于天空的美好愿望并期盼自己有美好的未来。
流传地区：美姑县
演唱者：沙马木果
搜集整理翻译：吉则利布

261

莫说我小

阿妈呀你莫说我小， 我会扫地能筛荞；
我会拾肥能捡柴；

奶奶呀你莫说我小，
阿爸呀你莫说我小， 我会放猪能牧羊。

流传地区：凉山州各地
演唱者：沙马木果
搜集整理翻译：吉则利布

听得妈妈笑盈盈

云雀唱歌给草原听， 听得树木叶青青。
听得草原绿茵茵。

娃娃唱歌给妈妈听，
知了唱歌给树木听， 听得妈妈笑盈盈。

流传地区：凉山州各地
演唱者：沙马木果
搜集整理翻译：吉则利布

莫吵醒娃儿

夜半三更，　　　　　　　　　　夜半三更，
莫把孩儿惊，　　　　　　　　　　莫把孩儿惊，
吵醒小孩要粑粑，　　　　　　　　吵醒小孩要馍馍，
没面没粉粑难捏，　　　　　　　　锅空钵净无宿粮，
小肚不饱起闹声。　　　　　　　　饥肠辘辘愁煞人。

流传地区：凉山州各地
演唱者：沙马木果
搜集整理翻译：吉则利布

快乐的小鸡和小鸟

院子里蹦跳着黄嘴小鸡，　　　　　屋顶飞来花翅膀小鸟，
忽闪忽闪亮眼睛，　　　　　　　　雄仔高高翘起花尾巴，
扇动翅膀追逐欢，　　　　　　　　雌仔悠悠梳理五色翎，
啾啾啾啾叫不歇，　　　　　　　　叽叽喳喳亲热嫌不够，
它们是最快乐的小鸡。　　　　　　它们是最快乐的小鸟。

流传地区：冕宁县
演唱者：勒机吉博
搜集整理翻译：吉则利布

牛羊多

天上星星多，
地上牛羊多，

星星和牛羊，
给我们安乐。

流传地区：冕宁县
演唱者：勒机吉博
搜集整理翻译：吉则利布

我是妈妈的好宝宝

妈妈爬高山，
为我摘野果；
妈妈进密林，
为我捕小鸟。

只要我不闹，
妈妈就欢笑，
我是妈妈的好宝宝。

流传地区：冕宁县
演唱者：勒机吉博
搜集整理翻译：吉则利布

幸福在家乡

春天惊雷响，
响吧，响吧！
雨线儿密密下，
下吧，下吧！

丰收年景在望。
哎呀，哎呀，
幸福在家乡。

流传地区：冕宁县
演唱者：勒机吉博
搜集整理翻译：吉则利布

姐姐妹妹在一起

红花和白花在一起，
大地和人们在一起，
仔鸡和母鸡在一起，
牛犊和牯牛在一起，

笔尖和笔套在一起，
姐姐和妹妹在一起，
星星和月亮在一起，
童年和快乐在一起。

流传地区：冕宁县
演唱者：勒机吉博
搜集整理翻译：吉则利布

离不开

岩蜂离不开山岩，
鱼儿离不开江河，
麂子离不开森林，
锦鸡离不开竹林，
雉鸡离不开蕨草，
云雀离不开草原，
绵羊离不开高山，
山羊离不开山岩，
稻谷离不开灌水，

庄稼离不开施肥，
老牛离不开嫩草，
水牛离不开平坝，
猴子离不开森林，
老鸹离不开树梢，
喜鹊离不开村寨，
家犬离不开主人，
小孩离不开家教。

流传地区：冕宁县
演唱者：勒机吉博
搜集整理翻译：吉则利布　阿牛木支

出游歌

英俊的少年哟，
出游是我的星星，
出游是我的祈盼。
英俊的少年哟，
假如你愿意，
我将伴随你，
出游到比尔拉达，
去看英雄泪洒疆场。
英俊的少年哟，
假如你愿意，
我将伴随你，
出游到瓦岗所史，
那是少年闲游的乐园。

出游是我的希望，
出游是我的祈盼。
英俊的少年哟，
假如你愿意，
我将伴随你，
出游到洛俄依甘，
那是说客云集的赛场。
出游是我的追求，
出游是我的心愿。
英俊的少年哟，
假如你愿意，
我将伴随你出游，
去寻小孩心中的乐园。

流传地区：冕宁县
演唱者：勒机吉博
搜集整理翻译：吉则利布　阿牛木支

甜蜜的日子在后头

吹！吹！吹！
不要哭啊不要嚷，
快快吸母乳，
吸得饱饱的，
睡得香香的，
快快地长大，
妈妈抱儿出门看。

吹！吹！吹！
我儿真勇敢，
莫怕风儿大，
快快睁开眼，
父母也在风中长。
莫要再惧怕，
甜蜜的日子在后头。

流传地区：美姑县
演唱者：吉郎伍野，男，彝族，美姑县毕摩文化研究中心主任。
搜集整理翻译：吉则利布　阿牛木支

莫错过美好的时光

小乖乖呀，
快吮口甘甜的乳汁，
吃得饱饱的，
阿妈带着你，
到外面去游玩。

小乖乖呀，
快睁开你的双眼，

莫怕迎面刮来的旋风，
阿爸阿妈都在旋风中成长。

小乖乖呀，
你不要畏惧，
迎着朝阳去行走，
莫错过美好的时光，
甜蜜的日子在后头。

流传地区：凉山州各地
演唱者：杨明珍，女，彝族，雷波县文化馆退休干部。
搜集整理翻译：吉则利布

我们的童声真动听

我们的童声真动听哟嗨，
我们的童声多么清脆呀，
如同草原上的云雀吹唱，
如同竹林边的锦鸡啼鸣，
如同布谷鸟儿啼声荡山谷，
如同天空大雁叫声冲云霄，
如同山楂鸟儿叫声应四方，
如同喜鹊叫声喳喳不息声。

我们的童声真动听哟嗨，
我们的童声多么清脆呀，
唱得林中猿猴自由戏耍，
唱得箐里麂子四处跳跃，
唱得水里游鱼自由翻滚，
唱得滚石那样威力无穷，

唱得狂风那样四处肆虐，
唱得雄鹰那样展翅高飞。

我们的童声真动听哟嗨，
我们的童声多么清脆呀，
唱得初升的太阳明晃晃，
唱得坠落的太阳红彤彤，
唱得山间瀑布不停地泻，
唱得大岩上蜜蜂四处飞，
唱得天空布满明亮的星辰，
唱得大地长满茂盛的青草，
唱得平坝上空云雀在欢歌，
唱得稻田长满金色的稻谷，
我们儿童真快乐呀又高兴。

流传地区：冕宁县
演唱者：勒机吉博
搜集整理翻译：吉则利布　阿牛木支

宝宝多快乐

冬天去，　　　　　　　白米饭，
春天来，　　　　　　　新衣衫，
勤耕种，　　　　　　　美人间，
好收获，　　　　　　　好生活，
谷子扭成绳，　　　　　快乐的囡囡，
苞谷似牛角。　　　　　囡囡多快乐。

流传地区：会理县
演唱者：田稼，男，彝族，会理县文化馆退休干部。
搜集整理翻译：吉则利布

苦 歌

KU GE

吉迟约尕（一）

吉迟约尕呀约尕，
三岁死了母，
眼泪滚滚流，
七岁亡了父，
眼泪湿枕头。
丧母心寒冷，
亡父心颤抖。

无衣来御寒，
无粮来充饥，
麻布当衣穿，
羊皮遮风雨，
蒿草当饭吃，
荞壳来充饥。
无亲无助冷透心，
独守锅庄无话语。

编者按：解放前，凉山彝族地区经常出现买卖奴隶和冤家械斗的事情，留下许多孤儿。他们常在三四岁时就经历了失去父母的悲伤，六七岁时便要承担放牧猪羊等重活，过着缺衣少食、颠沛流离、无依无靠的苦难生活。这种情况反映在歌谣中，便产生了无数的以孤儿为题材的民歌。

流传地区：越西县
演唱者：阿苏尼哈
搜集整理翻译：吉则利布　克惹丹夫

吉迟约尕（二）

吉迟约尕呀，
可怜呀真可怜，
幼小就成孤儿，
孤儿约尕呀，
相邻好友围着坐，
哪里有约尕的座位？
农闲树下来议事，
哪里有约尕的话语？
寒来暑往空中转，
约尕呀约尕，
苦水中泡大，
风雨中成长。

看看今日的约尕，
娶上了贤惠的娇妻，
住上了宽敞的瓦房，
喝上了清洁的泉水，
约尕面前的酒坛像山岩，
斟出的美酒似飞泉瀑布，
黑色酒碗像猪牙交错，
白色酒碗似花蝶纷飞，
红色酒碗似彩虹悬空，
花色酒碗似喜鹊盘旋，

银色酒碗似蜜蜂穿梭。

约尕的姐姐想去赛骏马，
赛马场上把美名扬四方。
约尕的姐姐想宴请宾朋，
杀猪打牛打羊又宰鸡，
美味佳肴诚心敬嘉宾。

约尕养鸡能成群，
约尕喂猪成肥猪，
牯牛耕地条条状，
母马产下小马驹，
聚会场上显神威。
约尕去放牧，
羊群有千只，
春到羊羔又成群。
看看约尕哟，
谁能想到有今天。
靠着自身力，
约尕成名人，
孤儿约尕呀，
美梦已成真。

流传地区：凉山州各地
演唱者：沙马木果
搜集整理翻译：吉则利布　克惹丹夫

可怜的乌果

可怜的乌果哟，
未满三岁就死了母，
未满七岁就亡了父。
孤儿乌果真可怜，
嫁在路边的姑娘苦。
嫁在路边的姑娘本不苦，
一天听到三次恶言就苦；
一天听到三次恶言不苦，
一天接待三批客人就苦；
一天接待三批客人不苦，
一天起身三次迎客就苦；
一天起身三次迎客不苦，
一天流淌三次眼泪就苦。
一是思念婆家的苦，
二是想念娘家的苦。

可怜的乌果哟，
筑巢在路边的鸟儿苦。
筑巢在路边的鸟儿不苦，
一天惊动三次就苦；
一天惊动三次不苦，
巢穴一天被捣毁三次就苦；
巢穴一天被捣毁三次不苦，
鸟蛋一天被打碎三次就苦；
鸟蛋一天被打碎三次不苦，
一天被捉走三个仔就苦；
一天被捉走三个仔不苦，

一天被火烧三次才是苦。

路边的草丛苦，
一天被啃三口，
羊来啃一口，
牛来啃两口，
马来连根拔起的苦。

被人牵着给三家奴役的苦，
一天挨三次打的苦。
穿件短袖羊皮袄，
腰围一块麻布片，
背脊当作晒坝捶，
脑壳当作菜板切的苦。

可怜的乌果哟，
孤女站路边的苦，
没有人招呼的苦。
瘦羊立路旁，
无人呼唤的苦。
独鸡刨肥堆，
无人呼唤的苦。

可怜的乌果哟，
白天用眼望太阳的苦，
脚踩泥土的比她苦十分，
可怜的乌果哟！

流传地区：凉山州各地

演唱者：阿苏尼哈

搜集整理翻译：吉则利布　克惹丹夫

路边的小草

路边的小草最悲伤，
一天被牲畜啃三次，
一天被拔起三次的更悲伤。

山上的小树最悲伤，
一天被风暴掀翻三次，
一天被折断三次的更悲伤。

路边筑窝的小雀最悲伤，
一天被惊飞三次，
一天被掏三次窝的更悲伤。

水边的石头最悲伤，
一天被河水拍打三次，
一天被冲走三次的更悲伤。

嫁到远路的孤女最悲伤，
一天会收到三种信，
一天给客人煮三次饭的更悲伤。

住在村边的英雄最悲伤，
一天和敌人搏斗三次，
一天战死三个儿子的更悲伤。

流传地区：凉山州各地
演唱者：阿苏尼哈
搜集整理翻译：吉则利布　克惹丹夫

嫁在远方的乌嘎

姑娘嫁人啊，
千万不要嫁到甘热拉达去。
嫁到甘热拉达去了呀，
哥哥看望妹妹路难行，
姐姐想念弟弟隔着山。
悔了呀，
姐姐心里好难受，
天下又哪有后悔的药？

想要死在婆家院，
担心弟弟为此丧命；
想要死在娘家吧，

害怕娘家失去财富。
嫁在远方的乌嘎呀，
只有瞪着一双红眼睛，
只有心儿怦怦跳。
姐姐要是死在山路上，
害怕虎狼吃了身体。

嫁在远方的乌嘎呀，
地下有路没有悬崖该多好，
天空有雾没有暴雨该多好，
牧羊没有虎狼来撕咬该多好，
草丛里没有毒蛇出没该多好！

流传地区：凉山州各地
演唱者：阿苏尼哈
搜集整理翻译：吉则利布　克惹丹夫

丧 歌

SANG GE

死神的来源

在座的亲戚朋友们，
说起疾病和死亡的来源，
那是残手老猴兴起的。
他扎了一个草人，
给草人身上穿衣裳，
头上戴包帕，
脚上穿鞋袜，
放在床上睡。
老猴坐在假人旁，
哭得很伤心，
越哭越凄凉，
哭声止不住。
哭声达天庭。
天庭恩体谷兹，
听到了人间哭声，
三番五次派差使。
谁的速度最快。
鹰的速度最快，
派去天空一对鹰，
探访人间问死情。
鹰飞到屋侧，
屋侧有场坝，
场坝有尘灰，
百鸡晃鹰眼，
鹰去追逐鸡，
鹰忘了差事。

再派去一对蜜蜂，
探访人间问死情。
蜜蜂飞到屋前面，
屋前有块菜园地，
金灿灿的菜花，
引蜜蜂来采花，
蜜蜂忘了探访事。

后来派去一对虎，
探访人间问死情。
老虎路过草原，
草原有羊群，
羊群晃虎眼，
虎见羊就撵，
虎忘了问死情。

后来派一对苍蝇，
探访人间问死情。
苍蝇飞到屋子里，
飞进死人袖口中，
原是草人非死人！

上界天宫里，
恩体谷兹知道了，
他说：
"世间的人类哟，
愿病又愿死。

从今往后哟，
山上的树落叶，
草地的蛇蜕皮，
世间的人死亡。"

从此以后哟，
白发老翁死，
黑发青年死，
小婴儿也死，
人人终归死，
没有不死人。

××①过完了一生，
到死的时候，
子孙还欢乐。
树老空心死，
石老风化死，
神奇的双舌羊会死，
翅类首领啡额②会死，
皇帝大人也会死。
老树火烧光，
世间人死亡。

可恨啊！死神最可恨！
岩峰不能追逐，
滚石不能劝阻，
死路不可堵塞。
人头黑压压，
都在柴堆上烧完。
羊头黑乎乎，

都在炉火上烧光。

有权有势若不死，
人间皇帝不死了；
跳神念经能防死，
毕摩巫师不死了；
医药若可预防死，
治病医生不死了。
有生若不死，
世间人难容；
有死若不生，
世上无人烟。

阿普亡于死神手，
父亲亡于死神手，
飞禽走兽亡于死神手，
能呼吸有血气的全亡于死神手，
太阳月亮都有熄灭日。

人间皇帝逝世了，
脱下了皇冠，
死了皇帝觉悲伤，
空留皇冠更悲凉。
长官逝世了，
留下了士兵，
死了长官觉悲伤，
无长官的士兵更悲凉。
土司逝世了，
官印没人掌，
死了土司觉悲伤，
遗留官印无主人更悲凉。

---

① ××：一般指过世的老人，奔丧者一般根据逝者年龄来称呼，不特指某个人。
② 啡额：彝语，彝族传说中一种长有翅膀的小动物。

黑彝逝世了，
骏马失去了主人，
死了黑彝觉悲伤，
骏马失去主人更悲凉。
白彝逝世了，
牦牛没人耕犁，
死了白彝觉凄凉，
牦牛失去主人更悲凉。
姑娘逝世了，
小伙子失去了爱情，
死了姑娘觉悲伤，
小伙子空悬的心更悲凉。

莫悲伤，莫哀愁，
眼泪唤不回××。
姑娘哭泣若能唤回××，
我们大家共同来哭泣。
哀愁唤不醒××，
哀愁若能唤醒××，
我们大家共同来哀愁。
十桩哀愁丢下岩，
让岩间蜜蜂带走它。
十桩悲伤丢河里，
让河里鱼儿带走它。
把哀愁带到阴山沟，
把悲伤带到阳山沟，
带到眼睛看不见的三条山谷，

带到耳朵听不到的三山五岭。
××啊，××！
好比相隔天地远，
好似相距天外天，
露珠晶莹在闪烁。
要是林不毁，
百鸟齐归林。
要是山不塌，
群羊同一山。
要是水不干，
鱼群同河游。
要是××在，
儿孙同聚集。
事到如今啊，
××逝世了。
人生只一世，
草木只一春。

有××的天日短，
没有××的天日长。
××走的道路谁来走？
××做的事情谁来接？
××的形体可消失，
××的事迹不可失。
多少事迹眼望穿，
多少心事腹中腐。

流传地区：凉山州各地
演唱者：贾斯拉黑，男，彝族。副译审，精通古彝文，会唱山歌和丧葬歌谣。2016年9月因病去世。
搜集整理翻译：吉则利布

丧葬歌谣

山上荞花白，
头年是白，
次年也是白，
凋谢以后永不回。
田中稻花黄，
头年是黄，
次年也是黄，
成熟的谷子永不回。
铁铧钻下地，
头天钻了，
明天又钻，
尊敬的××不再回来。
山上的牧场，
今年放了，
明年又放，
尊敬的××不再回来。
留下的子孙在劳动，
头天走路，
明天还走路，
尊敬的××不能再走动。
山上的树叶天天动，
今天动了，
明天还会动，
尊敬的××却无法再动。
山上的浓雾，
今天散了，
明天还会起，

尊敬的××再也不能起。

山上的雀鸟，
今天叫了，
明天还会叫，
尊敬的××再也不会说话。
太阳在云中跑，
今天跑了，
明天还会跑，
尊敬的××再也不能跑。
月亮在夜晚跑，
今年跑了，
明年还会跑，
尊敬的××一去不复返。
北斗星回过头来，
今晚回头，
明晚又回头，
尊敬的××再也不回头。

天上星星四十四，
今晚是四十四，
明晚也是四十四，
××的年龄怎么不增加四十四？
天上星星六十六，
今晚是六十六，
明晚也是六十六，
××的寿命怎么不固定？

若是你的子孙往前面去,
你就伸手把他们拉回来;
若是他们在后面跟着你走,
你就用脚把他们踢回来。
你要同你的祖考擀制披毡去,

你要同你的祖妣一道织布去,
去吃白米饭,
去喝清泉水,
到他们那里去,
好好告诉他们你的一切吧!

流传地区:凉山州各地
演唱者:贾斯拉黑
搜集整理翻译:吉则利布

唱挽歌

在座的亲友们，
请来为逝者唱挽歌。
挽歌三种三个调，
今天专唱哀伤的歌。
从上界的天空，
落下来三套网。
白黄黑三套网，
落在地面上。
那套白网子，
网住屋后一棵树。
树根深蒂固，
手扳不动摇，
手拔不起根。
那套黄网子，
网住屋前大青石。
那地大青石，
根底埋得深，
手扳头不动，
手拔不起根。
那套黑网子，
火塘上面三方，
网住在座的××，
扳动了××的头，
扯起了××的脚。
××啊，××！

风吹来接不上你的气，
雨下来添不了你的血，
雪下来长不了你的肉，
结冰成了你的骨骼。

××起程往前走，
若是断干粮，
是姑娘们的羞辱；
若是走错路，
是毕摩师徒的羞辱；
若受敌人的伤害，
是家族子弟的羞辱。

××从家里动身，
向着前面走。
前面有白黄黑三条路。
要向白路走，
白路是祖先走的路；
莫向黄路行，
黄路是邪怪走的路；
莫朝黑路走，
黑路是魔鬼走的路。
走啊走，朝前走，
来到了鸠土木古①。
从鸠土木古起身，

---

① 鸠土木古：彝语，地名，泛指云南省昭通一带。

来到了兹兹浦乌。
从兹兹浦乌起程，
来到了阿嘎郭俄。
那里有白黄黑三股水，
白水是祖先喝的水，
黄水是邪怪喝的水，
黑水是魔鬼喝的水。
你舀白水喝，
切记莫喝黄水和黑水。

在上界天宫里，
吃的金银饭，
喝的金银汤，
烤的硬柴火。
硬柴火发亮，
祖先居住在这里。
祖父在弹羊毛，
坐在院坝里弹，
弹毛声嘣嘣响。
祖母在织布，
坐在门前织，
织布声唧唧响。
到了谷窝阴阳界，
你的老人来迎你，
骏马腾黄尘。
你的祖母来接你，
荷叶型帽冠黑压压。
谷窝阴阳界，
死人活人在这里分路。
兹郭依日①在这里区分，
兹郭给死人，

依日给活人。
白巾和黑巾在这里分明，
黑巾给死人，
白巾给活人。

××啊，××，
你在有生之年，
跟着彝家说彝话，
彝话说得流利；
跟着汉家说汉话，
汉话说得流畅。
你在有生之年，
彝家事情不够你管，
连同汉家事情一起管；
羊群不够你放牧，
连同獐麂一起牧。
在彝家聚会的地方，
你发表过论说讲演。
在汉家的桌案，
你使用过红色的印章。
你在有生之年，
牧的羊群兴旺，
大羊小羊成群；
种的庄稼丰收，
粮食堆满谷仓；
种的树高耸挺拔，
你的子孙好乘凉；
你种的竹成了林，
竹根下面冒竹笋。

××啊，××，

① 兹郭依日：彝语，植物名，"兹郭"即迎魂枝，"依日"即招魂草。

289

你的足迹消失了，
你的事迹还留存；
你的容貌消失了，
你的功绩不可灭。
莫悲伤，莫哀愁，
悲伤必然伤心肝，
哀愁必定伤身体。
案件靠德谷来调解，
死亡靠毕摩来诵经，
滚石靠深坑来阻止，
水流靠大海来容纳。
竹根生竹笋，
砍了松树不长苗。
毕摩死了不悲伤，
遗下神扇经书挂树梢才悲伤。
苏尼死了不悲伤，
遗下铜铃皮鼓挂岩上才悲伤。
羊群死了不悲伤，
留下空羊圈挂满蛛网才悲伤。

××逝世心难过，
子孙在世怀念他更难过。
驱散天空乌云，
太阳月亮好过路。
让开快快让开路，
我们正当年轻的人，
要从这里路过。
要为堂上的阳灵，
开辟一条道路；
要在大塘的周边，
摆下一个战场。
父老长辈们，
三亲六戚们，

女儿姑娘们，
快快让开路，
我们要过路。
堂上的阴灵，
离开了人世，
辞别了阳间，
走进了阴府。
从屋子里动身，
路过门跟前，
莫怕路上的强盗，
莫怕路下的窃贼，
前头走着几千人，
后头跟随九百人，
中间伴着四十八人。
伴有护身神，
伴有黄色的护卫神，
伴有种种保护神，
伴有熊家婆指甲。
宝剑装进鞘，
手持着武器，
雄剑尖锐利，
雌剑纹闪烁，
弓箭身弯弯，
箭齿尖锐锐，
洋枪像雷鸣，
手持蓝幽幽的弯柄枪，
佩上金晃晃的子弹，
个个威武雄壮，
身背炒麦面，
为你去送行。
莫怕路上有狼，
莫怕路下有虎，
莫怕坎上有蛇，

莫怕坎下有蛙。
渡河的时候，
莫怕水里的蟒；
过山岩的时候，
莫怕岩上神仙，
随心往前走。
来到上界天宫，
你的父母来迎你，
你的家族来接你，
马蹄踏处黄尘滚。
我们正当年轻，
只为你送行，
不是跟你去，
兹郭和依日分，
兹郭你带走，
依日伴随我们回。
归来魂归来，
归来魄归来，
房内坐房主，
房主立房里。

××在有生之年，
天天很早就起床，
草尖上还挂着露珠。
××喊孩子起床，
起床去干活。
小孙子的衣服，
是××给穿的，
××给穿的衣服很暖和，
孙子长大了，
衣服是××找来的，
××找来的衣服很结实。
××逝世了，

子孙衣服谁来找？
××去放羊，
羊群听惯了××的声音。
××逝世了，
羊儿满山跑，
羊儿不听话了，
留下羊群谁来放？
××教育子孙，
子孙愿听××的话。
××逝世了，
子孙去听谁的话？
子孙谁来教？
××抵抗敌人，
胳膊有力剑锋利，
征服了凶顽的敌人。
如今啊，××逝世了，
凶狂的敌人谁来抵抗？
锋利的剑谁来佩挂？

××在有生之年，
调解家族纠纷。
××说话如雷鸣，
是非界限分得清。
××逝世了，
冤家纠纷谁来调？
××到过天涯海角，
能把敌人化为友。
××找的朋友多，
十个朋友还嫌少，
一个敌人还嫌多。

××啊，××，
从今后人家儿孙喊××，

291

我们没有××喊了。
人家××再喊也成不了我的××，
人家喊××有人答应，
我们喊××无人答应了。
××啊，你到哪里去了？

××啊，××，
岩上砍树落岩下，
永远不复返；
石头落水塘，
永远不会浮；
老马入深坑，
永远回不来。
欠债啊，欠债，
森林欠天债，
山上长不久；
牛羊欠狼债，
草原放不长；
姑娘欠情债，
房里躲不长；
大蒜该生时，
炕沿也生芽；
老人欠死债，
家里待不长。

××啊，××，
从今往后啊，
亲人只有空爱你。
××跟着夕阳下山去，
再想××是空想，
子孙再也看不见××了。
别人的××多慈祥，
代替不了我慈爱的××；

别人的乡土虽美丽，
代替不了我可爱的家乡。

××在世时，
秋天雨水多，
××编的蓑衣斗笠不漏雨；
春天农活多，
××做的锄头很结实；
冬天天气冷，
××做的披毡很暖和。
××像雨滴落进泥土，
××像水流泻落深谷。
××啊，××，
再喊不答应，
叫也无回声，
难道这是梦？
××睡得多安详！

××啊，××，
××要去调解冤家吗？
××头上锥节像小猪，
××身披黑披毡，
××身插金枝是不是要去诵经？
铠甲头盔挂一旁，
戈矛佩剑挂枕边，
××是不是要出征？
羊皮口袋装满炒面，
荞麦干粮放一旁，
××是不是要上山打猎？
英雄××的战具，
遗下沾满烟尘的长矛，
祖父留给孙儿，
父亲留给儿子，

一代一代传下来，
××是相传九代的勇士，
××是相传九代的德谷。

××逝世了，
美好的食物谁来吃？
××在世之日舍不得吃，
××病时吃不了，
××死了不会吃。
若是××长在世，
鸡蛋炒面给××吃，
好的衣服给××穿。

××啊，××，
你若真有灵，
逢年过节你回来，
敬酒敬肉热腾腾。
庄稼成熟你回来，
五谷先让你尝新。
××啊，××，
即使驮起九驮金，
也换不回你；
即使背起九背银，
也得不到你。
悲痛啊，哀愁，
××何处寻？

××逝世还有儿孙在，
子子孙孙传下来。
是××的子孙，
子孙中必会出德谷；
是××的后代，
后代中必会出英雄。

子孙胳膊有力，
手持××用过的长矛。
××撵山的猎场，
子孙还在追猎。
××打过仗的战场，
还有子孙的吼声。
××居住过的地方，
屋顶还在冒炊烟。
××逝世了，
平安遗留给子孙，
清静遗留给后代，
安康遗留给亲人。
××在世有志气，
××逝世留英名。
××在天若有灵，
酿好美酒等××，
养好肥猪迎××，
烙好荞粑等××，
铺好柴堆等××。
用一碗顶十碗的蜂蜜，
来迎接××；
用一份当十份的佳肴，
来招待××。

人死了人伤心，
牛死了牛嚎叫。
哀叹啊，哀伤，
垫高三层枕头睡着愁。
老人逝世是悲愁，
留下孤儿依锅庄更悲愁。
××走向死亡路，
××走向死亡途，
到头来，

子孙走向死亡径，　　　　　　　不准瘟疫蔓延，
人间没有不死路。　　　　　　　不准魔鬼登场，
人类若不死，　　　　　　　　　不准死神到人间。
大地容纳不了人；　　　　　　　院坝不着火，
飞禽若不死，　　　　　　　　　不准死神回；
山林容纳不了禽。　　　　　　　鼠没咬猫尾，
要是能把××喊起来，　　　　　不准死神回；
亲友故旧高声喊，　　　　　　　水塘没着火，
家族弟兄放声吼。　　　　　　　不准死神回；
啊古啊①！啊古啊！　　　　　　牯牛没生子，
哀伤损心灵，　　　　　　　　　不准死神回；
哀叹伤身体。　　　　　　　　　木头没沉水，
××的遗嘱，　　　　　　　　　不准死神回；
子孙最爱听，　　　　　　　　　石磨没漂浮，
××起身后，　　　　　　　　　不准死神回！
给子孙留下平安。
门前杉树苗苗在成长，　　　　　天空降死神，
屋后羊羔跳跃，　　　　　　　　毕摩不知晓；
屋前稻谷金黄，　　　　　　　　案件地上生，
屋里公鸡啼鸣，　　　　　　　　德谷也不知。
厩里骏马长嘶，
五谷丰登马驮粮。　　　　　　　不死药在哪？
　　　　　　　　　　　　　　　要是深藏大海底，
从今以后啊，　　　　　　　　　排干海水去寻药；

---

① 啊古啊：彝语，一种出殡前专门为死者跳的训诫舞，男女均可参加，大家排成整齐的队列，齐声高唱："啊古啊！啊古啊！……"由一人领唱，男女随着歌声起舞，并齐声高唱，每唱完一曲都以"啊古啊！啊古啊"结尾，意为死去的人非常惋惜，不过生老病死是人间常有的事，死者是到天堂去的，那里是祖先居住的地方，只管放心地去，不要牵挂儿孙们的事。去时要走白色的路，此路是通向祖界的路，其他的路是引向歧途的路，千万不能去！演唱者都必须按照传统的《指路经》内容训诫死者的灵魂，告诉他（她）该从什么地方起步，该走哪条路，才能到达祖先居住的地方；途经哪些山，哪些河，该注意哪些事，选些什么伙伴，才能回到祖先的故土，才能过上幸福安乐的生活；到了那里后要保佑子孙后代等。"啊古啊"舞的表演限于老年人的丧事，年轻人的丧事上不得表演"啊古啊"舞。

要是埋藏大山里，
挖开大山去找药。
疾病不可当背篼背，
若能当背篼背，
××的子孙一定分来背。
死路不可堵，

死路若能堵，
××的亲人一定勇敢上前堵。
死神不可当敌对，
若可当敌对，
××的家族英勇上阵冲向敌。

编者按：彝族是很重感情的民族，一旦有老人去世，看到客人前来吊唁，主人家认为客人一路辛苦，非常过意不去，就会派人挥动着彩旗到半路上迎接。具体的做法是：当主人家得知某个亲戚家的人集体前来吊唁死者，在这些人走进村子之前，就会派出一批聪明伶俐、能歌善舞的男女青年，让他们穿着古老的盛装，由一位斜挎英雄带的男子手持孔雀旗或彩旗，其他人手持长刀，集队在进村的路口上迎候客人。等到客人，他们就会用朗朗上口的词语向客人问好，然后挥动着手中的长刀，跳着弓步舞在前边引路，把客人带到丧家，以此表达对客人的敬重和欢迎。这实际上是从纪念战死沙场的英雄的仪式演变而来的一种祭祀舞，随着时代的变迁，演变成了丧事上主家迎接前来吊唁死者的客人而表演的一种迎宾舞。

流传地区：普格县
演唱者：贾斯拉黑
搜集整理翻译：吉则利布

无法回应

贤达的××，
阴间生活苦，
一天挨三遍，
三天用一餐，
手持砍熊斧，
背水持春石，
手抱着柴火，
用背去开门，
喝水喝青苔，
吃饭吃沙子。
回来吧青年，
尽快返回来。
青年回人间，
人间幸福地，
阴间人难过。
站立的青年，
只是来教你，
不会跟你走。
逝去的长辈，
请莫附魂走，
请莫带魂走，
莫附子孙魂，
赶回子孙魂，
抱进其母怀。
莫附粮魂走，
退回那粮魂，
锁进粮柜里。

如附粮魂走，
子孙会断粮，
子孙端破碗。
莫附牛羊魂，
赶回牛羊魂，
关进畜圈里。
附走牛羊魂，
你的子孙们，
没有那牛羊，
只能穿蓑衣。
骏马魂莫带，
马魂往回赶，
赶进马厩里。
骏马魂走了，
子孙们缺马，
挂着拐杖走。
莫附耕牛魂，
牛魂往后赶，
赶进牛圈里。
如附牛魂走，
你的子孙们，
就会缺耕牛，
只用锄挖地。
猪鸡魂莫带，
猪鸡魂赶回，
赶进门槛内。
带走猪鸡魂，

你的子孙们，
会缺猪和鸡，
吃肉靠人送。
粮食大王死，
不陪粮食烧，
换魂送灵时，
就需那粮食；
牛羊大王死，

不陪牛羊烧，
换魂送灵时，
就需那牛羊；
金银之主死，
不以金银烧，
换魂送灵时，
只搭金银桥①。

流传地区：宁南县
演唱者：贾斯拉黑
搜集整理翻译：吉则利布

---

① 彝族传统习俗，一旦有年迈的老人去世，凡是四世同堂且儿女众多、家境殷实的人家，在为老人举办丧事或超度亡灵时，在接待女儿、女婿家的亲戚朋友前来吊唁时，要特意在地上铺垫一床崭新的绸缎，在绸缎的两侧特意摆放两块银锭或两块黄金，意为专给客人搭建的金银桥，让客人从此桥上过，表示主人家对远道而来的客人的尊重和真诚接待。届时客人会根据自己的能力，毫不犹豫地用右脚在绸缎边沿轻轻地踩一下，然后把自己随身携带的贵重物品包括珍珠玛瑙、金银珠宝等放在绸缎边沿。如果是骑着骏马来的，可把马停在绸缎边沿，以示自己的富有和大方，赢得在场众人的称赞。彝族的这种过金银桥仪式，过去只有富裕人家才举行，主客双方以这样隆重的祭奠仪式欢送亡灵回归祖界，让他（她）在阴间也得到快乐，护佑后世儿孙的安康。

莫后悔

××的老人，
男为九十九，
已有九十九；
女为七十七，
已有七十七。
老人在世时，
过着官生活，
打好地平光，
都夸手艺高；
伐木成木料，
夯瓦板已成；
作为屋梁顶，
梁柱排成行；
编好竹墙笆，
墙笆似岩墙；
房上架檩料，
檩料交叉架；
搭好房架子，
架料似彩虹；
再上盖板瓦，
盖板排整齐；
抱上石条压，
压石似雁排。
原来你富时，
乞讨你给物，
借宿待过饭；
待官坐上方，

上方亮晃晃；
待莫在下方，
客头黑压压；
待毕在中间，
中间神扇飞。
过去你强大，
聚集家族人，
喜鹊闹喳喳；
聚集亲家时，
来客似蚂蚁。
过去你强大，
像河能容纳，
像是骏马奔；
过去你高大，
像松那样高，
像竹那样直；
过去你美丽，
像是锦鸡美，
比绸缎更美；
过去你鲜活，
像是树花美，
像是草花丽。
你的身高大，
杉树那样高；
容貌似月光，
像是夜月出；
你身材挺拔，

像是林中竹。
你戴着金饰，
走遍人居地；
你穿着蓑衣，
站立过高山；
出场骑过马，
作战当英雄。
坊里取酒喝，
你喝自己酒；
圈里牵猪杀，
杀的自家猪；
柜里撮粮磨，
那是自家粮；
厩里牵马骑，
牵的自家骑；
兜里取椒吃，
都是自家的；
捡着盐巴吃，
都是自家的；
抓鸡杀来吃，
吃的自家鸡；
圈里牵牛杀，
杀的自家牛。
你生是强者，
死也壮烈死。
你莫要后悔，
死了父亲后，
养育了儿子；
儿子可代父，
作战儿替父。
死了婆婆妈，

留下了儿媳，
织布女代母。
请你莫后悔，
逝去的长辈，
没肘手难守，
没墙屋难守，
没伞脸难保，
没领颈难护，
没靴脚难扶。
冬季三个月，
寒风吹着冷；
一个家里面，
父母更温暖。
杉树去了后，
留下了树桩；
草花去了后，
留下了草丛；
父亲去世后，
遗子继父位；
母亲去世后，
遗女继母位，
织布缝补衣，
同样嫁婆家，
为人做母亲。
假如人不死，
大地容不下，
前辈去世了，
后辈又生下，
新老交替着，
是自然规律。

流传地区：普格县

演唱者：贾斯拉黑
搜集整理翻译：吉则利布　吉庆

咒死神

那么多死神，
咒你到何方？
咒到苏尼家，
苏尼被吃掉，
吃掉可不管，
皮鼓挂岩上。
咒你到毕家，
毕摩被你吃，
吃掉可不管，
神帽被风吹。
咒你到匠家，
匠人被你吃，
吃掉可不管，
废铁没人打。
咒你到家族，
家族被吃掉，
吃掉可不管，
送灵没同伴。
咒你到亲家，
亲家被你吃，
吃掉可不管，
没人可开亲。
死神哟死神，
咒你去荒地，
咒你去墓地，

咒你去敌家。
同日落山去，
太阳可返回，
死神永不回，
一个死神哟，
从此断绝后。
死神哟死神，
咒你去月家，
同月落山去，
月亮可返回，
死神永不回，
一个死神哟，
从此断绝后。
死神哟死神，
咒你到何处？
咒你到鹰家，
同鹰飞蓝天，
鹰抓破嗉皮，
一个死神哟，
从此断了根。
死神哟死神，
咒你到何地？
咒到日木①地，
被虎咬断颈，
一个死神哟，

①　日木：彝语，泛指虎的栖息地。

从此灭绝了。
死神哟死神，
咒你到何处？
咒到拉洪①山，
被野狼咬死，
一个死神哟，
从此断了种。
死神哟死神，
咒你到何地？
咒到尔则②河，
石板压死你，
一个死神哟，
从此断了后。
死神哟死神，
咒你到悬崖，
悬崖上摔死，
一个死神哟，
从此绝了种。
死神哟死神，
咒你到河里，
河水溺死你，
一个死神哟，
从此断绝了。

我的主人家，
出事掉眼泪，
今年你家流，
明年人家流；
死人穿蓑衣，
今年站你家，

明年人家站。
汉区金铃铛，
汉区闹汉区，
今年闹这里，
明年人家闹。
汉区银须须，
汉区飘出来，
今年飘这里，
明年飘他乡。
林中狐狸叫，
今年我地叫，
明年他地叫。
有翅乌鸦叫，
今年我处叫，
明年他处叫。
绝神弓三把，
今年在你家，
明年到他家。
草神捆线投，
原投向你家，
明年投他家。
所有亲家们，
要耍这里耍，
这里是该耍。
茶死可重播，
铧口烂可铸，
死去的前辈，
死后不复生。
所有的家族，
所有的亲戚，

---

① 拉洪：彝语，泛指狼的栖息地。
② 尔则：彝语，用石头搭的桥。

所有的朋友，　　　　　　　　共唱死者功①，

都到这里唱，　　　　　　　　了却生者心。

流传地区：宁南县

演唱者：贾斯拉黑

搜集整理翻译：吉则利布

---

① 　唱死者功：彝族老人去世后，一般要在家里祭祀三至五天，届时亲朋好友都会来吊唁，如果家里十分拥挤就在院坝里烧上几堆火，让亲朋好友烤着火来给去世的老人通宵守灵；同时主客双方为了活跃气氛，会特意组织人员进行丧歌表演活动。《为你送行》就是在停尸架（一种专供停放尸体的木架）前表演的一种悼念死者的歌舞。主客双方的男性均可参加，人数一般不限（有的地方仅限八人），或排成长队，或围成圆圈，面向停尸架，后者的右手搭在前者的肩上，边舞边唱。歌词多是赞颂死者生前的业绩，并告知亡灵要向白路走，去与已逝的祖先团聚。

祭祀酒

尊敬的××啊，　　　　　　　起房盖屋酒，
我们给你泽格①和兹车②，　　婚丧嫁娶酒，
五谷酿造酒，　　　　　　　　地边耕耘酒，
出征打仗酒，　　　　　　　　坡岭放牧酒，
讨伐御敌酒，　　　　　　　　祭祀祖先酒，
家支和解酒，　　　　　　　　供奉祖灵酒，
逢年过节酒，　　　　　　　　安灵超度酒，

---

① 泽格：彝语，彝族民间在死者即将被抬去火化时，组织亲朋好友与死者告别而跳的集体舞，也叫欢送舞。表演者不分主客，自愿参加。表演时所有人的左手一律自然下垂，右手伸出或搭在前面人的肩膀上，围成圆形或排成一队表演。先由一领唱者站立在前方，边唱边扭动身体；或者由毕摩站在旁边，用右手不停地摇动铜铃，指挥其他人跳。这时候所有参与表演的人都要模仿领舞者的动作边唱边舞，或小踏步地向前舞动，或变化舞步一会儿朝左、一会儿向右踏步，动作刚劲有力，变化多样，有下蹲、起立、弓步、虚步、伸腿等。领唱者唱完一句，其他的人跟着边唱边舞，都以"啊哦——啊哦"的哀伤语调起头，或以"啊——哦——啦"的语调结束。跳完以后，主人家又请毕摩按照传统的礼仪向死者祈祷，教他（她）不要有所牵挂，放心地上路，路上应注意什么事项，走哪一条路，不要误入歧途等。这类"泽格舞"仅限于在老年人去世的场合表演，青年人的丧事是不表演此类舞蹈的。

② 兹车：彝语，敬酒的意思，这是专门为儿孙满堂，有四五个儿媳或者长命百岁的老人逝世后才唱的敬酒歌。这种唱丧歌以敬酒为主。表演者仅限于死者的儿女们或儿媳，表演时先由主人家选出一名穿着打扮整齐的男子，左手在擦尔瓦（用羊毛线纺织而成的一种披风）内压住下边，屈肘，右手举一酒盘，盘里放置三杯酒，口含擦尔瓦的右下角，站立在灵堂前即屋子的中间。然后其他的直系亲戚并排站在两边，或者横向排列在死者的左侧。酒盘里的酒是谁家媳妇敬献给死者的则其要站立在前面，而且眼睛要向前盯，起舞时眼睛平视着死者，先向着左脚下蹲一下，再向着右脚微蹲，然后摇动着裙角向前舞动诵唱，再向右旋转一圈后，以虔诚的心把酒给死者送去。酒是由站立在死者前面的大儿媳妇取来，轻轻地放置在死者的头顶上，以示给死者敬酒。此后的几个敬酒者仍旧重复前一人的动作继续敬酒，直到所有的儿女都敬完酒为止。其他伴唱丧歌的则站在旁边，娓娓动听地唱着丧歌为他（她）助兴，剩下的酒则让客人自己取用。人们认为谁能取得这第二、三杯酒，谁家就有鸿运得福气，所以争端这杯酒时十分激烈，也格外小心，因为这杯酒是不能洒掉一滴的。这样的仪式在死者即将火化之前要举行多次，在整个敬酒过程中还要由嘉宾评选出在敬酒伴舞中最贤淑的女子和最能干的儿媳，被选中的这家人则被认为会得到幸福。演唱此类葬歌一般都无音乐伴奏，是无声自娱乐性演唱。

探亲访友酒，
年节聚会酒，
欢庆丰收酒，
兄弟和睦酒，
姻亲谈兴酒。

尊敬的××啊，
我们给你敬酒：
一杯敬给天上的太阳，
太阳统领千万片白云；
一杯敬给天空的月亮，
月亮统领千万颗星辰；
一杯敬给林中的猛虎，
一只猛虎威慑九座山；
一杯敬给箐里的花豹，
一只花豹独霸九重岭；
一杯敬给温顺的母羊，
繁育成群布满那山岗；
一杯敬给大蜂王，
统领千万群蜜蜂。
一杯敬给你老人家，
护佑亲朋至友们，
后代儿孙像猛虎那样威猛，
后代儿孙像金竹茁壮成长，
后代儿孙代代富有更兴旺，
后代儿孙繁衍在九个地方，
后代儿孙一代更比一代强。

逝去的××啊，
请你喝下美酒！
你就要离开家乡，
家中的一切你莫牵挂，
你要轻轻松松地去。

山顶杉树开白花，
你想摘花就去摘；
箐里索玛开红花，
你想摘花就去摘；
沼泽地里水仙花开，
你想摘花就去摘；
菜园里菜花开，
你想摘花就去摘。
你要轻轻松松地去，
你要跟随兹去，
随兹布四方；
你要跟随莫去，
随莫去吆牛；
你要变就变成毕，
随毕去写作。
你千万不要去吃变食，
莫要去喝变水，
莫要去穿变衣。
你一人轻轻松松地去，
我们这些唱挽歌的人，
我们四方来的众亲戚，
热热闹闹地送你到祖界，
我们只护送你到坟山上。

尊敬的××啊，
我们不随你去祖界。
你要把吉祥赐给后代儿孙，
你要把幸福赐给后代儿孙，
你要把长寿赐给后代儿孙，
你要把福禄赐给后代儿孙，
你要把生育赐给后代儿孙，
你要把五谷赐给后代儿孙，
你要把六畜赐给后代儿孙。

流传地区：越西县

演唱者：阿硕呵体，男，彝族，越西县板桥乡人。识彝文，会唱彝族婚俗歌。

搜集整理翻译：吉则利布

瓦子勒歌

瓦子勒①啦——
尊敬的××啊，
祸事自找来。
尊敬的××啊，
你若能自主，
去到三岔路，
不要走黑路，
黑路是鬼路；
不要走黄路，
黄路是邪路；
你要走白路，
白路是祖先走的路。

尊敬的××啊，
你若能自主，
眼前三间屋，
不要进黑屋，
黑屋是鬼屋；

不要进黄屋，
黄屋是邪屋；
你要进白屋，
白屋是祖先住的屋。

今天这夜晚，
尊敬的××啊，
你要走的路有三条，
一条是下面的路，
一条是上面的路，
一条是中间的路。
下面是黑色的路，
上面是红色的路，
中间是白色的路，
中间是光明的路。
路两边长满了毒刺，
你一定要记住，

① 瓦子勒：彝语，彝族民间也叫"刀舞"，这是专门为死者而跳的颂扬其事迹的舞，由男性表演。表演时先由两个舞士装扮的男子出场，他俩每人手持一把腰刀或匕首，身着披毡或瓦拉，有意把它斜披在肩膀上，然后并排站立在死者的灵堂前，一边唱歌，一边以潇洒的舞步在灵堂前一会儿挥舞匕首，一会儿迈着弓字形舞步在灵堂前走来走去。前面的表演一结束，后面的人紧跟其后。每唱完一句，表演者都会挥舞一下匕首，其他人则站立在一旁应声而唱，如此反复地进行表演。除了表演丧事舞以外，还可以演唱语言诙谐幽默夸张的"格比"或"玛子"，高潮时主客双方都可以背诵彝族的创世史诗《勒俄特依》和训世诗《玛牧特依》等。这种场合下，主客双方为了压倒对手或显示己方的实力，事前都会请毕摩或演唱能手来帮己方唱歌。如果在这种场合取胜的话，会使己方的名声大振，获得众人的赞赏，所以彝族是十分注重这类礼仪的。

别让毒刺伤你。
路边有三条狗，
你一定要记住，
千万不要去打它，
别让恶狗伤着你。

尊敬的××啊，
今后你要变，
千万别变成狼狗，
狼狗会伤人。
今后你要变，
就变成山间的布谷鸟，
每年儿孙可听到你的声音。
今后你要变，
就变成大雁，
每年可像以前那样见到儿孙。

尊敬的××啊，

不要感到遗憾了，
你安心地跟随祖辈去，
安心地跟随父辈去，
世间辛劳一生，
天上会享清福。
你成群的儿孙，
你密麻麻的亲戚，
用五谷奠过你的，
用牲畜奠过你的，
用金银奠过你的。
若有子孙在前走的，
你一手拽回人间来；
若有子孙跟在后的，
你一脚蹬回人间来；
若有子孙跟在后的，
你瞪着眼驱赶回来。
我们所有的亲戚来送你，
我们只送你却不陪伴你。

流传地区：凉山州各地
演唱者：贾斯拉黑
搜集整理翻译：吉则利布

啊古格歌

啊古呀！啊古！
蓝蓝的天上，
三朵白云相重叠，
黑油油的大地，
住着三支彝人，
祖辈兴下的规矩，
父辈传下的习俗，
人病了都会来看望，
人死了都会来悼念。
今天晚上哟，
慈祥的奶奶已病逝，
亲戚们都赶来了，
家门们都赶来了，
姻亲们都赶来了。
有不悲痛的吗？
没有不悲痛的！

有不伤心的吗？
没有不伤心的。
像大雾漫在原野哭泣，
像百灵鸟在林中啜泣，
像九条山沟刮起风暴，
像满天乌云含泪欲滴。

啊古呀！啊古！
人总是要死的，
世上没有不死的人。
老年人应该归去了，
应该减去他的烦恼，
应该除掉他的负担，
不要再去纠缠他了，
儿女们需要做的事就去做，
孙儿孙女该玩的时候就尽情去玩！

流传地区：凉山州各地
演唱者：吉克吉波
搜集整理翻译：吉则利布

其他

QI TA

金刚打火石

金刚来击石，
火草引火苗，
蒿草点火把，
一把火点到山崖上，
三百群蜜蜂被烧伤。
一把火放进蕨茇丛，
三百只野鸡被烧伤。

一把火放进竹林中，
三百只虎狼被烧伤。
一把火放进图尔山，
三百只雄鹰被烧伤。
一把火放进江河里，
三百只水獭被烧伤。

流传地区： 凉山州各地
演唱者： 吉克吉波
搜集整理翻译： 吉则利布　克惹丹夫

来唱馈赠歌

咿——咿——
来唱馈赠歌。
内屋木柜藏了什么珍贵礼物？
木柜藏了四十八套百褶裙。
四十八套百褶裙送给谁？
四十八套百褶裙送新娘。
新娘出嫁到婆家，
婆婆见了笑嘻嘻，
亲家见了笑盈盈，
姑子见了也欢喜。
白狗见了汪汪叫，
公鸡见了喔喔喔，
马驹见了嘶嘶叫。

火塘上方挂了什么珍贵礼物？
火塘上方挂了珍贵的马鞍。
珍贵的马鞍送给谁？
珍贵的马鞍送新娘。
新娘出嫁到婆家，
婆家见了笑嘻嘻，
亲家见了笑盈盈。

屋檐下方有啥珍贵礼物？
屋檐下方养了黄色母鸡，
黄色母鸡送新娘。
屋檐上方有啥珍贵礼物？
屋檐上方喂了敏锐的猎狗，
敏锐猎狗送新娘。
院坝下方有啥珍重礼物？
院坝下方有公鸡，
红色公鸡送新娘。
沼泽地上养骏马，
棕色的骏马送新娘。
新娘出嫁到婆家，
婆家见了笑嘻嘻，
亲家见了笑盈盈。

咿——咿——
来唱馈赠歌。
牛羊成群过山梁，
蹄印密密相重叠，
牲畜粪便成堆堆，
撒在树下朝天长，
硕果累累挂满枝。

流传地区：凉山州各地
演唱者：吉克吉波
搜集整理翻译：吉则利布　克惹丹夫

福禄神仙跟随来

姑娘出嫁了，
什么跟随来？
黑色马鞍跟随来，
领口胸牌跟随来，
黑色披毡跟随来，
花色母牛跟随来，
白色文字跟随来，
门外猎狗跟随来，
檐下母鸡跟随来，
坝上公鸡跟随来，
路边母猪跟随来，
坡上母羊跟随来，
岩上羊群跟随来，

箐沟野鸡跟随来，
竹丛雌鸡跟随来，
沼泽母马跟随来，
福禄神仙跟随来。

但愿什么跟随来？
对岸牧群跟随来，
新衣新裙跟随来，
崭新瓦房跟随来，
美味佳肴跟随来，
肥沃土地跟随来，
金银满柜跟随来，
祝福歌声跟随来。

流传地区：凉山州各地
演唱者：吉克吉波
搜集整理翻译：吉则利布　克惹丹夫

叔伯很自豪

来唱歌呀来唱歌，
我们来为叔伯唱首稀奇的歌。
叔伯阿吉在上坐，
闲杂人员莫开口。

骏马在坡上，
无能的公马莫乱窜。
雄鸡在院内，
小公鸡莫要叫。
敏锐狗儿在门内，
杂交狗儿莫吵闹。

我的叔伯阿吉呀，
好像屋后的一座山峰，
山上长了一孤树，
孤树没有小树陪，
长了四十八根枝丫。
枝丫上筑了四十八窝鹰巢，
你鸣来我听不清，
我叫来你听不明。
虽然是棵孤树木，
却有四十八庹粗。

树洞里栖息着四十八只虎，
你啸来我听不清，
我叫来你听不明。
虽然是棵孤树木，
却能划开四十八块木梁，
能做四十八套餐具。
虽然是棵孤树木，
却有四十八根系。

树洞里栖息着四十八群蜜蜂，
你鸣来我听不清，
我鸣来你听不明。
出出进进各有道，
采花酿蜜忙不停。

我的叔伯阿吉呀，
龙洞①河水好神奇，
姑娘在此洗澡更漂亮，
小伙在此净身更英俊。
达斯达色塔②古城也在此，
觉斯觉色巴③平坝也在此。

我的叔伯阿吉呀，

---

① 龙洞：彝语：地名，越西县板桥乡有名的龙洞。
② 达斯达色塔：彝语：地名，越西古城。
③ 觉斯觉色巴：彝语：地名，新民坝子。

我们要到山外去看看，　　　　拳头碰人人会伤，
天上没有道我们也要去，　　　与人摔跤会取胜，
地上没有路我们也要去。　　　女儿出嫁很出众，
双脚踏山山会垮，　　　　　　儿孙强盛父母愿，
单脚踩石石断裂，　　　　　　阿吉叔伯听了很自豪。

流传地区：凉山州各地
演唱者：吉克吉波
搜集整理翻译：吉则利布　克惹丹夫

妈妈的妞妞

哦勒——妈妈的果果，
哦勒——妈妈的阿都，
来分母鸡和仔鸡：
母鸡赠给了果果，
仔鸡送给了阿都。
阿都加一成百，
果果一根鸡毛都没有。

来分母猪和仔猪：
母猪赠给了果果，
仔猪送给了阿都。
阿都加一成百，
果果一根猪毛都没有。

来分母羊和羔羊：
母羊赠给了果果，

羔羊送给了阿都。
阿都加一成百，
果果一根羊毛都没有。

来分母牛和牛犊：
母牛赠给了果果，
牛犊送给了阿都。
阿都加一成百，
果果一根牛毛都没有。

来分母马和马驹：
母马赠给了果果，
马驹送给了阿都。
阿都加一成百，
果果一根马毛都没有。

流传地区：凉山州各地
演唱者：吉克吉波
搜集整理翻译：吉则利布　克惹丹夫

大雁请把念情牵

啊！大雁，
高空飞翔的大雁，
你是雁群中出众的领头雁。
你从哪里飞来的哟？
可是从金沙河畔来？

啊！大雁，
高空飞翔的大雁，
你是不是衔来了成串的珍珠玛瑙？
你是不是来自竹核坝子，
衔来四颗芳香的金谷？

啊！大雁，
高空飞翔的大雁，
你是不是来自拖且觉各？
我那慈祥的父亲是否还在放牧？
你可曾看到他呼出团团烟云？
你可看见我和蔼的母亲在织布？
左手握纺锤，
右手把线捻，
捻线可均匀？

纺车可旋转？

啊！大雁，
高空飞翔的大雁，
你是不是飞过开满杂花的沼泽地？
我的姐姐是否还在放猪？
我的小弟是否在骑竹马？
我的哥哥骑着骏马上赛场，
尘土飞扬卷残云夺得魁首？

啊！大雁，
高空飞翔的大雁，
你若能看见，
请送去我的思念。
一缕情思牵众山，
山峦随我齐思念；
一线情思牵村寨，
森林伴我吟思情；
一丝情思牵平原，
祝愿平原更平坦。

流传地区：凉山州各地
演唱者：吉克吉波
搜集整理翻译：吉则利布　克惹丹夫

背着美酒来敬献父亲

啊！大雁，
那高空飞翔的大雁，
你是雁群当中最出众的领头雁。
啊！大雁，
那高空飞翔的大雁，
你是从遥远的斯木布约飞来的神雁。

啊！大雁，
你飞过重重叠叠的高山，
想到安宁河畔栖息，
想在谷厝厝伙吃金银渣，
想在勒木竹黑吃香稻谷，
你是谁也不能伤害的神雁。

龙是岩上居住的神龙，
不是随意敲打的神龙，
如果谁想要敲打神龙，
要么就打雷，
要么就下雨，
要么就垮山，
要么就滑坡。

铁石是坚硬的盘山石，
如果硬要敲打盘山石的话，
要么工匠断手脚，
要么铁杵被损坏，
要么锤头被打裂。

长在山坡上的金竹，
不是随便砍的金竹，
如果硬要砍金竹，
手指十兄弟，
一个被刺伤，
十指连着痛。

啊！大雁，
你从洛俄依嘎那方飞来。
是不是看到我那和蔼的母亲，
坐在院坝里织布？
与父母相离别，
是那秋冬的季节，
天空飞过回归的大雁，
地上走过回娘家的初嫁娘。

有翅的鸟类的心儿硬，
最硬就属大雁的母亲，
把那儿孙遗弃在深山峡谷，
自己返回了温暖的栖息地。

可怜呀真可怜，
人间母亲心肠硬，
远嫁女儿去他乡，
自己静静坐家里。

未来的一天，

女儿返回时，
带着腊肉来孝敬母亲，
背着美酒来敬献父亲。

大雁啊大雁，
你可知道？你可看见？

流传地区：凉山州各地
演唱者：吉克吉波
搜集整理翻译：吉则利布　克惹丹夫

阿琪乌芝

哎呀——哎呀，
潇洒的乌芝哟，
头上若不美丽，
戴上头帕就美丽；
颈上若不美丽，
套上银牌就美丽；
身上若不美丽，
穿上绸缎就美丽。

哎呀——哎呀，
潇洒的乌芝哟，
手指若不美丽，
戴上银戒就美丽；
身材若不美丽，
穿上缎裙就美丽；
脚上若不美丽，
穿上鞋袜就美丽。

流传地区：凉山州各地
演唱者：阿尔毕哲
搜集整理翻译：吉则利布　克惹丹夫

撒荞打荞歌

远古的时候，
北方没有荞，
南方没有荞，
东方无荞类，
西方无荞种，
世间无荞名。

丁古兹洛①哟，
为寻找荞种，
走到兹阿尔山上，
先前的一天，
绕着山脚找，
找到一物种，
开花不结籽，
结籽无荞面，
它不是可食荞。
后来有一天，
绕着山腰找，
找到一物种，
取名为格及截略，
顶上开花遍身白，
结籽不像籽，
也不是可食荞。
后来有一天，

沿着山坡找，
山坡长有荞，
荞秆多强壮，
荞叶多茂盛，
全身开白花，
荞粒有荞面，
乃是可食荞。

丁古兹洛哟，
为播种荞种，
喊来一帮手，
牵上黄牌大母牛，
青　犁头扛肩上，
索玛枷担挂腰身，
平衡木背背上，
青藤做牵绳，
竹片做拉绳，
黄竹当赶棍，
牵到阿嘎坝上耕。
会耕的来耕，
耕日泥土翻，
泥土层层摆。
会耙的来耙，
耙日泥块碎，

---

① 丁古兹洛：彝族传说中的人物，传说他是世间最初寻找到荞种，带领人们种荞并获得丰收的人。有彝族专家认为，"丁古"应为"德古"，"兹洛"是他的名，应为"德古兹洛"。

碎得成粉末。
会撒的来撒，
撒日如雨落，
落地多均匀。
会种的来种，
种日起云雾。

过了十三天，
来到地里瞧三遍，
芽嫩水汪汪。
再过十三天，
荞边转九回，
嫩芽绿茵茵。
又过十三天，
撒荞之主去薅草，
会薅的来薅，
顺着荞秆薅。
又过十三天，
撒荞之主去看荞，
荞秆像绵苔般粗，
荞叶似斗笠宽。
荞腰弯如弩弓，
荞粒结满枝头。
再过十三天，
撒荞之主去看荞，
荞叶黄灿灿，
荞粒黑压压。

撒荞之主来割荞，
会割的来割，
割下荞桩多整齐，
荞捆成堆堆，
荞捆像山岩，

荞捆似山耸。
后来的一天，
收荞打荞忙，
老表携连枷，
舅子带树杈，
表妹拿竹斗，
嫂子带篾筬，
来到坝上方。
清早的时候，
姑娘收荞捆，
似蜜蜂穿梭；
小伙排荞捆，
像猪齿交错。
午后的时候，
会挑的来挑，
荞秆堆在边。
会扬的来扬，
荞叶风吹走，
荞粒扬一处，
荞粒沉甸甸。
小伙扛荞归，
老人背荞回，
能背的来背，
能抱的来抱，
盘到内房里，
装在仓囤里，
竹捆装不下。

老人吃荞金光身，
小孩吃荞红润面，
马驹吃荞昂昂叫，
牛犊吃荞牛角硬，
仔猪吃荞长肥肉，

小鸡吃荞常欢叫，　　　　　　人类世界中，

瘦羊吃荞尾巴摇。　　　　　　人间母亲大。

祭祀食物荞放首位，　　　　　食物那么多，

娶媳嫁女离不开荞。　　　　　荞类放首位。

编者按：这里的"荞"是指苦荞。苦荞是彝族饮食习俗中历史最悠久、影响最大的主食。彝族尔比尔吉（格言、圣语、典故）说："人类母亲大，粮食荞麦大。"彝族历史上有"祭荞魂"的传统祭仪，每年举行两次，即种荞时和收荞时，意为送荞魂至土地和迎荞魂归家园。

流传地区：凉山州各地

演唱者：罗家忠

搜集整理翻译：吉则利布　吉庆

蜜蜂穿梭

村前有个大坪坝，　　　　　　　屋前有许多河流，
不会有哪个空闲，　　　　　　　不会有哪条空闲，
要么在坝上赛马，　　　　　　　要么源头跳水獭，
要么在坝上斗牛，　　　　　　　要么水尾飞雀鸟，
要么在坝上种稻，　　　　　　　要么水底游鱼群，
要么在坝上放猪。　　　　　　　要么水面转碾磨。

村后有许多深谷，　　　　　　　屋后有许多悬崖，
不会有哪个空闲，　　　　　　　不会有哪座空闲，
要么有雀鸟做窝，　　　　　　　要么有奇峰异石，
要么有獐麂闲游，　　　　　　　要么有瀑布清泉，
要么有竹笋出土，　　　　　　　要么有雄鹰筑巢，
要么有野果成熟。　　　　　　　要么有蜜蜂穿梭。

流传地区： 凉山州各地
演唱者： 吉克吉波
搜集整理翻译： 吉则利布　　克惹丹夫

嘎嘎去牧羊

嘎嘎去牧羊，
想起好多事。
父亲呀真奇怪，
欠着天空雄鹰的债，
却把女儿拉来抵鹰债。
雄鹰高飞蓝天去，
女儿流落大地上，
眼泪唰唰流，
手指揩泪珠。

父亲呀真奇怪，
欠着地洞老鼠的债，
却把女儿拖来抵鼠债。
老鼠隐藏地洞去，
女儿流落大地上，
眼泪簌簌流，
手指揩泪珠。

父亲呀父亲，
密林欠着老虎的债，

虎来叼羊羔进深山。
父亲呀父亲，
高空欠着老鹰的债，
老鹰叼羊羔高空去。
女儿呀女儿，
眼泪簌簌流，
手指揩泪珠。

母亲去讨债，
讨回一堆孬圆根；
母亲去讨债，
讨回一对孬山羊。
父亲欠着地洞老鼠的债，
圆根被拖入老鼠洞。
父亲欠着水獭的债，
硬要女儿来抵水獭债。
水獭钻入水中去，
女儿流落大地上，
眼泪唰唰流，
手指揩泪珠。

流传地区：凉山州各地
演唱者：阿尔毕哲
搜集整理翻译：吉则利布　克惹丹夫

两个小伙伴

什么两样能相同？
三个坪坝三个样。
一块坪坝游玩地，
一块坪坝养鸡地，
一块坪坝播种地。

要说适宜相配的美食，
大麦饭与鸡肉最适宜。
鸡群养在敞院坝，
大麦种在大坪坝。

说起适宜相配的美食，
好吃不过羊肉配荞粑。
羊儿养在山坡上，
苦荞播种山坡下。

美食待亲朋，

亲朋齐称赞。
什么两样是伙伴？
两个表妹是伙伴。
一个表妹是玩伴，
一个表妹是陪伴。

我家屋后三座山，
一山女儿来游玩，
一山生长红蓼草，
一山女儿放牧山。

羊群喜食红蓼草，
红蓼草尖被啃光。
女儿喜吹红蓼草叶，
吹奏红蓼草叶心寂寞，
不吹红蓼草叶心空荡。

流传地区：凉山州各地
演唱者：阿尔毕哲
搜集整理翻译：吉贝利布　克惹丹夫

姑娘的挽歌

阿琪勒尔呀，
你来自哪一方？
为啥不喝清洁水？
为啥不吃煮熟的饭？
是不是来自沃拉扎渣那地方？
是不是来自米易佐诺那地方？

传说兹合地方曾打牛款待，
传说诺伙驻地曾宰羊款待，
传说曲伙村寨曾杀鸡款待，
貌美的姑娘哟，

流落他乡就苦了，
羊儿栖息他乡就倒霉了。

漆树生长在我处，
色彩亮了他乡。
羊群牧放在我方，
羊皮却被他人披去。
树木长在我方，
落叶却在他乡。
美丽的姑娘生在我方，
归宿地却落在了他乡。

流传地区：冕宁县
演唱者：阿尔毕哲
搜集整理翻译：吉则利布　克惹丹夫

请来听一听山歌

我们山歌真好听哟，
那山坡上耕地人呀，
请来听一听山歌。
田地是经常耕的呀，
山歌难得听一次。
请把犁头插在犁沟里来听山歌，
请把耕牛牵到田边来听山歌。
那斜坡上挖地的人呀，
请把挖锄扛在肩膀上来听山歌。
地是天天挖的，
山歌难得听一次。

那骑马的大哥呀，
请来听一听山歌。
骏马是经常骑的呀，
山歌难得听一次。
请把骏马放在大路旁，
坎下是骏马吃草的地，
坎上是放马鞍的地方。
请把披毡挂在树上，
使树枝更加光彩；
请把辔头卸在马厩中，
使马厩更增光辉。
请来听一听山歌。

流传地区：冕宁县
演唱者：阿尔毕哲
搜集整理翻译：吉则利布　克惹丹夫

来看呀请来看

小小乌嘎站一边，
无人肯看乌嘎的脸。
瘦羊站在大路边，
没有人来呼唤。

乌嘎换了童裙后，
金银戴胸前，
发辫粗又黑，
睫毛齐展展，
眉毛弯又细，
眼睛亮闪闪，
脸蛋红润润，
鼻梁直挺挺，
鼻翼巧乖乖，
颈儿黄澄澄，

嘴唇薄菲菲，
牙齿白生生，
手指细长长，
胳膊紧绷绷，
腿儿健亭亭，
脚趾匀称称。

乌嘎美丽的眼睛值上九两金，
乌嘎精巧的双手值上九对羊，
乌嘎的容颜比那满盈的月亮还要美，
乌嘎的黑发比那天上的星星还要亮。
乌嘎的长裙扫尘土，
伴随彝人说彝话，
跟随汉人说汉话，
人人爱来人人夸。

流传地区：凉山州各地
演唱者：吉克吉波
搜集整理翻译：吉则利布　克惹丹夫

蓝色的手镯

我有一只蓝色的手镯，
比那太阳耀眼，
比那星星闪亮。
我有一只蓝色的手镯，
九十九克纯金铸造，
九十九颗宝石镶嵌。
我的蓝色手镯，
赠给尔支那方别亚阿哲家的女儿了。
蓝色手镯在披毡下你传给我我传给
　　你就这样被拿走了，
蓝色手镯在手指下你递给我我递给
　　你就这样被拿走了，
蓝色手镯在眼底下你看着我我看着
　　你就这样被拿走了。
蓝色的手镯哟，
即使前面有三群人也抵御不了，
即使后面有三群人也追赶不上。
我的父亲好厉害，
我的母亲很强势。

我珍贵的手镯哟，
是山寨里独一无二的手镯。
我听说哟，
赠给果呋乃乌那方尔嘎呋车家的女
　　儿了，
赠给瓦里莱哈那方拉莫尔嘎家的女
　　儿了，

赠给尔曲勒乌那方依乌阿伙家的女
　　儿了，
赠给尔吉乃托那方啊都阿伙家的女
　　儿了，
赠给布布乃托那方吉日威机家的女
　　儿了，
赠给甘日勒乌那方阿姬别妮家的女
　　儿了。
我看到呀，
蓝色手镯在披毡下你传给我我传给
　　你就这样被拿走了，
蓝色手镯在手指下你递给我我递给
　　你就这样被拿走了，
蓝色手镯在眼底下你看着我我看着
　　你就这样被拿走了。
即使前面有三群人也抵御不了，
即使后面有三群人也追赶不上。
我的父亲好厉害，
我的母亲很强势。

蓝色的手镯哟，
是用九十九克纯金铸造，
是用九十九颗宝石镶嵌。
蓝色的手镯哟，
就这样被拿走了，
即使前面有三群人也抵御不了，
即使后面有三群人也追赶不上。

尽管父亲很厉害，
尽管母亲很强势。

我们不知道呀不知道，
我们没看见呀没看见！

流传地区：冕宁县
演唱者：阿尔毕哲
搜集整理翻译：吉则利布　克惹丹夫

痛苦胜过针尖刺

唱曲针尖刺肉的苦歌，
亲亲姐姐出嫁去远方，
哥哥心里如同针尖刺。
坝上耕地的人呀，
是否见过帮人排除痛苦的人？
是否见过帮人解除忧愁的人？
若是看见这样解除痛苦的人，
我想馈赠给他千锭白银，
我愿馈赠给他百两黄金。

野外挖地的人呀，
是否见过帮人排除痛苦的人？
是否见过帮人解除忧愁的人？
若是看见这样解除痛苦的人，
我想馈赠给他千锭白银，
我愿馈赠给他百两黄金。

泽地上放猪的人呀，
是否见过帮人排除痛苦的人？
是否见过帮人解除忧愁的人？
若是看见这样解除痛苦的人，

我想馈赠给他千锭白银，
我愿馈赠给他百两黄金。

山坡上牧羊的人呀，
是否见过帮人排除痛苦的人？
是否见过帮人解除忧愁的人？
若是看见这样解除痛苦的人，
我想馈赠给他千锭白银，
我愿馈赠给他百两黄金。

姐姐出嫁去远方，
哥哥心里挺痛苦。
痛苦出现在眼里，
眼睛如同进灰尘；
痛苦出现在脚上，
手忙脚乱走错路；
痛苦出现在心里，
心头好像针尖刺；
痛苦出现在嘴上，
胡言乱语满嘴巴。

流传地区：越西县
演唱者：阿苏尼哈
搜集整理翻译：吉则利布　吉庆

偏头的公鸡

偏头的公鸡，
莫要小看它。
小小圆根种，
种在泥土里，
过了十来天，
育苗长出地。
圆根最美观，
叶子最茂盛，
霜叶味最美，
圆根最可口。

偏头的公鸡，
莫要小看它。
小属麻粒小，
种在泥土里，
过了十来天，
麻苗长出地。
雄麻最壮观，
雌麻最茂盛。
雄麻长出四十八枝丫，
剥给四十八个小伙，
麻弦拉上四十八支箭。
我们来防御，
敌人无法来靠近；

我们去进攻，
射得敌人四处逃。

公鸡呀公鸡，
小属公鸡小，
公鸡声声叫。
阿吉黑母鸡，
生蛋三十个，
孵蛋二十个，
出壳十五只，
成活十来只。
雄鸡红彤彤，
成了祭祀鸡。
雌鸡黄灿灿，
成了招魂鸡。
清晨叫一曲，
迎出红太阳。
中午叫一曲，
当顶撒金光。
傍晚叫一曲，
太阳落山梁。
公鸡喔喔叫，
翅膀啪啪响。

流传地区：凉山州各地
演唱者：阿尔毕哲
搜集整理翻译：吉则利布　克惹丹夫

嘎嘎去看树

嘎嘎呀去巡山，
捡到一颗树果果。
拿来送给君子看，
君子看了笑眯眯。
再来送给莫惹看，
莫惹看了哈哈笑。
后来送给工匠看，
工匠看了把头摇。

嘎嘎呀心不明，
拿给哦斯迟妮看，
哦斯迟妮看不懂。
拿给斯惹约祝看，
斯惹约祝看懂了，
这是一颗杉树果。

嘎嘎拿着树果果，
把它种在高山上。
过了十来天，
杉苗出了土。
嘎嘎一天看三次，
一日去浇灌三次。
杉树长得直，
杉叶长得茂，

树干长得粗，
树梢儿顶了天。

嘎嘎去巡山，
听到山林有响动，
砍刀格格响，
杉树倒下一大片。

先砍一节来，
做成九把织刀，
赠给九个姑娘，
织棒翩翩起舞，
织刀像鱼翅翻。
再砍一节来，
做成了屋梁，
屋梁搭两头。
最后砍一节，
劈成长瓦板，
瓦板盖在新房上。

瓦板房像蜂巢，
住在房下小伙俊，
住在房下姑娘美，
住在房下一家亲！

流传地区：冕宁县
演唱者：阿尔毕哲
搜集整理翻译：吉则利布　克惹丹夫

珍贵的燕麦

阿兹古曲^①那地方，
燕麦饭下肥羊汤味最美，
亲戚来了请他吃，
朋友来了请他尝。
日阿洛莫^②那地方，
出产珍贵的燕麦，
出门行路离不了它，
走亲访友离不了它，
娶媳嫁女离不了它。

爷爷吃了身体更硬朗，
奶奶吃了身体更健康，
小伙吃了更强壮，
姑娘吃了更美丽，
弟弟吃了胖嘟嘟，
妹妹吃了快长高。
燕麦呀燕麦，
我们喜欢你。

流传地区：冕宁县
演唱者：勒机吉博
搜集整理翻译：吉则利布

① 阿兹古曲：彝语，地名，指昭觉县库依乡。
② 日阿洛莫：彝语，地名，指昭觉县日哈乡。

来瞧瞧

来瞧瞧呀来瞧瞧，
看看斯木布约的一株荞，
粗壮的荞秆呀，
一株分了九个权。
来瞧瞧呀来瞧瞧，
一株荞长了九支穗，
一茬荞生了九棵苗，
一支穗挂了九粒荞，
一粒荞能磨九斗面，
一斗荞能烙九个粑。

来瞧瞧呀来瞧瞧，
看看粗壮的玉米呀！
彭伙拉达的一株玉米，
一株玉米长了九支穗，
一茬玉米生了九棵秆，
一株玉米结了九个苞谷，
一个苞谷能磨九斗面，
一斗玉米能烙九个粑。

来瞧瞧呀来瞧瞧，
看看粗壮的黄豆呀！
彭伙拉达的一株黄豆，
一株黄豆长了九个荚，
一茬黄豆生了九棵苗，
一个豆荚挂了九颗豆，
一颗黄豆能磨九斗面，

一斗黄豆能做九道菜。

来瞧瞧呀来瞧瞧，
看看粗壮的稻谷呀！
勒木竹黑的一株稻谷，
一株稻谷长了九支穗，
一茬稻谷生了九株秧，
一支穗生了九粒稻谷，
一粒稻谷能磨九斗面，
一斗稻谷能蒸九笼饭。

请来看呀请来看，
高山坡上看燕麦。
彝家儿女见了笑眯眯，
汉家儿女见了心欢喜。
爷爷吃了身体更硬朗，
奶奶吃了身体更健康，
小伙吃了更强壮，
姑娘吃了更美丽，
弟弟吃了胖嘟嘟，
妹妹吃了快长高。
仔猪吃了成大猪，
牛犊吃了成牯牛，
羊羔吃了成肥羊，
小羊吃了成大羊，
仔鸡吃了喔喔叫，
猎狗吃了更强壮。

请来看呀请来看，　　　　　米苏米易①哪儿过？
我的家乡物产多，　　　　　米易作诺②去安家，
勤劳耕作多自豪，　　　　　唱一首自豪的歌。
莫让自豪身边过。

流传地区：凉山州各地
演唱者：吉克吉波
搜集整理翻译：吉则利布　克惹丹夫

---

① 米苏米易：彝语，米易县域。
② 米易作诺：彝语，泛指冕宁县域。

哥嫂不来了

机灵的表妹呀，
哥嫂该来哩。
瓦板房屋修起了，
哥哥嫂嫂不来了。

机灵的表妹呀，
哥嫂该来哩。
修了九间瓦板房，
哥哥嫂嫂不来了。

机灵的表妹呀，
哥嫂该来哩。
敞开院门打开锁，

哥哥嫂嫂不来了。

机灵的表妹呀，
哥嫂该来哩。
猪不肥用荞壳催，
酒不香用蓑衣捂，
哥哥嫂嫂不来了。

长兄为父，
长嫂为母。
好也不来了，
不好也不来了，
我的哥哥嫂嫂在哪里？

流传地区：凉山州各地
演唱者：吉克吉波
搜集整理翻译：吉则利布　克惹丹夫

妈妈的幺女儿

嗬啊嗬，
妈妈的幺女儿，
唱曲妈妈的幺女儿的歌，
想呀想嫁到阿琪比尔。
阿琪比尔这地方，
人分三种三个样，
山谷狭小令人烦，
松林不长苔，
女儿不想在此栖息。

嗬啊嗬，
妈妈的幺女儿想去找乐园，
找到西昌城内来。
西昌城内呀，
彝人讲汉话，
汉人说彝话，
女儿不想在此栖息。

嗬啊嗬，
妈妈的幺女儿想去找乐园，
找到拉哈依乌这地方。
拉哈依乌这地方，
没有强盗却有虎狼出没，
女儿不想在此栖息。

嗬啊嗬，
妈妈的幺女儿想去找乐园，

找到萨古克哈这地方。
萨古克哈这地方，
头顶浓雾霉，
脚板踩稀泥，
女儿不想在此栖息。

嗬啊嗬，
妈妈的幺女儿想去找乐园，
找到诺古拉达这地方。
诺古拉达这地方，
祸事连成片，
野猪亮牙地，
女儿不想在此栖息。

嗬啊嗬，
妈妈的幺女儿想去找乐园，
找到彭伙拉达这地方。
彭伙拉达这地方，
丑姑娘也身穿件百褶裙，
孬男人也手持一把月琴，
女儿不想在此栖息。

嗬啊嗬，
妈妈的幺女儿想去找乐园，
找到甲古甘洛这地方。
甲古甘洛这地方，
抬头只见一颗星，

低头只见一丛草，
女儿不想在此栖息。

嗬啊嗬，
妈妈的幺女儿想去找乐园，
找到峨边这地方。
峨边这地方，
瘴气毒死人，
疾病无处医，
女儿不想在此栖息。

嗬啊嗬，
妈妈的幺女儿想去找乐园，
找到木妮古尔这地方。
木妮古尔这地方，
松树云杉交错长，
没有一处能放马，
女儿不想在此栖息。

嗬啊嗬，
妈妈的幺女儿想去找乐园，
找到木妮博体这地方。
木妮博体这地方，
河水滚滚流，
浑水卷白浪，

女儿不想在此栖息。

嗬啊嗬，
妈妈的幺女儿想去找乐园，
找到特觉拉达这地方。
特觉拉达这地方，
上面可以住君子，
中间可以住黑彝，
下方可以住汉人。

笛声很悠扬，
可以当父语。
口弦很清脆，
可以念母爱。
房后可牧羊，
绿草满山坡。
屋下方可种稻，
稻浪一浪盖过一浪。

嗬啊嗬，
妈妈的幺女儿想去找乐园，
心中的乐园就在此，
美好的乐园就在此，
妈妈的幺女儿想嫁到此处。

流传地区：凉山州各地
演唱者：吉克吉波
搜集整理翻译：吉则利布　克惹丹夫

唱曲自豪的歌

唱呀唱曲自豪歌，
从前唱歌被人笑，
如今吟唱多自豪，
九个小轮唱自豪歌。

唱呀唱曲自豪歌，
彭伙拉达那一方，
有三个舂石锤，
左边来了锤左边，
右边来了锤右边，
屋的上方来了德氏部落，
我们来捶德氏部落。

越西城那一方，
有三张竹箥箕，
左边来了晒左边，
右边来了晒右边，
屋的上方来了德氏部落，
我们来晒德氏部落。

唱呀唱曲自豪歌，
木渣乃街那一方，
小伙射弯弓，
左边来了射左边，
右边来了射右边，

射得手杆麻又麻。
唱呀唱曲自豪歌，
公狗也很自豪，
公鸡也很自豪。
自豪出自哪里？
自豪出自甘洛，
甘洛人很自豪。

唱呀唱曲自豪歌，
自豪出自哪里？
自豪出自依诺那方，
依诺那方出产宝剑。

唱呀唱曲自豪歌，
自豪出自哪里？
彝区铸长矛，
汉区产布匹，
九个小伙唱自豪歌。

唱呀唱首自豪歌，
戴过汉区的官帽，
掌过君主的官印；
跟随彝人很顺畅，
跟随汉人很顺利。
这就是我的自豪歌。

流传地区：凉山州各地

演唱者：吉克吉波

搜集整理翻译：吉则利布　克惹丹夫

游子思母情

潇洒的少年哟，
英俊的少年哟，
他乡的景色再美，
也代替不了对故乡的思念；
别人的母亲再美，
也代替不了对自己母亲的眷恋。

潇洒的少年哟，
英俊的少年哟，
那浪迹四方的游子哟，
每当望见异乡的景色，
就会想起久别的故土，

曲曲折折的小路。
他乡的景色再美，
也代替不了对故乡的深情；
别人的母亲再美，
也代替不了对自己母亲的思念。

潇洒的少年哟，
英俊的少年哟，
那四处漂泊的游子哟，
每当望见他乡的相思树，
自然想起故乡的一草一木。

编者按：彝族思念母亲的童谣众多，彝族人深知母爱的伟大和无私，母亲的辛劳和奉献，知道母亲养儿育女有多么不易，所以赞美母亲，歌颂母亲，尊崇女性。以母亲为题材的众多童谣就是在这样的背景下形成的。

流传地区：冕宁县
演唱者：勒机吉博
搜集整理翻译：吉则利布　阿牛木支

寻找珍贵礼物

渣扎薇洛呀，
哪里有珍贵礼物？
丹翟城里去找蜜蜡珍珠，
若有就找十串，
不行就找五串。
别人戴了不美丽，
自己戴了也不够美，
唯有渣扎薇洛戴了才美丽。

渣扎薇洛呀，
哪里有珍贵礼物？
阿鲁马家去寻找。
那里什么最美丽？
金竹斗笠最美丽，
若有就找十顶，
不行就找五顶。
别人戴了不美丽，
自己戴了也不够美，
唯有渣扎薇洛戴了才美丽。

渣扎薇洛呀，
哪里有珍贵礼物，
就到哪里去寻找。
到这三方去寻找，
贡布克吉去寻找。
那里什么最美丽？
蓝白披毡最美丽，

若有就找十件，
不行就找五件。
别人披了不美丽，
自己披了也不够美，
唯有渣扎薇洛披了才美丽。

渣扎薇洛呀，
哪里有珍贵礼物，
就到哪里去寻找。
到这三方去寻找，
卫城城里去寻找。
那里什么最美丽？
纯色百褶裙最美丽，
若有就找十套，
不行就找五套。
别人穿了不美丽，
自己穿了也不够美，
唯有渣扎薇洛穿了才美丽。

渣扎薇洛呀，
哪里有珍贵礼物，
就到哪里去寻找。
到这三方去寻找，
冕宁城里去寻找。
那里什么最美丽？
丝绸头帕最美丽，
若有就去找十块，

不行就去找五块。
别人戴了不美丽，
自己戴了也不够美，
唯有渣扎薇洛戴了才美丽。

渣扎薇洛呀，

哪里有珍贵礼物？
头上戴着什么都美丽，
身上穿着什么都合身。
美丽的渣扎薇洛，
可爱的渣扎薇洛。

流传地区：凉山州各地
演唱者：吉克吉波
搜集整理翻译：吉则利布　克惹丹夫

图什么？

膘壮的骏马图什么？
图的是拇指般大的荞粒。
黑色的牯牛图什么？
图的是碓窝般大的圆根。
黄色的毛猪图什么？
图的是鲜美的肥羊肉。
杂色的阉鸡图什么？
图的是巴掌大的荞粑。
金黄的母鸡图什么？
图的是大路般长的毛虫。
弯角的山羊图什么？
图的是鲜嫩的树叶。
灵敏的猎狗图什么？
图的是晒坝般大的糌粑。
机灵的猫儿图什么？

图的是簸箕般大的板油。
老迈的婆婆图什么？
图的是碓窝般大的鸡蛋。
老迈的爷爷图什么？
图的是手臂般粗的骨髓。
放猪的小孩图什么？
图的是草帽般大的草莓。
嘴馋的小孩图什么？
图的是锅庄般大的瘦肉。
贤惠的姑娘图什么？
图的是彩虹般长的丝线。
蠢又笨的人图什么？
图的是用绳拴着太阳玩。
憨又傻的人图什么？
图的是给猛虎套上马鞍。

流传地区：凉山州各地
演唱者：吉克吉波
搜集整理翻译：吉贝利布　克惹丹夫

后 记

　　《彝族传世民歌》在四川大学出版社的大力支持下终于与读者见面了，真的非常感谢！

　　生长在大凉山彝家山寨的我们，从小就受到彝族民间文化的熏陶，对博大精深的彝族民歌有着深厚的感情。在相关部门的支持下，我们克服各种困难，对该书所需的素材进行了广泛搜集、认真整理和如实翻译。

　　本书汇集了万千彝人的智慧，沉淀了一个民族数千年的审美情趣和精神追求。这是一部精品力作。彝族人喜欢唱歌、传歌、会歌，在岁月传承中他们创造了无以计数的古歌、婚礼歌、情歌、叙事歌、节庆歌、儿歌、丧歌等。他们用这些歌谣表达真实的情感，营造出五彩的精神家园。

　　这些民歌带着泥土的芬芳、花色的浪漫，或是传递对故土和亲人的思念，对情人缠绵悱恻的爱情，对英雄的颂扬及深切的缅怀；或是表达对美好生活无比的热爱，对美好事物真挚的赞美，对自然的虔诚和崇尚，对丑恶现象的无情鞭挞和诅咒；等等。

　　斗转星移，至今我们仍然能从这些民歌的字里行间看到活泼的牧童、美丽的姑娘、帅气的小伙、睿智的老人……以及独特的婚丧嫁娶、节日庆典、民事调解等民风民俗。

　　数年间，我们多次到甘洛、越西、喜德、布拖、美姑、昭觉、九龙、冕宁、石棉等县的彝族村寨，找到有名的"传世民歌"说唱者并向他们学习，采集了大量"传世民歌"，对"传世民歌"所涉及的人和事，以及难以理解的地名及人名进行了补充注释。我们尽量将群众喜闻乐见的那些最生动的"传世民歌"收集进来。

　　为了编好《彝族传世民歌》，我们还特意采访了在彝族"传世民歌"领域很有造诣的吉克吉波、阿苏尼哈等同志，从他们那里采集到了许多不为人知的方言区的"情歌"和"儿歌"，已补充在本书的"情歌"和"儿歌"部分。

　　凉山彝族地区的民间文学种类繁多，其神话、传说、史诗以及丧歌、婚嫁歌等内容中，常包含着不少难得的古代历史资料。为了更加准确地翻译、整理、诠释本书中涉及的诸多疑难，我们反复向民间艺人学习，向专家学者请教，力争较为全面地呈现凉山彝族民歌的全貌，让彝族读者阅读后认可，其他读者阅读后也能理解，以弥补这一领域的空白。

在本书即将出版之际，我们又想起了那些无私向我们提供素材的同胞，解答疑难的同仁、学者，在此特向他们表达诚挚的谢意。

在本书翻译和整理过程中，我们坚守内容健康、语句流畅、意象鲜明、语言生动、朗朗上口等要求，极力保持原有的鲜明的语言特色和独特的表达方式。对流行于不同地区不同版本的歌谣，先予以甄别，再补充、完善，删除重复，调整歌唱者随意的跳跃，纠正时空的错乱等。尽可能地保持其原风原貌，让读者体味彝族人真实的歌谣风格。

从收集整理资料到翻译注释，时间长，工作量大，耗费精力多。其间，我们从不敢轻言放弃，只能默默无闻地、夜以继日地工作，一干就是四年，才完成了这本书。

民间文学作品的搜集整理，是一件利在当代、功在千秋的事。彝族传世民歌是前人留给我们的珍贵的精神财富。我们相信这些"爷爷的话留给孙子，父亲的话留给儿子"的口传文学，像涓涓溪水汇入大海，像子孙流着父辈的鲜血那样，永不枯竭，生生不息。

彝族传世民歌作为民间口传文学的精粹，有着传承千年的厚重文化底蕴，具有文学、美学、语言学、民俗学等方面的传承价值和研究意义。本书的出版对于传承彝族文化，研究彝族历史，抢救彝族非物质文化遗产具有重要意义。它为从事民族文化研究的同志提供了一份弥足珍贵的资料。同时，它对进一步研究彝族的民风民俗和教育后代有着极为重要的意义。

特别感谢中国民间文艺家协会分党组成员、副秘书长侯仰军博士对本书在资料搜集整理方面的悉心指导。感谢四川省社会科学高水平团队建设计划和西昌学院彝族文化研究中心的项目资助。感谢吉克吉波、阿苏尼哈、阿尔毕哲、贾斯拉黑、阿牛机几等同志的支持。

吉则利布　克惹丹夫　阿牛木支

2018 年 4 月